Luzerner Totentanz

Monika Mansour, geboren 1973 in der Schweiz, liebte schon als Kind spannende Geschichten. Nach einer Augenoptikerlehre ging sie auf Reisen und verbrachte mehrere Monate in Australien, Neuseeland und den USA. Danach arbeitete sie am Flughafen, führte eine Whiskybar, war Tätowiererin und erledigte die Buchhaltung für einen Handelsbetrieb. 2014 erschien ihr erster Krimi, und damit erfüllte sich ihr Traum vom Leben als Schriftstellerin. Heute wohnt sie mit ihrem Mann und ihrem Sohn im Luzerner Hinterland.
www.monika-mansour.com

MONIKA MANSOUR

Luzerner Totentanz

KRIMINALROMAN

emons:

Bibliografische Information der Deutschen Nationalbibliothek
Die Deutsche Nationalbibliothek verzeichnet diese Publikation in der Deutschen Nationalbibliografie; detaillierte bibliografische Daten sind im Internet über http://dnb.d-nb.de abrufbar.

FSC www.fsc.org
MIX
Papier aus verantwortungsvollen Quellen
FSC® C083411

Umschlagmotiv: cydonna/photocase.de
Umschlaggestaltung: Nina Schäfer, Tobias Doetsch
Gestaltung Innenteil: César Satz & Grafik GmbH, Köln
Lektorat: Irène Kost, Biel/Bienne (CH)
Druck und Bindung: CPI – Clausen & Bosse, Leck
Printed in Germany 2017
ISBN 978-3-7408-0193-9
Originalausgabe

Unser Newsletter informiert Sie regelmässig über Neues von emons:
Kostenlos bestellen unter
www.emons-verlag.de

Dieser Roman wurde vermittelt durch die
Christina Vikoler Literary Agency, München.

Für die Engel, die nicht fliegen

Der Menschensohn wird seine Engel senden, und sie werden sammeln aus seinem Reich alles, was zum Abfall verführt, und die da Unrecht tun, und werden sie in den Feuerofen werfen; da wird Heulen und Zähneklappern sein. Dann werden die Gerechten leuchten wie die Sonne in ihres Vaters Reich.

Neues Testament, Matthäus-Evangelium 13, Vers 41–43

«Ein schönes und zuchtloses Weib ist wie ein goldener Reif in der Nase der Sau.» Der Grund ist ein von der Natur entnommener: weil es fleischlicher gesinnt ist als der Mann, wie es aus den vielen fleischlichen Unflätereien ersichtlich ist. Diese Mängel werden auch gekennzeichnet bei der Schaffung des ersten Weibes, indem sie aus einer krummen Rippe geformt wurde, d. h. aus einer Brustrippe, die gekrümmt und gleichsam dem Mann entgegengeneigt ist. Aus diesem Mangel geht auch hervor, dass, da das Weib nur ein unvollkommenes Tier ist, es immer täuscht.

Der Hexenhammer, 1. Teil, 6. Frage: Über die Hexen selbst, die sich den Dämonen unterwerfen

Eine Hexe sollst du nicht am Leben lassen.

Exodus, Das 2. Buch Mose, Kapitel 22, Vers 17

Prolog

Schwer und dunkel hingen die Wolken wie Betonklötze über ihrem Kopf. Sie drückten sie nieder, raubten ihr den Atem. Die Angst war so greifbar und real. Die Angst vor dem Leben.

Celina starrte hinunter in die Tiefe. Buntes Laub lag auf dem Pausenplatz, eingebettet in kalten Nebel. Der Tag brach gerade an. Sie zitterte und starrte auf ihre einbandagierten Handgelenke. Es waren Herbstferien. Wann würde man ihren leblosen Körper finden? War sie dann schon verwest? Unter dem Laub begraben? Nagten bereits Würmer und Käfer an ihrem Fleisch, oder war sie dann ein kahles Gerippe?

Gerne hätte Celina die Gesichter der Teufel gesehen, wie sie ihren toten Körper anstarrten. Die Teufel, die sie auf dieses Dach getrieben hatten. Würden sie Schuld fühlen? Oder weiter lachen und sich auf die nächste Matheprüfung vorbereiten? Sich ein neues Opfer suchen? Auch von ihm heimlich Fotos beim Duschen nach der Sportstunde machen? Die Bilder ins Netz streuen, mit blöden Kommentaren versehen?

Es war Celina egal. Wichtig war nur, dass sie es nicht mehr sein würde.

Sie trat näher an die Dachkante. Nur ein Schritt, ein Sprung aus der Hölle raus in den Himmel hinein. Sie konnte das tun. Es war nicht schwer. Und es ging ganz schnell. Und sie war frei. Dann war sie ein Engel.

Celina nahm den Schritt und flog dem Himmel entgegen.

EINS

Die Sträggele war zurück.

Sie warf ihre roten Haare über die Schulter und liess den Blick zu dem frischen Stroh in der Ecke des Stalles gleiten. Da lag das Kind, das unschuldige kleine Mädchen, die hellblauen Augen geschlossen. Die Sträggele hatte sich Mühe mit ihm gegeben. Das Mädchen war perfekt geworden, wie es so da lag, in seinem weissen Kleidchen und mit den goldfarbenen Locken, die sich um das rosige Gesichtchen kringelten.

Die Sträggele konzentrierte sich wieder auf ihre Arbeit und strich mit der Bürste über das glänzende Fell des Pferdes. Schwarz, so musste es sein. Ihre Stute schnaubte leise, als der Hund in den Stall kam. «Ihr habt ja recht», sagte die Sträggele, «wir müssen los.»

Sie sattelte Korrigan, zäumte die Stute auf und führte sie in die eisig dunkle Nacht hinaus. Feiner Nebel kroch den Boden entlang. Es war still. Einzig der Ruf des Steinkauzes hallte durch das Tal: *Ku-i-mit, Ku-i-mit.*

Die Sträggele sprach beruhigende Worte zu Korrigan. Auch das Pferd fühlte die Geister, die Dämonen, die sie heute Nacht begleiten würden.

Ihre Tat war grausam, das wusste die Sträggele. Es war nicht ihr erstes Kind. Nein. Sie hatte viele Mädchen in den dunklen Nächten vor Weihnachten aus den warmen Stuben der Eltern geraubt. Doch das war damals gewesen, im finsteren Mittelalter. Heute Nacht war anders.

Die Sträggele lachte leise, ihre Stimme wurde vom kalten Wind emporgetragen.

Es war Heiliger Abend, im 21. Jahrhundert. Die Hexe war zurück.

***

Engel schwebten über ihr. Barbara sass in der hintersten Reihe, ganz aussen, auf der harten Holzbank. Das Gesangbuch lag schwer in ihren Händen. Es bot keinen Trost.

Sie senkte den Blick von der Decke und blickte über die Köpfe der Kirchgänger nach vorne zum Altar. Die weissen Wände und die hohe Decke der Jesuitenkirche waren mit den prächtigsten Stuckaturen und Bildern geschmückt. Eine Herrlichkeit, die heute Nacht nicht ihr Herz erwärmte. Barbara wollte sich auf die Predigt konzentrieren, Erlösung in den Worten Gottes finden. Wie sonst sollte sie diese Weihnachten überstehen?

Weihnachten ohne Rolf.

Acht Wochen. Acht Wochen schon kämpfte sie sich ins Leben zurück. Nach aussen hin funktionierte sie. Als Ermittlerin der Luzerner Polizei hatte sie gelernt, professionell zu handeln. Doch innerlich war sie ein Wrack. Jeden Tag, an dem sie in der Polizeizentrale an der verschlossenen Tür von Rolfs Büro vorbeiging, schrie sie innerlich auf.

Konzentriere dich auf die Messe, mahnte ihre innere Stimme. Barbara lauschte den Worten des Pfarrers: «Und der Engel sprach zu ihnen: Fürchtet euch nicht! Siehe, ich verkünde euch grosse Freude …» Er sprach von der Geburt Jesu. Von den Engeln. Wo war Rolfs Schutzengel geblieben, als er ihn gebraucht hatte? Nein, das war nicht fair.

Barbara stand auf und schlich sich aus der Kirche. Sie ertrug Gottes Nähe noch nicht. Da war zu viel Wut, die in ihr brodelte.

Draussen atmete sie die klare, eisige Luft ein. Die Lichter der Stadt vertrieben die Dunkelheit – aber nicht den Schatten auf Barbaras Herzen.

Sie lauschte dem leisen Rauschen der Reuss und ging die paar Schritte über den Jesuitenplatz bis zu den Stufen, die zum pechschwarzen Wasser führten.

Und wohin jetzt? Sie wollte nicht nach Hause.

Barbara seufzte und blickte sich um. Sie war still heute, ihre Stadt. Ausgestorben.

Es war Heiliger Abend.

Den Heiligen Abend verbrachte man mit den Menschen, die man liebte …

Herzlos schrillte Barbaras Handy durch die gottlose Nacht.

***

«Feiert schön, ihr zwei Racker.» Cem stellte den Meerschweinchen einen Tannenzweig in den Käfig. Dann legte er die Christbaumkugel, die er heute extra im Shoppingcenter gekauft hatte, zusammen mit einem Rüebli, um das er eine Schleife gebunden hatte, in den Käfig neben den Tannenzweig. Die beiden Meerschweinchen quietschten aufgeregt. Cem griff nach seinem Handy. «Und jetzt sagt Cheeeese.» Er schoss ein Foto. Nicht schlecht, grinste er und schickte das Bild an seine Cousine Aygül. Heute Morgen hatte er am Telefon eine lange Diskussion mit Elin geführt, der Jüngsten von Aygül. «Onkel Cem», hatte Elin eifrig erklärt, «Schneeball und Winnetou sind in der Schweiz geboren, also sind sie Christen. Du musst ihnen einen Christbaum basteln und Geschenke machen – und ein Weihnachtsessen kochen.» Sein kleiner Liebling. Nächsten Monat wurde sie schon sechs.

Winnetou quiekte vergnügt und holte Cem aus den Gedanken. Er streichelte das rot gefleckte Meerschweinchen. Die Tiere gehörten Elin. Cem hatte ihnen Asyl geboten, weil Elin allergisch auf die Haare reagierte und Aygül die beiden weggeben musste. Jetzt stand der Käfig schon über ein Jahr in seinem Flur. Aber hätte er gewusst, dass Schneeball und Winnetou keine Moslems waren … «Frohe Weihnachten euch Christen.» Cem schloss die Käfigtür und ging zurück ins Wohnzimmer. Heute war DVD-Abend. Ein einsamer DVD-Abend. Lila war zu ihren Eltern nach Lausanne gefahren, um Weihnachten zu feiern. Auch Kevin und all seine anderen Freunde verbrachten den Abend im Kreise der Familie.

Egal, für Cem war es ein Abend wie jeder andere. Und den wollte er mit dem «Paten» verbringen. Er schob gerade die DVD in den Player, als sein Handy klingelte. Cem warf einen Blick auf das Display. Halb elf. «Hey, Barbara, alles okay?»

«Cem! Du musst sofort zum Männliturm, Nordeingang. Die Sicherheitspolizei ist schon vor Ort, die Ambulanz unterwegs. Ich komme auch gleich.»

«Was ist passiert?», fragte er, während er bereits in den Flur rannte und in seine Jacke schlüpfte.

«Etwas ist dort», sagte Barbara. «Und es sei unheimlich.»

«Unheimlich?»

«So haben es die Kollegen beschrieben.»

«Bin in fünf Minuten beim Turm», sagte Cem und legte auf. Er wohnte in der Luzerner Altstadt, in der Hertensteinstrasse, gleich vor der Museggmauer. Bis zum Männli war es nicht weit. Ein Verbrechen praktisch vor seiner Haustür. Na toll! «Der Pate» musste warten.

Er schnappte sich seine Wollmütze und Handschuhe und rannte hinaus in die dunkle, nebelverschleierte Nacht.

Vor dem Eingang zum Turm wartete ein Kollege in Uniform, in der Hand eine Taschenlampe, die flackerte. Cem ging mit raschen Schritten auf ihn zu und zog seinen Ausweis. «Cem Cengiz, Leib und Leben. Was habt ihr für uns?»

«Na, das ging aber schnell», sagte der Kollege der Sicherheitspolizei. Strebler, las Cem den Namen an dessen Uniform. «Hier.» Strebler zeigte auf den Boden vor dem Eingang. Schwarze Federn lagen im Kreis gestreut auf Kies, in der Mitte eine tote Ratte.

Cem verzog angewidert den Mund. «Wegen einer toten Ratte habt ihr uns aber nicht alarmiert?», fragte er.

«Nein», erklärte Strebler. «Die anderen beiden Kollegen sind oben beim Opfer.»

«War der Turm nicht abgeschlossen?»

«Wurde aufgebrochen.» Strebler zeigte zur Tür, die unterirdisch lag. «Das Schloss ist kaputt. Und sieh dir das an.» Strebler ging ein paar Stufen hinunter und leuchtete mit der Taschenlampe auf die raue Steinwand. In roter Farbe war ein Symbol aufgemalt: ein fünfzackiger Stern in einem Kreis.

«Was bedeutet das?»

«Keine Ahnung. Aber oben ist es noch schlimmer.»

Cem tauchte eine Fingerspitze in die noch feuchte Farbe und roch daran. «Blut?»

«Wir vermuten es.»

Cem blickte hoch. Er sah den Lichtkegel einer Taschenlampe auf dem flachen Dach des Turmes, die das «eiserne Männli» anstrahlte, die Kriegerfigur, die dem Männliturm seinen Namen gab und mit Schwert und Standarte auf einem der beiden Erkertürme thronte.

«Was ist mit dem Opfer?», fragte Cem.

«Ein Engel», sagte Strebler.

Cem reckte das Kinn vor. Hatte er sich verhört? «Ein Engel?»

«Ja. Oben, auf der vierten Ebene.»

«Lebt er denn noch, der Engel?»

«Ja.» Strebler reichte Cem seine Taschenlampe.

Ungläubig betrat Cem den Eingang. Eine steile Wendeltreppe führte hoch zur ersten Ebene auf Bodenhöhe. Hier fehlte die südliche Turmwand, der Turm war zur Stadtseite hin offen. Einzig ein hoher Lattenzaun schützte vor Eindringlingen. Cem rüttelte an der Tür im Zaun. Abgeschlossen. Er schaute sich um. Der Männliturm war ein rechteckiger Bau mit grob verputztem Mauerwerk. Über zwei Wände wand sich eine enge Treppe nach oben. Obwohl Cem gleich vor der Museggmauer wohnte, war er noch nie in einem der neun Türme gewesen, die sich entlang der alten Stadtbefestigung aufreihten.

Der Lichtstrahl von Cems Taschenlampe streifte ein mit Frost überzogenes Spinnennetz. Echt gruselig. Von oben hörte er gedämpfte Stimmen.

In der Ferne bellte ein Hund.

Die Holzstufen knarrten unter seinen Füssen, als er die Treppe erklomm. Die Kälte kroch durch die Jacke bis zu seiner Haut durch. «Ein Engel am Heiligen Abend», flüsterte Cem leise vor sich hin, um die beklemmende Stille zu brechen. Er hörte polternde Schritte über sich auf dem Holzboden und blickte auf. Ein Kollege stand am Treppenabsatz. «Paul?», rief dieser.

«Nein. Cem hier, Leib und Leben.» Sie trafen sich auf der zweiten Ebene. Das Gesicht des Kollegen wirkte angespannt. «Oh, Leib und Leben? Das ging aber schnell. Felix», stellte sich der Polizist vor. «Ist die Ambulanz noch nicht da?»

«Sollte jeden Moment eintreffen», sagte Cem. «Ist der – der Engel schwer verletzt?»

«Komm, ich bring dich hoch zu ihr.» Felix ging vor. «Wir wissen nicht, was der Kleinen fehlt. Sie atmet. Ich vermute, sie wurde betäubt. Als ob sie schlafen würde ... Wir bekommen sie nicht wach.»

Ein weiblicher Engel! Cem stellte sich das Wesen bildlich vor, mit langen blonden Haaren, einem weissen Kleid und grossen Flügeln aus glänzenden Federn.

Sie stiegen zwei weitere Ebenen hoch.

«Hier liegt sie», sagte Felix oben angekommmen. «Unter der Treppe.»

Cem richtete das Licht seiner Taschenlampe auf den Boden. «Bei Allah!»

Ein uniformierter Kollege sass neben dem Engel am Boden und schaute hilflos zu Cem hoch.

«Ein Kind!» Cem kniete sich sofort neben das Mädchen. Es war etwa in Elins Alter. Es lag auf dem Rücken in einem Bett aus Stroh. Hübsch drapiert war es, die goldenen Locken fielen über seine schmalen Schultern. Cem sah, dass es unter dem Kleid Strumpfhosen und Handschuhe trug. Sein Gesicht war bleich vor Kälte. Goldstaub klebte auf der Stirn. Es lag ganz still, die Hände über seinem Bauch wie zum Gebet gefaltet. Seine Flügel waren klein. Das Mädchen wirkte so zart, so zerbrechlich. Cem fühlte seinen Puls. Normal, stellte er erleichtert fest. «Habt ihr denn keine Decke?»

«Ähm, doch, ein Kollege ist zum Wagen zurück und holt gerade eine. Wir wussten nicht, ob wir die Kleine bewegen dürfen, bis die Rettungssanitäter hier sind.»

Cem riss den Reissverschluss seiner Jacke auf. Am Heiligen Abend durfte kein Engel sterben. Nicht, wenn er Dienst hatte.

Barbara traf auf den Kollegen beim Wagen unten am St. Karliquai. Er holte gerade zwei Decken aus dem Kofferraum. «Barbara, guten Abend. Dein Fall?»

«Paul, auch im Einsatz? Was hast du für mich?»

«Sieh es dir selbst an. Das glaubst du mir ja doch nicht.»

Zusammen gingen sie den kleinen, steilen Pfad entlang der Mauer hoch zum Männliturm.

Vor dem Eingang grüsste Barbara Strebler, den sie nur flüchtig kannte. Dann sah sie die tote Ratte, die Federn und das blutige Symbol an der Mauer. Kalt kroch ihr der Ekel über die Haut. Musste das ausgerechnet heute Nacht sein?

Sie folgte Paul ins Innere des Turmes. Die Sirenen der Ambulanz näherten sich.

«Ein kleiner Engel», sagte Paul.

Barbara blieb auf den Stufen stehen. «Ein Engel?»

«Ja.»

Das ist die Strafe, weil ich an Gott gezweifelt habe. Dio mio! Sie fühlte Schwindel und suchte mit der Hand Halt an der kalten, rauen Steinmauer.

Paul blickte über die Schulter zurück. «Der Engel ist ein kleines Mädchen.»

Blut pochte hoch in Barbaras Kopf. Ein Kind. Oh nein! Barbara hatte in ihrer über zwanzigjährigen Karriere bei der Kriminalpolizei schon viel gesehen und erlebt. Woran sie sich aber nie gewöhnen konnte, waren Verbrechen an Kindern. Das war gegen die menschliche Natur.

«Hier liegt es, vierte Ebene», keuchte Paul, dem das Treppensteigen zugesetzt hatte. «Meine Kollegen – oh.» Er blieb stehen.

Barbara trat neben ihn und starrte auf die Szenerie vor sich. Zwei Kollegen der Sicherheitspolizei standen an der Wand, ihr Atem warf im Licht der Taschenlampen kalte Luftschleier in die Dunkelheit. In der Ecke unter der Treppe, die zum Dach führte, lag eine dicke Schicht Stroh auf dem Bretterboden. Cem sass im Stroh. In seinem Schoss wiegte er den kleinen Engel. Er hatte seine Jacke um das Mädchen gelegt, um es zu wärmen. Und es musste auch seine Wollmütze auf dessen Kopf sein. Er drückte es fest an sich.

Cem blickte auf, sein Gesicht wirkte gequält. Er war zu gut für diesen Job, dachte Barbara. Cem war erst seit einem Jahr bei Leib und Leben und hatte schon einiges erlebt. Ja, er war ein toller Polizist mit einer hervorragenden Menschenkenntnis, auch wenn er manchmal etwas blauäugig an einen Fall heranging und sich nicht immer an die Regeln hielt. Cems Problem war sein Herz. Es war einfach zu gross. Barbara wollte nicht, dass es in der brutalen Welt der Polizeiarbeit zerbrach. Sie musste wieder an Rolf denken. Ihren Boss. Ihren heimlichen Geliebten. Sein Herz war gewaltsam ausgetrocknet. Es stand für immer still. Alles nur wegen der verfluchten Arbeit.

Barbara verbannte die Gedanken und kniete sich neben Cem. «Wie geht es dem Mädchen?», fragte sie so leise, als hätte sie Angst, das schlafende Kind zu wecken.

Cem drückte die Kleine enger an sich. «Sie scheint unverletzt. Man hat sie vermutlich betäubt. Sie hat vorhin leise gestöhnt. Ich glaube, sie wacht bald auf.»

«Gut», sagte Barbara. Sie nahm Paul die Decken ab und wickelte sie um Cem und das Mädchen. «Bring unser Engelchen runter zum Ambulanzwagen.»

Vorsichtig stand Cem auf, die Kleine im Arm.

«Paul, hilf Cem. Er braucht Licht. Seid vorsichtig. Die Stufen sind eng und steil.»

«Ich schaff das schon», sagte Cem. «Sie ist nicht schwer.»

Barbara atmete tief durch. Das hier war ein makaberer Scherz. Wer setzte am Heiligen Abend ein kleines Kind mit Engelsflügeln im Männliturm aus? «Cem, wir brauchen das Kleid des Mädchens!», rief sie ihm hinterher.

«Ist gut», rief er zurück.

«Und die Flügel!»

«Ja, klar.»

Barbara winkte die beiden anderen Kollegen zu sich. Sie kannte sie nur flüchtig und konnte sich nicht an ihre Namen erinnern. «Ich bin Barbara, leitende Ermittlerin bei Leib und Leben.»

«Wolfgang», stellte sich der etwas ältere Kollege vor.

«Felix», meldete sich der Kollege mit der Brille.

«Wie habt ihr das Mädchen gefunden?», fragte sie.

«Bei der Zentrale gingen mehrere Anrufe von Anwohnern ein», sagte Wolfgang. «Alle sahen Licht auf dem Männliturm, der in den Wintermonaten ja nicht zugänglich ist.»

«Oben auf dem Dach brannte ein Feuer.» Felix trat von einem Fuss auf den anderen. Er war sichtlich durcheinander.

«Hat man nicht die Feuerwehr gerufen?», fragte Barbara.

«Wir waren schneller hier», sagte Wolfgang. «Wir haben das Feuer gelöscht und die Feuerwehr abbestellt. Da ist alles Stein und Beton, da oben. Es war nur ein kleines Feuer. Harmlos. Wie ein Mini-Lagerfeuer, aufgeschichtet aus Holzscheiten.»

«Und da habt ihr den Engel im Stroh entdeckt?», fragte Barbara.

Die Kollegen nickten.

«Habt ihr sonst noch etwas Auffälliges gefunden?»

«Das kann man sagen.» Wolfgang leuchtete mit der Taschenlampe die Steinwände entlang. Unzählige Symbole und Zeichen waren daraufgezeichnet. Okkulte. Unheimliche.

«In roter Farbe, wie unten beim Eingang», sagte Wolfgang. «Wir vermuten, es ist Blut. Und oben auf dem Dach sind noch mehr.»

«Danke», sagte Barbara. «Gute Arbeit. Ihr könnt gehen. Ich werde die Spusi anfordern.»

Alleine zurück auf der vierten Ebene fühlte Barbara die Kälte. Unheimlich, das traf es schon.

Rasch zog sie ihr Handy und rief die Zentrale an. Sie brauchte professionelle Verstärkung. Und Licht. Sie brauchte verdammt noch mal Licht.

Cem übergab die Kleine den Rettungssanitätern. Sie war bereits dabei aufzuwachen. Ein gutes Zeichen. Unruhig tigerte er während der nächsten Minuten vor dem Ambulanzwagen auf und ab.

Endlich öffnete sich die Tür, und ein junger Sanitäter steckte den Kopf heraus.

«Wie geht es ihr?», fragte Cem.

«Sie ist stabil», sagte der Sanitäter. «Noch etwas durcheinander, aber das ist normal. Ihr wurde vermutlich ein Schlafmittel verabreicht.»

Cem schenkte Allah ein stilles Dankesgebet. «Wir brauchen das Kleid. Und die Flügel.»

«Klar doch», sagte der Sanitäter. «Aber da ist etwas anderes, das Sie sich ansehen sollten.»

Alarmiert kletterte Cem in den Wagen. Die Kleine lag auf der Bahre und starrte ihn mit grossen hellblauen Augen an. «Hey, Süsse», sagte Cem. «Alles gut, du brauchst keine Angst zu haben.» Er strich ihr mit den Fingern über die Stirn.

«Sie will nicht sprechen», sagte der ältere Sanitäter, der neben ihr sass. «Wir wollten Ihnen das hier zeigen.»

Er schob die Decken zurück. Auf dem Bauch des Mädchens waren drei Zeichen aufgemalt – in roter Farbe: eine Kerze, ein Totenschädel und eine Sanduhr.

Cem trat näher und betrachtete die Motive. Sie waren detailliert gezeichnet. Er vermutete, dass eine Schablone benutzt und die Farbe mit Airbrush-Technik aufgesprüht worden war. Die Luzerner kannten sich damit aus. An der Fasnacht verzierten sie ihre Gesichter auf diese Weise mit kunstvollen Motiven. Cem strich vorsichtig mit einem Finger über die Farbe. Sie liess sich nicht verwischen. «Wow, da hat man dich ganz bunt angemalt, was?», sagte er zu der Kleinen und lächelte, so lieb er konnte. «Darf ich mal ein Foto machen, ja?» Er zog sein Handy und schoss einige Bilder. «Ich brauche einen Abstrich von der Farbe», sagte er zu den Sanitätern. «Können Sie noch einige Minuten warten, bis meine Kollegen von der Spurensicherung hier sind, bevor Sie das Mädchen ins Kinderspital bringen?»

«Sicher», sagte der ältere Sanitäter und deckte das Mädchen wieder zu. «Wenn es nicht zu lange dauert.»

«Kann ich ihm schon ein paar Fragen stellen?», fragte Cem.

«Geben Sie ihm ein paar Minuten. Es ist noch etwas benommen.»

«Gut.» Cem wandte sich an die Kleine. «Ich lass dich kurz

mit den beiden netten Sanitätern alleine und schaue nachher nochmals vorbei, okay?»

Das Mädchen blinzelte ein paarmal, sagte aber nichts.

Er fand Barbara ganz oben auf dem Dach des Turmes. Vom Feuer war nur noch ein verkohlter Holzhaufen übrig. «Das war kaum gross genug, um eine Cervelat zu braten», sagte Cem und trat neben seine Chefin. «Aber es hat uns zum Kind geführt. Das war Absicht. Wir sollten das Mädchen finden. Rasch finden. – Hey, ist mit dir alles okay?» Er schaute hoch in ihre blauen Augen, die in der Nacht ungewohnt dunkel wirkten. Einzig ihre rote Haarpracht verlor selbst in der Finsternis nicht an Sättigung.

Barbara starrte auf die Stadt hinunter. «Okay ist es nie, wenn ein Kind das Opfer ist.»

«Es geht ihm gut», sagte Cem. «Es hat vermutlich die ganze Action verschlafen und wundert sich, warum es nicht zu Hause im Bett liegt.»

«Der Mistkerl hätte mich nehmen sollen. Einfach alles verschlafen. Klingt gut.»

«Hey, du packst das. Wir lösen diesen seltsamen Fall, und schon ist Weihnachten vorbei. Versprochen.»

Barbara zog ihre Hände aus der Winterjacke. «Was haben wir?»

Cem schritt die vier Seiten des Turmes ab und leuchtete mit seiner Taschenlampe auf die mystischen Zeichen, die rund um das Feuer auf den Boden gemalt waren. «Da bin ich nicht der Spezialist. Sieht mir nach Zauberei, Okkultem oder so Kram aus. Unser Täter ist ein Magier – oder ein Teufel, so was in der Art. Hier ist wieder dieser Stern in dem Kreis. Und da …», Cem zeigte auf einige Symbole, die aus geraden und schrägen Strichen bestanden, «diese Zeichen sehen aus wie Runen – denke ich jedenfalls.» Er liess den Lichtstrahl zum nächsten Symbol wandern. «Aber hallo, dieses Zeichen kenne ich.» Er kniete sich nieder, um es genauer zu betrachten. Es sah aus wie ein kleines m, an dessen letztem Strich eine Schlaufe angehängt war. «Ist das nicht das Zeichen für die Jungfrau im Horoskop?»

«Ja», sagte Barbara. «Aber etwas stört mich hier.»

Cem stand auf. «Nur etwas?»

«Die Symbole sind chaotisch. Da ist ein Mond. Dann all die Kreise. Einer mit einem Punkt in der Mitte, ein anderer mit einem Kreuz. Es gibt Dreiecke und da: das Anch-Zeichen der Ägypter. Dann die Runen, das Horoskop. Feuer, Federn, eine tote Ratte. Und ein Engel?»

«Das Werk eines Dämons?» Cem zeigte auf den Ritter, der auf einem der beiden kleinen Türme thronte und stolz seine Luzerner Fahne in der rechten und sein Schwert in der linken Hand hielt. Regungslos und steif wachte er über seine Stadt. «Vielleicht hat er etwas gesehen?»

Cem entlockte Barbara ein Lächeln. «Das hier ist das Werk eines Spinners, und unser Männli schweigt. Die Spurensicherung ist bald hier und wird alles dokumentieren. Morgen müssen wir einen Spezialisten zuziehen, der sich mit alldem auskennt.» Sie seufzte. «Und das an Weihnachten.»

Cem lehnte sich an die Mauer der Zinnenkrone, die den Turm umgab. «Unseren kleinen Engel muss sich die Spusi auch vornehmen. Der Täter hat den Bauch der Kleinen ebenfalls bemalt. Eine Kerze, ein Totenschädel und eine Sanduhr.»

Barbara prustete Luft aus den Wangen. «Zeichen des Todes. Das gefällt mir nicht. Wetten, da kommt noch mehr?»

«Soll ich Eva anrufen?», fragte Cem.

«Nein. Lassen wir der Staatsanwältin den Heiligen Abend mit ihrer Familie. Das können wir morgen tun.»

«Was geschieht mit der Kleinen? Informieren wir die KESB?» Innerlich sträubte sich Cem dagegen, die Kindes- und Erwachsenenschutzbehörde einzuschalten.

Barbara ging einige Schritte auf und ab. «Warte noch. Wir wissen ja nicht, was passiert ist. Vielleicht verrät uns das Mädchen seinen Namen. Dann besuchen wir seine Eltern.»

«Könnte ihnen etwas zugestossen sein?», fragte Cem.

«Keine Ahnung. Vielleicht sind sie Opfer oder Täter oder ahnungslos. Diese Nacht schläft das Mädchen erst mal im Kinderspital. Ich organisiere eine Polizistin, die bei ihm bleibt.»

«Wenn die Kleine nicht spricht?», fragte Cem.

«Dann durchsuchst du heute Nacht die Datenbanken nach vermissten Mädchen. Ich will, dass unser Engel morgen einen schönen Weihnachtstag erlebt. Und besorg ein Geschenk für das Mädchen.»

Das mochte Cem an seiner Chefin: Sie fällte Entscheidungen mit Herz. Er hoffte, dass sie Rolf Wymanns Posten als Abteilungsleiterin übernahm. Wenn sie sich nur nicht so mit seinem Tod quälen würde. Es war nicht ihre Schuld gewesen. Niemand konnte wissen, dass Barbara und Wymann an der Määs in einen Hinterhalt gelockt wurden. Die Kugel hätte auch sie treffen können. Das war Schicksal.

Ein Geräusch riss Cem aus den Gedanken. Es kam von unten. Er lehnte sich über die Brüstung und schaute in die Tiefe. Da war alles dunkel. Wo war der Mond, wenn man ihn einmal brauchte? Das Licht seiner Taschenlampe war nicht stark genug. Er war sich sicher, unten auf der Wiese vor der Nordseite der Mauer einen Schatten zu sehen, der sich bewegte. «Hey!», rief er. «Wer ist da?»

Er bekam keine Antwort.

Auch Barbara spähte hinunter. «Was hast du gesehen?»

«Da war jemand. Er hat uns beobachtet. Den Turm beobachtet.»

«Ich sehe nichts», sagte Barbara, nachdem sie mehrmals mit der Taschenlampe hin und her geleuchtet hatte. «Wenn jemand dort lauerte, hast du ihn verjagt. War bestimmt nur ein neugieriger Nachbar.»

Paul kam die Treppe hoch aufs Dach. «Die Sanitäter schicken mich. Das Mädchen ist jetzt wach genug für erste Fragen.»

«Ich rede gleich mit ihm», sagte Cem und wollte schon losstürmen.

Barbara hielt ihn zurück. «Das mache ich. Frauensache.»

«Aber …» Cem sah ein, dass sie recht hatte.

«Was ist das?», rief Paul. Mit seinem ausgestreckten Arm zeigte er nach Norden.

Auf der Wiese, keine einhundert Meter von ihnen entfernt, loderte ein kleines Feuer auf. Es bewegte sich, wanderte ostwärts. Jemand hatte parallel zur Museggmauer eine Spur gelegt, die sich entzündete. Die Flammen loderten nur einen knappen Meter in die Höhe, aber zogen sich bald an die fünfzig Meter dem Boden entlang fort.

Cem hörte ein Pferd wiehern.

«Heilige Maria!», rief Barbara aus. «Seht!»

Cem traute seinen Augen nicht. Vor dem Feuer galoppierte ein Pferd der flammenden Spur entlang. Das Feuer beleuchtete Pferd und Reiter auf gespenstische Weise als schwarze Silhouette. «Ein Geisterreiter.» Täuschte er sich oder hatte dieser Geist rote lange Haare? Die Farbe war im Licht des Feuers schwer zu erkennen.

«Da ist auch ein Hund», sagte Paul, seinen Arm hielt er noch immer ausgestreckt.

Der Reiter zügelte sein Pferd. Das Tier tänzelte nervös im Kreis. Dann gab er ihm die Sporen, und es galoppierte weiter, verschwand ostwärts hinter ein paar Bäumen im Dunkeln auf einer Quartierstrasse. Man hörte noch die Hufeisen auf dem Asphalt aufschlagen. Dann war es still. «Wo will der hin?», fragte Cem. Sie befanden sich hier mitten in der Stadt. «Und wo kam der Teufelsreiter her?» Bereits erlosch die Feuerspur.

«Ein Alptraum», sagte Barbara. «Ich hole jetzt Schnellmann aus der warmen Stube. Ich brauche mehr Personal.»

Der Chef der Kriminalpolizei würde toben, dachte Cem. Ihm war Weihnachten heilig. Aber da Wymanns Posten noch immer nicht besetzt war, musste er wohl oder übel einspringen.

Während Barbara telefonierte, sah sich Cem eine Etage tiefer um. Hier hatte das Mädchen gelegen. Auch hier gab es an den Wänden seltsame Symbole. Cem kniete sich neben das Stroh und wühlte mit der Hand darin herum. Er stiess an etwas Hartes. Er zog den länglichen Gegenstand heraus. Gut trug er seine Handschuhe, sonst würde Metzger von der Spusi lauthals meckern. «Was haben wir denn da?» Cem hielt eine Flasche in der Hand. Es war eine Literflasche aus Glas. Sah aus wie eine Mineralwasserflasche. Das Originaletikett war durch eine Selbstklebe-Etikette ausgetauscht worden. «Grüne Fee» stand darauf. Die Schrift war aus einem Drucker. Die Flasche war fast leer. Cem öffnete den

Blechverschluss und roch daran. Absinth. Hässlich. Er leuchtete mit der Lampe auf das Glas. Zwei astreine Fingerabdrücke waren zu sehen. Und der Abdruck von rotem Lippenstift am Verschluss.

Barbara kam die Treppe herunter. «Schnellmann tobt.»

«Sag ich doch.»

«Sagst du?»

Cem grinste. «Hier, eine Flasche Absinth mit Lippenstift und Fingerabdrücken.»

«Wenigstens etwas.» Barbara seufzte. «Überlass die Flasche Metzger und seinem Team. Wir verschwinden hier. Ich will mit dem Mädchen sprechen.»

Vor dem Ambulanzwagen trafen sie auf den älteren Sanitäter, der etwas verloren auf den Turm starrte.

«Wie geht es der Kleinen?», fragte Barbara.

«Fredy ist bei ihr. Sie ist in Ordnung. Medizinisch gesehen. Sie hat viel Wasser getrunken und meinen Schokoladenriegel verputzt. Aber sie spricht nicht.»

«Kein Wort?», fragte Cem.

«Nein.»

«Hat sie Angst?», hakte Barbara nach. «Ist sie verstört?»

Der Sanitäter schüttelte den Kopf. «Nicht sonderlich. Etwas irritiert. Sie weiss nicht, wo sie ist.»

«Kann sie nicht sprechen oder will sie nicht?», fragte Cem.

«Wir müssen das im Spital genauer abklären, aber ich denke, das ist eher psychosomatisch.»

«Kann ich zu ihr?», fragte Barbara. «Vielleicht habe ich als Frau mehr Glück.»

«Sicher.» Der Sanitäter öffnete die hintere Tür des Krankenwagens. «Fredy, kommst du raus? Die Frau Polizistin möchte mit unserem Engelchen sprechen.»

Fredy stieg aus. Er war noch recht jung mit einem braunen Wuschelkopf. Seine markanten, leicht abstehenden Ohren waren nicht zu übersehen. «Wir haben da drinnen gerade stummes ‹Schere, Stein, Papier› gespielt», sagte Fredy. «Engelchen hat mich vier zu drei geschlagen.»

«Danke für den Tipp», sagte Barbara und stieg in den Wagen.

Fredy schloss die Tür.

«Frauengespräche», sagte Cem.

«Kennen wir», bestätigte Fredy und streckte Cem die Hand hin. «Ich bin Fredy. Wenn wir den Heiligen Abend schon bei der Arbeit verbringen müssen, können wir es wenigstens etwas familiärer als üblich angehen.»

Cem wollte gerade Fredys Hand schütteln, als ein herzzerreissender Schrei aus dem Wagen drang.

Das Mädchen!

«Was zum ...» Sofort riss Fredy die Tür auf.

Cem sah, wie Barbara verdattert auf der Seitenbank sass. Das Kind hockte auf der Bahre und schrie wie am Spiess.

«Kommen Sie sofort raus!», sagte Fredy. So viel Befehlsgewalt hätte Cem dem jungen Sanitäter niemals zugetraut. Barbara gehorchte. Das war noch viel untypischer.

«Na, na, ganz ruhig», sagte Fredy, stieg ein und setzte sich neben die Kleine. Sie klammerte sich an seinem Arm fest und starrte mit blauen Kulleraugen Barbara an.

«Was hast du mit ihr gemacht?», fragte Cem.

«Nichts», sagte Barbara. «Sie hat mich angesehen und losgeschrien.»

«War wohl nichts mit dem Frauengespräch», nuschelte Cem. «Ich werde es mal versuchen. Mit Fredy hat sie ja auch keine Probleme.»

Barbara nickte. Das hatte sie ganz schön getroffen.

Cem kletterte in den Krankenwagen und schloss die Tür hinter sich. «Hey, Süsse, alles gut. Wir sind deine Freunde. Du musst keine Angst haben.»

Sie starrte Cem an. Er bereitete sich innerlich schon darauf vor, dass sie gleich loslegen würde, aber sie blieb stumm. «Ich bin Cem. Und wie heisst du?» Cem wusste, dass sein Charme beim weiblichen Geschlecht Wirkung zeigte. Er hatte die kleine Elin ebenso auf seiner Seite wie Grosstante Asel aus Istanbul. Aber von Engelchen bekam er eine Abfuhr. Zumindest keinen Namen. Es klammerte sich an Fredys Arm und schwieg.

«Hm», murmelte Cem, «der alte Fredy hier hat mir gesagt, dass du gerne Spiele spielst. Ich kenne da ein ganz tolles! Es heisst ‹Wer bin ich?›, und es ist voll cool, weil du dabei kein Wort sprechen darfst. Wollen wir das spielen, ja?» Er hatte die Aufmerksamkeit der Kleinen, wenn auch ihr Blick misstrauisch blieb.

«Ich fange mit Fredy an, okay? Ich stelle ihm Fragen, und er darf nur nicken oder den Kopf schütteln. Und ich darf so lange fragen, bis ich herausgefunden habe, wer er ist. Spielen wir das?»

Sie nickte eifrig.

«Also gut.» Cem rieb sich die Hände und liess seine Augen vor Begeisterung aufleuchten. «Fredy, wohnst du in New York?»

Fredy schüttelte den Kopf.

«Nein?», rief Cem verwundert aus. «Ja, wohnst du denn in Luzern?»

Fredy nickte.

«Super! Arbeitest du als Polizist?»

Fredy schüttelte den Kopf.

«Bist du Briefträger?»

Fredy schüttelte den Kopf.

«Auch nicht?» Cem kratzte sich am Kinn. «Ah, jetzt weiss ich es. Du bist der Samichlaus!»

Fredy schüttelte den Kopf.

Die Kleine kicherte scheu.

Cem machte weiter. «Dann bist du der Schmutzli? – Das Christkind?»

«Das ist doch der Doktor», rutschte es aus der Kleinen heraus. Als sie ihren Fehler bemerkte, hielt sie sich erschrocken die Hand vor den Mund.

Cem versuchte, ihre Reaktion zu ignorieren. «Fredy, bist du der Doktor?»

Fredy nickte euphorisch.

«Super!», jubelte Cem. «Und jetzt zu dir, kleine Lady. Kommst du aus Afrika?»

Sie schüttelte den Kopf.

«Hm, vom Nordpol? Nein? Kommst du aus der Schweiz?»

Sie nickte.

Das war doch ein Anfang. «Wohnst du in Luzern, so wie Fredy?»
Wieder ein Nicken. Das war gut. Das schränkte den Suchradius enorm ein. Jetzt kamen die heiklen Fragen. «Wohnen Mama und Papa auch in Luzern?»
Sie nickte, als wäre es eine völlig normale Frage. Schien nicht so, als hätte sie Angst vor ihren Eltern. «Hast du eine Schwester?»
Sie schüttelte den Kopf.
«Einen Bruder? Nein? Ein Haustier?»
Sie nickte begeistert.
«Super! Lass mich raten, du wohnst mit deinen Eltern in einer kleinen Wohnung?»
Sie schüttelte den Kopf.
«Dann in einem schönen Haus?»
Sie nickte.
Das waren viele gute Hinweise. Sie würden die Identität der Kleinen bald herausgefunden haben. «Willst du zurück zu Mama und Papa?»
Sie nickte.
«Aber du willst mir deinen Namen nicht sagen?»
Sie zögerte.
Also wollte sie ihren Namen verraten, aber etwas hielt sie davon ab. «Hm?» Cem lehnte sich verschwörerisch zu ihr vor und winkte auch Fredy näher. «Ich denke, jemand hat dir verboten, zu sprechen. Ein Geheimnis, richtig?»
Die Kleine nickte.
«Und dieser jemand war eine – eine Frau?»
Das Mädchen nickte und klammerte sich wieder an Fredys Arm fest.
Cem wechselte zum Flüsterton. «Und die Frau hat gesagt, etwas Schlimmes passiert, wenn du mit uns redest?»
Das Mädchen nickte kaum merklich.
«Das bleibt jetzt ein Geheimnis unter uns dreien», flüsterte Cem, «aber ich denke, diese Frau war eine rothaarige Hexe.»
Engelchen begann zu weinen.

ZWEI

Cem sass schon über eine Stunde im Wartezimmer des Kinderspitals, in bester Gesellschaft mit Teddybären und Legosteinen. Ein Hello-Kitty-Kissen kuschelte seinen Kopf an die Wand. Spitalkomfort pur. Wie lange wollte der gute Onkel Doktor die kleine Maus noch untersuchen? Cem wühlte in seiner Jacke, die neben ihm auf einem Stuhl lag, und suchte nach einer Packung Kaugummi. Sie war leer. Er stand auf und streckte seine Glieder durch. Was für eine Nacht. Es war bereits nach ein Uhr. Barbara war noch immer mit der Spusi am Tatort.

Eine Krankenschwester streckte den Kopf ins Wartezimmer. «Herr Cengiz? Von der Polizei?»

«Der bin ich.»

«Ich bin Schwester Doris. Ich werde mich heute Nacht um unseren kleinen Engel kümmern. Dr. Reimers ist mit der Untersuchung fertig. Er will sich zuerst mit Ihnen unterhalten, bevor Sie zu dem Mädchen können.» Die zierliche Krankenschwester führte ihn in Dr. Reimers' Büro.

«Der Herr von der Polizei», begrüsste der Kinderarzt Cem und reichte ihm die Hand. Ein fester Händedruck. Obwohl Dr. Reimers erst in den Vierzigern war, zierte bereits eine schöne Oberkopfglatze seinen Kopf.

«Cengiz, Ermittler bei der Luzerner Kriminalpolizei. Wie geht es der Kleinen?»

«Körperlich ganz gut.» Dr. Reimers bat Cem, Platz zu nehmen. «Die Laborauswertung liegt noch nicht vor, aber ich vermute, sie hat ein Schlafmittel bekommen. Wir haben auch eine Blutprobe an euer kriminaltechnisches Labor geliefert. Ihr könnt eine Vergiftung besser diagnostizieren als wir.»

«Und sonst?»

Reimers setzte sich auf die Tischkante. «Sonst zeigt sie keine Anzeichen von Misshandlung. Zum Glück.»

Cem atmete innerlich auf. «Spricht sie?»

«Nein. Wir haben alles versucht. Ohne Erfolg. Es ist aber normal, dass Kinder nach der Einnahme eines Schlafmittels Erinnerungslücken aufweisen. Das Mädchen ist gegen Ende der Untersuchung eingeschlafen. Wir müssen bis morgen warten. Ich bin sicher, dann klärt sich alles auf.»

«Wie alt ist es?», fragte Cem.

«Etwa sechs.»

«Und sein allgemeiner Zustand? Lässt der Rückschlüsse zu?»

Reimers strich sich über die Glatze. «Gut ernährt. Gepflegte Zähne – verwahrlost ist es nicht. Aber ...»

Cem horchte auf. Er mochte kein Aber.

«Es gibt da schon ein paar Punkte, die wir näher untersuchen sollten. Das Mädchen hat ein Hämatom am Oberarm, das etwa vier bis fünf Tage alt ist.»

«Ist das aussergewöhnlich?»

«Muss nicht sein. Kinder toben herum, da ist es oft ganz normal, dass sie sich blaue Flecken holen. Wir haben auch einen verheilten Bruch diagnostiziert. Das Mädchen hat sich vor etwa zwei Monaten Elle und Speiche gebrochen.»

«Ein behandelter Bruch?»

«Ja.»

«Dann sollten wir ihre Identität bald herausfinden. Könnte sie hier behandelt worden sein?»

«Ich habe bereits veranlasst, dass sich alle Angestellten das Mädchen kurz ansehen. Wir werden auch in den Akten nachsehen. Morgen wissen wir mehr.»

«Kann ich zu ihr?»

Dr. Reimers willigte ein und versprach, gleich den Bericht für die Polizei zu schreiben.

Als Cem in den Korridor hinaustrat, war es fast unerträglich still. Cem mochte Spitäler nicht. Er hasste diesen Geruch nach Desinfektionsmitteln. Im Oktober hatte er stundenlang in solch einem Korridor gesessen, während Wymann operiert wurde. Sein Chef hatte das Spital nicht mehr lebend verlassen. Cem blieb stehen, zog sein iPhone aus der Jeanstasche und wählte Barbaras Nummer.

«Alles gut bei dir?», fragte sie.

«Ja. Die Kleine ist in Ordnung. Sie schläft. Wann kommt die Kollegin, die mich ablöst und bei dem Mädchen bleibt?»

Er hörte Barbara am Telefon schnauben. «Finde du mal heute Nacht eine freie Polizistin. Alle Streifen sind unterwegs. Ist ganz schön was los.»

Cem verstand. Die Auswirkungen der Budgetkürzungen. «Ich denke, Engelchen ist nicht in –» Er hörte ein Geräusch und blickte auf.

Das war doch nicht möglich!

Ein Mann trat in diesem Moment aus dem Zimmer des Mädchens, welches gegenüber dem Treppenhaus lag. Einen Arztkittel trug er nicht.

«Hey!», rief Cem.

Der Mann drehte sich nicht um, steuerte geradewegs aufs Treppenhaus zu.

«Polizei!», rief Cem. «Stehen bleiben!» Er rannte los.

So auch der Mann. Wie von der Tarantel gestochen rannte er die Stufen hinunter.

Cem wollte hinterher, blieb dann stehen. Engelchen! Es war wichtiger. Er schaute sich um. Wo waren die Schwestern und Ärzte, wenn man sie brauchte? Er rannte zurück und stürmte ins Zimmer.

Es brannte gedimmtes Licht. Das Mädchen lag da, ein kleines, zierliches Wesen in einem übergrossen Bett, der Kopf regelrecht verschluckt von dem riesigen Daunenkissen. Es atmete. Allah sei Dank. Der Kerl hatte ihm nichts getan. Dennoch drückte Cem den Knopf, um die Nachtwache zu alarmieren. Cem musste sicher sein, dass das Mädchen okay war.

«Hallo? Cem!»

Barbara! Sie war noch immer in der Leitung. Er hielt sich das Handy ans Ohr. «Ich bleibe heute Nacht hier», sagte er. «Unser Engelchen hatte soeben Besuch von einem Unbekannten.»

***

«Cem. Hallo. Aufwachen.»

Cem stand mit dem Rücken zur Museggmauer und beobachtete, wie Barbara auf einem Hexenbesen an ihm vorbeiflog. «Hä? Was?» Er fühlte nur Schmerz. Sein Rücken explodierte gleich.

«Du bist eingeschlafen», sagte die Frauenstimme.

Er rieb sich die Augen.

Vor ihm stand ein Engel in Uniform, in blauer Polizeiuniform. «Barbara schickt mich. Ich soll dich hier ablösen.»

Cem stand vom harten Stuhl auf, rollte seinen Kopf und schaute hinüber zu Engelchen. Die Kleine schlief. Ein Blick auf die Uhr sagte ihm, dass es bereits nach sechs war. «Danke, ich mach 'nen Abgang. Lass das Mädchen keine Sekunde aus den Augen.»

«Ich wache wie ein Pitbull.»

«Sehr gut. Und nimm dir ein Kissen, dieser Stuhl ist verdammt hart.»

Cem verliess das Zimmer und wollte die Treppe hinunter zum Ausgang nehmen, als er sich daran erinnerte, dass seine Jacke noch im Wartezimmer lag. Er holte sie und ging den Korridor wieder zurück.

Eine Krankenschwester kam ihm entgegen. «Sind Sie von der Polizei? Herr Cengiz?»

«So nennt man mich.»

Die junge Frau schob sich ihre braunen schulterlangen Haare hinters Ohr. «Ich bin Schwester Anita. Dr. Reimers und Schwester Doris sind nach Hause gegangen. Ich soll Ihnen das hier geben.» Sie drückte ihm ein Papier in die Hand. «Der Bericht von Dr. Reimers.»

«Oh, danke.»

«Keine Ursache.»

Cem blätterte in den Papieren, als er das Kinderspital verliess. Viel Neues stand nicht drin, soweit er den Text verstand.

Draussen empfing ihn ein eisiger Wind. Das würden ja tolle Weihnachten werden. Er steckte den Arztbericht in die Innentasche seiner Winterjacke und zog den Reissverschluss bis oben zu. Der Spaziergang nach Hause würde ihm guttun. Cem vergrub die

Hände in den Jackentaschen. Irgendwo musste er in dem Trubel seine Handschuhe liegen gelassen haben. Er marschierte los.

Weit kam er nicht. Keine drei Schritte.

Was war das?

Da befand sich ein kleiner Gegenstand in der linken Jackentasche. Den kannte er nicht.

Er war kaum daumengross, rund, eingekerbt.

Cem zog das Ding heraus.

«Mist!»

Auf seiner Handfläche lag ein kleiner weisser Totenschädel.

***

«Das ist Knochen.»

«Du solltest nicht hier sein. Es ist Weihnachten.»

«Unheimlich, nicht?» Sie rollte den kleinen Totenschädel zwischen Daumen und Zeigefinger hin und her. Ihr roter Nagellack glänzte wie frisches Blut im Neonlicht.

«Alain braucht dich», sagte Cem.

Sie schaute abrupt auf. «Ich weiss.»

Cem verwarf die Hände. Er war mit Eva Roos alleine in seinem Büro. Die anderen waren schon oben. Er hatte sie zurückgehalten. Offenbar ein Fehler. Sie liess sich nicht umstimmen. «Du bist Staatsanwältin, keine Ermittlerin.»

«Ihr seid unterbesetzt, und ich helfe gerne.»

«Machst du auch mal frei?»

«Gestern hatte ich frei.»

«Ein freier Tag im Monat ist nicht genug.» Cem packte sie an den Schultern, nur sanft, aber sie zuckte zusammen. «Lass dir helfen. Sich in Arbeit zu stürzen verdrängt das Problem nur, es löst es nicht.»

Sie sagte nichts.

Cem strich ihr mit dem Daumen über die kleine Narbe, die an der Oberlippe zurückgeblieben war. Diese Schweine! In Cem kochte noch immer die Wut, wenn er daran dachte, was die Russenmafia ihr letzten Sommer angetan hatte.

Eva trat einen Schritt zurück, energisch wie immer. Sie hielt ihm den Totenschädel hin. «Dein Souvenir. Gib es Metzger. Gehen wir. Schnellmann will pünktlich um zehn mit der Lagebesprechung beginnen.» Sie marschierte aus dem Büro, liess nur ihren blumigen Duft zurück.

Das vertraute Klickern ihrer caramelfarbenen High Heels brachte Cem wie immer um den Verstand. Diese Frau. Er schaute ihr nach, wie sie mit erhobenem Kopf im sechsten Stock der Luzerner Polizeizentrale den Flur entlangmarschierte. Heute trug sie ein weisses Kostüm mit tailliertem Blazer und weich fallender Hose. Top gestylt wie immer. Aber Cem kannte Eva gut genug, um zu wissen, dass das nur eine schöne Fassade war. Zu schön. Obwohl er ihr abgeschworen hatte, spielten seine Hormone in Evas Nähe nach wie vor verrückt. Dabei lief mit Lila alles super.

«Kommst du, oder brauchst du eine Extraeinladung?», rief ihm Eva zu.

«Muss wohl», knurrte Cem vor sich hin und folgte ihr zum Lift. Er war müde, hatte nur kurz geschlafen, bevor er wieder ins Büro gekommen war.

Die nächste Herausforderung war die enge Liftkabine. Cem meisterte sie schweigend und ohne Blickkontakt, nur dem Parfüm konnte er sich nicht entziehen. Es war ihm zu vertraut. Er atmete einmal mehr als nötig tief ein. Um sich abzulenken, kontrollierte er den Sitz seiner Weste über dem blauen Hemd und rückte den Bund seiner Jeans zurecht.

Oben war das Team bereits bei Kaffee und Weihnachtsgebäck versammelt. Die Sitzung fiel heute ungewohnt familiär aus. Weihnachten und Budgetkürzungen waren dafür verantwortlich. Ausserdem ging es ja *nur* um Entführung, leichte Körperverletzung und Sachbeschädigung und nicht um Mord.

Barbara diskutierte mit Karl Metzger von der Spurensicherung, Jörg Schnellmann, der Chef der Kriminalpolizei, telefonierte, und Kevin hämmerte auf die Tastatur seines Laptops ein. Alle blickten auf, als Eva und Cem eintraten. Na toll.

Eva setzte sich zu Barbara.

Cem liess sich neben Kevin in den Stuhl fallen. «Alles okay, Kumpel?»

Kevin zog die Augenbrauen hoch, ohne vom Monitor aufzublicken. «Und bei dir?»

«Ich habe den Heiligen Abend mit einem Engel verbracht», sagte Cem.

«Schon gehört. Das hat Gabi nicht gefallen.»

«Was, dass der Engel mich ausgesucht hat?»

«Dass ich sie wegen deines Engels heute Morgen alleine frühstücken lassen muss.»

Cem boxte Kevin in die Seite. «Deine junge Braut kann dich heute Nacht wieder lange genug knuddeln. Ein paar Stunden wird sie schon ohne dich verkraften. Und nach Neujahr fliegt ihr ja eh in die Flitterwochen. Da werde ich euch nicht stören, versprochen.»

«Wir alle wollen heim zu unseren Familien», begann Barbara, stockte kurz, als ihr der Sinn ihrer Worte bewusst wurde. «Ähm … ich fasse mich kurz.» Sie trat ans weisse Board, den Filzstift schon in der Hand, und zählte die Fakten auf. Anschliessend schrieb sie ein Wort auf das Board: «HEXE».

Es wurde still im Sitzungsraum.

«Das Mädchen hat Angst vor einer rothaarigen Hexe», fuhr Barbara fort. «Das scheint unsere Täterin zu sein. Jedenfalls ist sie besessen von Magie und okkulten Dingen.» Barbara heftete mehrere Tatortfotos ans Board. «Die Wände des Männliturms sind dekoriert mit Symbolen, Zeichen und Gegenständen, die auf einen Hexenkult schliessen lassen. Ich hatte heute Morgen schon ein Telefonat mit Frau Widmer vom Verein für die Erhaltung der Museggmauer. Sie ist entsetzt über den Vorfall. Unser Kollege Bättig ist mit dem Turmwart vor Ort, um den Schaden durch die Schmierereien zu begutachten.»

«Was sagen uns die Zeichen?», fragte Schnellmann.

«Wir suchen noch nach einem Spezialisten auf diesem Gebiet, um das Chaos zu deuten.»

«Was ist mit der Farbe?», fragte Kevin.

«Das war Blut», meldete sich Metzger mit seiner krakeelenden

Stimme. «Tierblut, vermute ich. Die Laborwerte stehen noch aus.»

«Was ist mit den Fingerabdrücken auf der Schnapsflasche?», fragte Cem.

Metzger schob seine schiefe Brille zurecht. «Daran arbeiten wir.»

«Wir haben die Spur unseres Geisterreiters verfolgt», fuhr Barbara fort. «Er muss sein Pferd in einen Anhänger verladen haben. Der Polizeihund hat seine Fährte auf einem Parkplatz an der Brambergstrasse verloren. Wir werten gerade die Verkehrskameras in und um Luzern von letzter Nacht aus. Aber ich vermute, dass der unbekannte Reiter die Autobahn gemieden hat. Heute Morgen sind zwei Teams unterwegs, die den Anwohnern im Quartier einen Besuch abstatten. Vielleicht hat jemand etwas gesehen oder gehört. Ein Pferd in der Brambergstrasse ist nicht üblich, erst recht nicht mitten in der Nacht.»

«Wissen wir etwas über den Reiter?», fragte Kevin.

«Wenig», antwortete Barbara. «Könnte eine Frau sein. Sah zumindest so aus, als hätte der Reiter lange rote Haare. Sonst trug er dunkle, vermutlich schwarze Kleidung und einen langen Mantel. Das Pferd war dunkelbraun oder schwarz ohne markante Zeichnung.»

«Was für ein Pferd war es?», fragte Schnellmann.

Barbara wechselte mit Cem einen Blick und zuckte dann mit den Schultern. «Ich kenne mich mit Pferderassen nicht aus. Es war kräftig.»

«Was ist mit dem unbekannten Besucher im Spital?», fragte Eva.

«Keine Ahnung», sagte Cem. «Er war gross, sportlich, mit kurzen dunkelblonden Haaren. Er trug Jeans und eine blaue Winterjacke. Sein Gesicht habe ich nicht gesehen. Ich vermute, es ist der gleiche Kerl, den ich unten an der Museggmauer gesehen habe. Unmöglich, dass er unser Reiter ist, das passt zeitlich nicht. Wie ich das sehe, hat er die Kleine nur besucht. Er wollte ihr nichts antun.»

«Wer ist er dann? Der Vater?», fragte Kevin.

«Eher ein Privatdetektiv», sagte Cem, «ein Neugieriger, ein Reporter. Wer auch immer.»

Metzger räusperte sich und verschluckte sich dabei. Er begann zu husten. Es dauerte eine halbe Minute, bis er sprechen konnte. «Hhm – ähm, das Mädchen ... Die Kleidung, die haben wir im Labor, auch die Flügel. Fasnachtsartikel. Der Goldstaub wie auch die rote Farbe auf seinem Bauch sind wohl Körperfarben, wie man sie beim Airbrush-Bodypainting verwendet.»

Cem lehnte sich zurück. «Unsere Hexe liebt also die Fasnacht.»

«Zu der Bedeutung der roten Zeichen auf dem Bauch des Mädchens ...» Kevin drehte seinen Laptop so, dass alle einen Blick darauf werfen konnten. Auf dem Bildschirm war die Nahaufnahme, die Cem im Ambulanzwagen gemacht hatte. «Eine Kerze.» Kevin tippte mit dem Stift auf das erste Symbol. «Es ist eine erloschene Kerze, hier ein Totenschädel und das da eine Sanduhr. Es sind drei typische Vanitas-Motive. Sie stehen für die Vergänglichkeit des Lebens.»

«Haben die drei Zeichen eine spezifische Bedeutung?», fragte Cem.

«Ja.» Kevin tippte mit dem Finger auf das erste Symbol. «Die Kerze. Ihre Flamme steht für die Seele des Menschen. Aber diese Kerze hier, die ist erloschen. Das bedeutet –»

«Tod», flüsterte Cem.

«Genau», sagte Kevin. «Das zweite Symbol kennen wir alle: der Totenschädel. Das Spiegelbild der eigenen Vergänglichkeit, so steht es jedenfalls im Netz.»

Cem beobachtete, wie sich Eva mit dem rechten Daumen die Knöchel der anderen Hand massierte. Das hier war zu viel für sie. Eva bemerkte seinen Blick und hielt abrupt in der nervösen Bewegung inne.

«Auch die Bedeutung der Sanduhr dürfte klar sein», fuhr Kevin fort. «Die Lebenszeit, die abläuft.»

«Die Zeichen sind eine Warnung», sagte Schnellmann.

Es wurde ganz still im Raum.

Kevin holte tief Luft. «Demnächst läuft für jemanden die Zeit ab.»

«Wie ernst ist das zu nehmen?» Schnellmanns Miene war finster.

Barbara antwortete: «Die Hexe hat sich gestern Abend viel Mühe gemacht. Das Mädchen entführt und betäubt, den Männliturm dekoriert, die Feuerspur und das Pferd … Sie wollte, dass wir unseren Engel finden. Niemand inszeniert all das, wenn er nicht einen grösseren Plan verfolgt. Sie will Aufmerksamkeit. Richtig viel Aufmerksamkeit. Der Presse wird das nicht entgehen.»

«Die Hexe hat also noch nicht ausgezaubert», sagte Cem. «Toll.»

«Herr Cengiz», sagte Schnellmann, «ich will, dass Sie sich heute Nachmittag den Tatort nochmals ansehen. Vielleicht bringt Ihr sechster Sinn etwas zutage.» Schnellmann griff nach einem Papier auf dem Tisch. «Dr. Reimers hat mich vorhin angerufen. Heute Morgen kommt ein Kinderpsychologe zu der Kleinen. Wir hoffen, dass er sie zum Sprechen bringt. Herr Leibacher», er schaute Kevin an, «Sie suchen alle Datenbanken nach dem Mädchen ab, fragen in anderen Spitälern nach. Wenn das nichts bringt, gehen Sie die Kindergärten an.»

«Es sind Weihnachtsferien», sagte Kevin.

«Irgendwie werden Sie die Lehrpersonen schon auftreiben. Wann kommt der Hexenspezialist?», fragte Schnellmann Barbara.

«Ich hoffe, bis am Nachmittag haben wir einen aufgetrieben.»

«Gut.» Schnellmann stand auf. «Ich will nicht, dass mir diese Hexe Weihnachten verdirbt. Findet sie.»

«Ähm …» Cem hob wie ein Schuljunge seinen Arm. «Es gibt da noch mehr.»

Schnellmann setzte sich wieder. Langsam. Er starrte Cem an. «Was haben Sie diesmal angestellt, Cengiz?»

Cem verzog den Mund. Alle Blicke waren auf ihn gerichtet. Er legte den kleinen Totenschädel in die Mitte des Tisches. «Den fand ich heute Morgen in der Tasche meiner Jacke. Der gehört mir nicht.»

Metzger griff nach dem Ding. «Scheint Knochen zu sein.»

«Wer hat ihn dort platziert?», fragte Barbara.

«Da kommen viele in Frage», sagte Cem. «Meine Jacke lag die ganze Nacht im Wartezimmer im Spital. Jeder hatte Zugang dazu.»

«Die Hexe?», fragte Barbara.

«Vermutlich», sagte Cem. «Sie hat uns ja auch gerufen.»

DREI

Cem begann den frühen Nachmittag damit, den St. Karliquai entlangzumarschieren. Wenigstens konnte er so seinen Kebab verdauen, den er beim türkischen Imbiss verschlungen hatte. Cem war alleine unterwegs. Den Tatort noch einmal zu inspizieren, hatte Schnellmann angeordnet. Ohne einen Hexenjäger machte das kaum Sinn. Cem kannte sich mit okkultem Kram nicht aus.

Vor sich sah er bereits den Nölliturm. Der mächtige Rundturm stand direkt an der Reuss. Um den Verkehrsfluss nicht zu stören, hatte man einen Durchgang in die Turmmauern geschlagen. Jetzt führte die Strasse mitten hindurch. So änderten sich die Zeiten.

Cem wollte auf der Nordseite des Turmes den Luegislandeggweg nehmen, um sich zuerst die Spur des Geisterreiters anzusehen.

Eine dreiste Schneeflocke setzte sich auf seine Nase. Er blickte hoch in den wolkenverhangenen Himmel. Frau Holle war pünktlich zu Weihnachten erwacht. Er musste wieder an das Mädchen denken. Hoffentlich konnte es heute Abend bei seiner Familie sein.

Cem griff nach seinem Handy und rief Lila an.

«Mon Nounours! Vermisst du mich bereits?»

«Wie wahnsinnig.»

«Langweilt dich der ‹Pate›?», fragte Lila. «Du hast ja mein Angebot, mit meiner Familie Weihnachten zu feiern, abgelehnt. Selbst schuld.»

Cem lächelte vor sich hin. «Du kennst doch mein eingerostetes Französisch.»

Sie plauderten die nächsten Minuten unbekümmert, und Cem fühlte, wie sich seine Stimmung hob. Als er schliesslich auflegte, stand er bereits auf der Wiese, wo sich gestern Nacht die Feuerspur entzündet hatte. Man sah deutlich das verkohlte Gras. Die Spur verlief direkt dem Weg entlang in gut sechzig

Meter Entfernung parallel zur Mauer. Cem ging in die Hocke und tastete den Boden ab. Dann roch er an seinen Fingern. Brandbeschleuniger. Benzin? Etwas Helles im Gras erregte seine Aufmerksamkeit. Sägespäne. Hatte so der Reiter das Feuer gelegt? Cem schritt die Spur ab. Die Hufabdrücke des Pferdes waren auf dem gefrorenen Boden kaum auszumachen. Sonst fand er nichts Auffälliges. Er nahm die Abkürzung quer über die Wiese der Museggmauer bis zum Luegislandturm, der neben dem Männliturm stand. Er blickte nach Osten. In diese Richtung war gestern der unbekannte Mann, der sie beobachtet hatte, verschwunden. Der Kerl konnte überallhin sein. Keine Chance, eine Spur von ihm zu finden. Cem marschierte auf den Männliturm zu.

Der Eingang war mit gelben Polizeiabsperrbändern gesichert. Da Metzger und sein Team mit der Beweissicherung schon durch waren, hatte man die Kollegen vom Sicherheitsdienst abgezogen, die bis heute Morgen den Tatort bewacht hatten.

«Na dann», sagte Cem zu sich und schenkte Allah kurz ein Stossgebet. Man konnte nie wissen, wie viel Macht so ein verhexter Turm besass. Obwohl, das war Blödsinn. Cem glaubte nicht an Hexen. An böse Geister hingegen schon, irgendwie.

Er schloss die Tür mit dem Schlüssel auf, den ihm Bättig mitgebracht hatte, durchschritt zügig den unterirdischen Durchgang und stieg im Innern die Stufen hoch. Die Luft war eisig kalt, so als ob die Steinwände die Feuchtigkeit und Kälte über Jahrhunderte hinweg absorbiert hätten. Eine Taschenlampe brauchte er nicht. Durch die Scharten in der Mauer fiel genügend Tageslicht. Cem blieb auf der Treppe zwischen der zweiten und dritten Ebene stehen.

Da war etwas! Oder jemand? Ganz deutlich hörte er ein kratzendes Geräusch. Cem blickte hoch und zog seine Dienstwaffe aus dem Holster. Vorsichtig ging er weiter, darauf bedacht, kein Geräusch von sich zu geben. Hoffnungslos. Die Holzstufen schrien regelrecht unter seinem Gewicht auf. Auf der dritten Ebene schaute er sich um. Nichts. Rasch erklomm er die nächsten Stufen. Vierte Ebene. Hier oben hatte Engelchen gelegen. Bei

Tageslicht sah Cem die Symbole an den Wänden ganz deutlich. Er blickte sich um. Keine Menschenseele hier. Wahrscheinlich hatte er nur einen Vogel gehört – oder ein Gespenst.

Sein Blick fiel auf den Strohhaufen.

Da lag etwas.

Cem ging darauf zu.

Es war ein Buch. Seltsam. Das hatte gestern nicht hier gelegen. Dieses Buch gehörte kaum der Spusi. Dem Turmwart vielleicht? Cem ging in die Hocke und betrachtete den Einband. Es war ein altes Buch über Hexen und Magier. Bättig hatte nicht erwähnt, dass der Turmwart sich für Hexen interessierte.

Cem blickte hoch. War jemand auf dem Dach? Er nahm die engen Stufen. Kalter Wind blies ihm ins Gesicht, als er nach draussen trat. Er sah niemanden. Bei Tag sah es hier anders aus. Die rechteckige Fläche des Daches war von der Zinnenkrone umgeben. Nach Osten und Westen stand je ein kleiner Turm. Der Männli thronte auf dem westlichen. Die Treppe, die hinunterführte, war durch einen kleinen Aufbau aus Holz geschützt. «GATE 13» hatte jemand in den Holzbalken geschnitzt, der den Aufbau stützte. Nicht nur die Hexe hatte hier oben ihre Spuren hinterlassen. Am Boden sah Cem die verkohlten Holzscheite. Die blutroten Zeichen leuchteten grell im trüben Tageslicht. Ein kalter Schauer lief Cem über den Rücken. Unbehagen. Das hier war nicht gut. Er ging in die Knie und betrachtete eines der Symbole.

Plötzlich hörte er Schritte hinter sich. Er schoss auf und wirbelte herum. Er war nicht alleine! Der Eindringling musste sich hinter dem Aufbau über der Treppe versteckt haben. Cem sah ihn nicht, hörte einzig, wie er die Stufen hinunterhechtete.

«Hey!», rief Cem. «Polizei! Stehen bleiben!» Er nahm die Verfolgung auf. Diesen Kerl würde er kriegen. Sein Vorsprung war nicht gross genug, eine Ebene bloss.

«Ich bin bewaffnet», rief Cem. «Stehen bleiben oder ich schiesse!»

Der Unbekannte reagierte nicht. Er war gross und stürzte sich mit riesigen Schritten die Stufen hinunter.

«Bleiben Sie stehen, verdammt!» Cem nahm drei Stufen auf einmal. Er musste den Typen schnappen, bevor er unten war. Draussen vor dem Turm hatte er keine Chance mehr.

Der Kerl war schnell.

Cem hob seine Waffe. «Polizei! Letzte Warnung. Stehen bleiben oder ich schiesse!»

Keine Reaktion.

Cem blieb mitten auf der Treppe stehen. Zielte. Und schoss.

Das Amt für Denkmalschutz würde ihm eine üble Strafe aufbrummen. Die freuten sich nicht, wenn man in den Steinwänden der mittelalterlichen Türme Kugeln versenkte.

Aber die Aktion zeigte Wirkung.

Der Unbekannte blieb abrupt vor der untersten Wendeltreppe stehen und hob die Hände zur Seite hoch.

Na also. Cem trat näher und zeigte mit dem Lauf seiner Waffe auf den Rücken des Mannes. «Und jetzt schön sachte umdrehen. Das nächste Mal verfehlt meine Kugel ihr Ziel nicht.»

«Easy», sagte der Kerl. «Sie haben gewonnen, Cem.» Langsam drehte er sich um.

Woher verflucht kannte der seinen Namen? Cem musterte ihn. Er war etwa in seinem Alter. Und sah fast so gut aus wie er. Sein dunkelblondes Haar war kurz und modisch geschnitten. Er hatte markante Kieferknochen und einen vollen Bartschatten. Die Nase war perfekt gerade, die Augen lagen etwas tief, gezeichnet von charakterstarken Augenbrauen. Unverschämt war sein Grinsen im Gesicht. Da war keine Spur von Angst. Ein stolzer Mann, der seine Niederlage mit der überheblichen Attitüde eines Gentleman akzeptierte.

«Hey», sagte Cem. «Wir sind hier keine besten Kumpels, die zum Spass Katz und Maus spielen.»

«Wieso nicht?», fragte der Kerl. «Ich stelle Nachforschungen an. Genau wie Sie. Schliessen wir uns zusammen.»

«Wer sind Sie?» Cem liess seine Stimme so tief wie möglich vibrieren. «Sie waren doch gestern Nacht auch an der Museggmauer und später im Kinderspital.»

«Wollen Sie nicht endlich die Waffe zurückstecken? Sie

wissen, dass ich nur meine Ruhe wollte und Ihnen oder dem Mädchen nie gefährlich wurde.»

«Warum sind Sie dann nicht gleich zu mir gekommen, wenn Ihnen das Mädchen so am Herzen liegt?» Cem sicherte die Waffe, steckte sie aber noch nicht zurück.

Der Mann senkte fast gleichzeitig seine Arme. «Ich kenne meine Partner gerne, bevor ich mich auf sie einlasse. Aber eigentlich arbeite ich lieber alleine.»

«Aha. Und was sind Sie? Ein Privatdetektiv?»

«Journalist.»

«Dachte ich's mir doch.» Cem ging auf den Mann zu. «Name?»

Der Mann steckte lässig seine Hände in die Taschen seiner Jeans. «Marius van Roijen.»

«Holländer?»

«Der holländische Name ist das Einzige, was mein Erzeuger mir hinterlassen hat, als er mich und meine Mutter hat sitzen lassen.»

«Für welche Zeitung arbeiten Sie?» Cem steckte seine Waffe zurück ins Holster.

«Ich bin Freelancer. Ich liebe die Freiheit.»

«Dann ist es ein Problem für Sie, wenn ich Sie die nächsten vierundzwanzig Stunden in unsere Arrestzelle sperre?»

Marius van Roijen zuckte lässig mit den Schultern. «Können Sie machen, wäre nicht das erste Mal. Doch lieber würde ich Sie auf einen Kaffee einladen. Wie wäre es im ‹Mill'Feuille›? Ich spendiere Ihnen auch ein Stück Kuchen.»

«Sie haben Nerven. Noch vor einer Minute habe ich auf Sie geschossen.»

Marius drehte den Kopf und starrte auf das Loch in der Turmmauer. Es war gute zwei Meter entfernt. «Ich kaufe Ihnen nicht ab, dass Sie ein so schlechter Schütze sind. Na los, was können Sie schon verlieren, Cem? Ich kann Ihnen einiges über unsere Hexe erzählen. Und wegsperren können Sie mich danach immer noch. Ich laufe nicht weg, versprochen.» Er zog eine Visitenkarte aus seiner Jeanstasche. «Und falls wir uns aus den Augen verlieren sollten, hier sind meine Adresse und die Telefonnummer.»

Cem starrte auf die Karte und dann auf diesen Marius. Er wusste nicht, weshalb, aber ihm gefiel diese elegante Frechheit, die Marius ausströmte. Cem streckte seine Hand aus. «Wenn Sie mir zu der Visitenkarte auch Ihre Identitätskarte aushändigen, bin ich zufrieden. Dann können wir unseren kleinen Kaffeeklatsch abhalten.»

Marius zwinkerte ihm zu. «Gute Entscheidung.» Er holte seine Brieftasche hervor und reichte Cem seine Identitätskarte.

Marius van Roijen war Schweizer, dreiunddreissig Jahre alt, gleicher Jahrgang wie Cem. Ein guter Jahrgang. «Gehen wir», sagte Cem.

«Nicht ohne mein Buch», sagte Marius. «Es liegt noch im Stroh.»

«Wir holen es zusammen.»

Oben auf der vierten Ebene schnappte sich Marius das Buch. «Armes Mädchen», sagte er. «Und es wird nicht das letzte sein.»

«Woher wollen Sie das wissen?»

Marius trat vor Cem und reichte ihm die Hand. «Nenn mich Marius. Das Du macht es einfacher.»

Cem zögerte kurz, schüttelte dann aber seine Hand. «Meinen Namen kennst du ja. Aber wie hast du das gemeint? Unser Engelchen wird nicht das letzte sein?»

«Sie hat sich schon viele Mädchen geholt. Und sie wird sich weitere holen.»

«Wer? Die Hexe?»

«Die Sträggele von Luzern.»

***

Gabriel stellte seine Reisetasche im Flur ab. Es war still im Haus. «Hallo? Niemand zu Hause?» Er schaute auf seine Armbanduhr: drei Uhr nachmittags. Wo waren die beiden?

Gabriel ging ins Wohnzimmer. «Das gibt's doch nicht!» Dort am Fenster stand noch immer der nackte Tannenbaum, den er vor zwei Tagen besorgt hatte. Warum hatte Christine ihn nicht geschmückt? Sie wollte das doch gestern zusammen mit Natascha erledigen. Gabriel holte sein Handy hervor. Nein, seine Frau hatte ihm keine Nachricht hinterlassen. Seltsam. Er kam gerade zurück aus München. Bei einem wichtigen Kunden war ausgerechnet gestern die Software abgestürzt. Es hatte Gabriel eine Nachtschicht gekostet. Aber wichtig war nur, dass er heute zu Hause bei seiner Familie war.

Er ging in die Küche. Normalerweise stand Christine an Weihnachten schon frühmorgens am Herd und bereitete das Abendessen vor. Gabriel öffnete den Kühlschrank. Das Filetstück lag eingepackt im Kühlfach. Keine Nachricht von seiner Frau, weder auf dem Küchentisch noch am Kühlschrank. Er wählte Christines Handynummer.

Musik drang aus dem Flur. Es dauerte einige Sekunden, bis er begriff, dass das Christines Handy war. Es lag auf dem Sideboard. Ihr iPhone trug sie sonst immer bei sich. Etwas stimmte hier nicht.

Gabriel ging die Stufen hoch und schaute zuerst in Nataschas Zimmer nach. Ihr kleines Bett war gemacht, Cappuccino, ihr schlappohriger Stoffhund, hockte auf dem Kissen.

«Christine?», rief er erneut. «Natascha?»

Auf dem Weg zum Elternschlafzimmer kam er am Bad vorbei und blieb überrascht stehen. Die Tür des Spiegelschrankes stand weit offen. Gabriel betrat das Badezimmer, warf einen Blick in den Schrank. Es war alles wie üblich: perfekt aufgeräumt und verstaut. Er schloss die Spiegeltür und schaute sich im Bad um. Kein Haar im Spülbecken, kein Kalkfleck auf dem Chromstahl. Christine und ihr Putzfimmel, aber den musste man ihr lassen. Gabriel trat wieder in den Flur. Die Schlafzimmertür war ganz hinten. Sie war zu. Das war sie sonst nie.

Er ging rasch darauf zu und stiess die Tür auf.

Seine Frau lag im Nachthemd auf dem Bett.

Regungslos.

***

Cem begnügte sich mit einem Espresso. So auch Marius. «Sag schon, wie bist du auf den Fall aufmerksam geworden?», fragte

Cem und suchte den Tisch nach Zucker ab. Sie sassen im Café direkt am Fenster zur Reuss.

Marius schob Cem seinen Zuckerstick zu. «Ein glücklicher Zufall. Das Feuer auf dem Männliturm hat mich neugierig gemacht. Ich wohne im Brambergquartier, von da hat man eine tolle Sicht auf die Museggmauer und die Türme. Und als Journalist wollte ich natürlich nachsehen, was da los ist.»

Cem gab den Zucker in seinen Espresso und rührte bedächtig. «Klar doch. Und als Journalist musstest du dich gleich in den Fall reinknien. Was wolltest du von dem Mädchen im Spital? Das warst doch du?»

«Sehen, wie es ihm geht. Von den Ärzten hätte ich ja nichts erfahren.»

«Und wem verkaufst du die Story?», fragte Cem. Ihm gefiel die Idee nicht, dass Engelchen Schlagzeilen machte.

Marius starrte hinunter auf die Reuss. «Weiss ich noch nicht.»

Cem lehnte sich vor. «Wenn du dem kleinen Mädchen mit deiner Story Schaden zufügst, bekommst du es mit mir zu tun, verstanden?»

«Droh mir nicht, Cem. Ich weiss, was ich tue.»

Cem hob die Augenbrauen, atmete tief durch und lehnte sich mit verschränkten Armen im Stuhl zurück. «Was hast du für mich?»

«Das Pferd.»

«Du kennst es?»

«Nein, aber ich habe es deutlich gesehen. Ich war näher dran als ihr.»

«Was hast du gesehen?»

«Es war ein Freiberger.»

«Und woher weisst du das?»

«Allgemeinbildung.»

«Werd nicht frech.»

«Bin nur ehrlich. Ich sah einen schwarzen Freiberger.»

«Sind Freiberger nicht braun, soweit mich meine Allgemeinbildung berät? Wenn es ein Rappe war, war es kein Freiberger.»

«Ja. Es gibt keine Rappen unter den Freibergern», sagte Marius.

«Dann war es keiner.»
«Der Freiberger war auch kein Rappe, er war schwarz.»
«Wo ist da die Logik?»
«Eingefärbt. Ich habe heute Morgen schwarze Farbe an der Rinde eines Baumstammes gefunden, den der Reiter gestreift hat.»
«Wo? Wir brauchen eine Probe der Farbe.»
«Klar doch. Ich zeig euch den Baum.»
«Aber wer malt ein Pferd an? Und warum?»
Marius nippte selbstgefällig an seinem Espresso. Der Mistkerl genoss den Moment. «Jemand, der auch die Wände des Männliturmes mit Blut beschmiert und ein kleines Mädchen betäubt und in einen Engel verwandelt.»
Cem horchte auf. «Woher weisst du, dass das Mädchen als Engel verkleidet war?»
«Deine Kollegen vom Sicherheitsdienst quatschen zu viel, wenn sie rauchen. Und sie unterhalten sich definitiv zu laut. Ich habe sie belauscht – nur kurz.»
Cem liess sich die Antwort einen Augenblick durch den Kopf gehen. Könnte das stimmen? Oder wusste Marius mehr, als er preisgab? «Wer ist deiner Meinung nach diese Hexe, die Pferde anmalt und Kinder in Engel verwandelt? Wer ist diese Sträggele?»
«Als Luzerner solltest du sie kennen.»
«Da bist du schlecht informiert. Ich bin Zürcher mit türkischen Wurzeln und nur ein eingewanderter Luzerner.»
«Dann vergeb ich dir.»
«Oh, danke.»
Die Bedienung, eine junge Frau mit Pferdeschwanz und Lippenpiercing, kam an den Tisch und fragte, ob sie noch einen Wunsch hätten. Ihr Blick wechselte zwischen Cem und Marius hin und her. Sie konnte sich wohl nicht entscheiden, wer der Attraktivere von ihnen beiden war. Cem setzte seinen ganzen Charme ein. «Wir sind noch bedient, besten Dank.»
«Vielleicht etwas später», flirtete Marius und las den Namen der Kellnerin von deren Bluse ab. «Danke, Tamara.»
Angeber, dachte Cem.

Die junge Frau nickte bedächtig lange und schlenderte dann widerwillig davon.

Cem konnte sich das Lachen nicht verkneifen. Mit dem ausgestreckten Zeigefinger wedelte er zwischen ihnen hin und her. «Wenn das mit uns zwei was werden soll, muss das aufhören.»

«Was?»

«Das Sich-gegenseitig-Übertrumpfen.»

Marius warf ihm einen herausfordernden Blick zu. «Angst, du könntest den Kürzeren ziehen?»

«Nein. Aber Angst, ich könnte dein Ego brechen.»

«Das hält dir stand. Ich bin zäh.»

«Jetzt sag schon, wer ist die Sträggele?», fragte Cem.

«Eine Hexe», antwortete Marius. «Ein wildes Weib, eine übermütige Jungfer, die auf ihrem Ross durch die Wälder jagte und in den Adventsnächten ungezogene Mädchen aus den Häusern ihrer Eltern entführte.»

«Eine Sagenfigur?»

«Ja. Im Mittelalter hat man sich die Sagen von der Sträggele im ganzen Kanton erzählt. Du solltest dich intensiver mit der Vergangenheit deines Wahlkantons auseinandersetzen.»

«Und wie kommst du darauf, dass diese Sträggele unsere Täterin ist?»

«Kindesentführung, wilde Reiterin, rote Haare, Hexensymbole – was willst du mehr?»

«Wie wäre es mit DNA, Fingerabdrücken, einer Geburtsurkunde, der ID oder AHV-Nummer? So Hinweise halt.»

Marius legte das Buch auf den Tisch. «Hexen und Magier im Mittelalter» war der Titel. «Finde die Sträggele, und du hast den Menschen, der sich hinter ihr versteckt.»

«Wie gut kennst du dich mit diesem okkulten Kram aus?», fragte Cem.

«Ich habe für ‹National Geographic› eine Reportage über Hexen geschrieben. Das Thema hat mich nicht mehr losgelassen. Wusstest du, dass es in der finsteren Zeit der Hexenverfolgung alleine in Europa über einhunderttausend Hexenprozesse gab? Man schätzt, dass über sechzigtausend Hexen den Tod in den

Flammen fanden. Alleine in der Schweiz brannten etwa zehntausend. Man ist auch nicht davor zurückgeschreckt, Kinder der Hexerei zu beschuldigen. In der Innerschweiz war es ganz schlimm.»

«Du denkst, unsere Täterin will sich an den Menschen rächen, für das, was sie früher den Hexen angetan haben?»

«Ich gebe es nicht gerne zu», sagte Marius, «aber ich habe keine Ahnung, was das Motiv unserer Sträggele ist.»

«Sagen dir die Symbole etwas?»

«Klar doch.»

In diesem Moment klingelte Cems Handy. Es war Barbara. «Hey», nahm er den Anruf entgegen, «ich denke, ich habe unseren Hexenjäger gefunden.»

«Später», sagte Barbara. «Wir haben die Eltern der Kleinen. Komm sofort her.» Barbara gab ihm die Adresse durch.

Cem steckte sein Handy weg und stand auf. «Muss los. Du zahlst, richtig?»

«Ich komme mit.»

«Vergiss es.»

«Ich kann helfen.»

«Ja. Später. Ich rufe dich an. Wir brauchen dich und dein Allgemeinwissen auf der Polizeizentrale. Heute Abend schon was vor?»

«Was man an Weihnachten halt so macht: Weihnachtslieder singen, Kerzen anzünden, Geschenke auspacken.»

«Ich spendier dir im Büro einen Espresso aus der Kapselmaschine der Chefin. Bis später. Ich ruf dich an.»

«Cem, meine ID!», rief ihm Marius nach.

«Die bekommst du auf der Zentrale zurück.»

VIER

Vor dem Haus standen der Dienstwagen, ein grauer Kombi mit einem «Arzt»-Schild auf dem Armaturenbrett und ein Streifenwagen. Es war ein schlichtes Einfamilienhaus an der Längweiherstrasse bei Littau.

Cem klingelte. Ein Kollege in Uniform öffnete ihm. Cem zeigte seine Dienstmarke und wurde ins Wohnzimmer geführt.

Barbara sass neben einer Frau auf dem Sofa. Die Frau war etwa dreissig, hatte lange dunkle Haare. Sie wirkte verstört. Ein Mann mit kinnlangen Haaren und kurzem Bart schritt im Wohnzimmer unruhig auf und ab. Der Ehemann? Auf dem runden Tisch im Wohnzimmer hatte der Arzt seine Utensilien ausgebreitet. Er zog gerade eine Spritze auf.

«Cem.» Barbara stand auf. «Das sind Gabriel und Christine Jakob.»

Cem entdeckte ein Bild von Engelchen auf dem Sideboard. «Was ist passiert?»

«Herr Jakob kam heute Nachmittag von einer kurzen Geschäftsreise zurück», erklärte Barbara. «Er hat seine Frau im Bett gefunden – schlafend. Und seine Tochter war verschwunden. Er hat uns sofort alarmiert. Wir werden –»

«Lassen Sie mich endlich zu meiner Tochter!», fuhr ihr der Mann ins Wort.

«Erst wenn wir einige Fakten geklärt haben», wies ihn Barbara zurecht. «Ihre Frau hat gestern Abend zu viel getrunken, das beweist der Alkoholtest. Wir wissen noch nicht, wie und wo sie ihre Tochter verloren hat. Sollte Ihre Frau grob fahrlässig die Sorgfaltspflicht verletzt haben, müssen wir die KESB einschalten.»

«Ich habe nicht getrunken», sagte Christine Jakob mit zittriger Stimme.

«Sei still, Christine», herrschte sie ihr Mann an. «So ein Test lügt nicht. Du hast wieder damit angefangen.»

«Nein.» Sie stand auf. Ihre Augen waren blutunterlaufen.

Sie torkelte leicht und zupfte ihre schwarze Strickjacke zurecht. Cems Blick fiel auf die rot lackierten Kunstnägel. Mit etwas Make-up und gebürsteten Haaren war sie bestimmt eine attraktive Frau. «Ich weiss nicht, was passiert ist. Ich ging am Nachmittag mit Natascha einkaufen. Wir kamen zurück, ich habe mir einen Kaffee gemacht und wollte zusammen mit Natascha den Baum schmücken. Dann ist alles weg. Ich kann mich an nichts mehr erinnern.» Die Frau klammerte sich am Arm ihres Mannes fest. «Gabriel, ich habe nicht getrunken. Seit Jahren nicht.»

Er wich von ihr zurück. «Ich kann den Schnaps aus deinem Mund riechen. Wo hast du die Flasche versteckt, hm?»

Ein Beamter kam aus der Küche, in der Hand eine Flasche Bacardi. Sie war fast leer. Der Abdruck von rotem Lippenstift am Schraubverschluss war nicht zu übersehen. «In einem Plastiksack haben wir eine zweite Flasche gefunden», sagte der Kollege. «Mit einem Kassenbeleg. Die Flaschen wurden vor drei Tagen gekauft.»

«Nein», protestierte Christine Jakob.

Ihr Mann bebte vor Wut. «Du hast unsere Tochter in Gefahr gebracht! Warst du zu besoffen, um auf sie aufzupassen?»

«Herr Jakob, beruhigen Sie sich», sagte Barbara. «Eine andere Frage: Der Arzt im Spital hat festgestellt, dass sich Natascha vor Kurzem den Arm gebrochen hat.»

«Sie ist auf dem Spielplatz von der Schaukel gefallen», sagte Christine.

Ihr Mann warf ihr einen misstrauischen Blick zu. «Stimmt das auch?»

Ihr Kopf schnellte hoch. «Natürlich! Du denkst doch nicht … Nein! Das lasse ich mir nicht anhängen. Du kennst Natascha. Sie tobt gerne herum. Da kann schon mal –»

«Wann ist das passiert, Frau Jakob?», fragte Barbara.

«Im Oktober. In den Herbstferien.»

«Wo haben Sie Natascha behandeln lassen?»

«Im Kinderspital. Ich bin mit ihr gleich hingefahren.»

«Hier in Luzern?»

«Ja, sicher.»

«Wie hiess der behandelnde Arzt?»

«Ähm – ich weiss nicht mehr.» Frau Jakob kratzte mit den Fingernägeln auf ihren Oberschenkeln herum.

«Wurde Natascha aufgenommen oder nur stationär behandelt?», fragte Cem.

«Sie konnte am Nachmittag wieder heim. Man hat ihr einen Gipsverband angelegt.»

«Gab es Zeugen?», fragte Barbara.

«Zeugen? Für die Behandlung?» Frau Jakob war mit der Situation überfordert.

«Für den Unfall Ihrer Tochter», präzisierte Barbara. «Sah jemand, wie sie von der Rutschbahn gefallen ist?»

«Ja. Es waren andere Mütter mit Kindern dort. Ich kannte aber niemanden. – Und Natascha ist von der Schaukel gefallen, nicht von der Rutschbahn, habe ich doch gesagt.»

«Haben Sie», bestätigte Barbara. «Welcher Spielplatz war es?»

«Der beim Grenzhof-Schulhaus.»

In diesem Moment klingelte Barbaras Handy. Sie ging ran und legte kurz darauf wieder auf. «Das war Bättig. Er hat Ihr Alibi überprüft, Herr Jakob. Sie waren in München.»

«Sag ich doch.»

Der Arzt trat neben Frau Jakob. «Ich werde Ihnen gleich etwas gegen die Kopfschmerzen geben. Aber erst brauche ich einige Blutproben sowie eine Haarprobe, für die Alkohol- und Drogentests.»

«Drogen?» Sie schaute entsetzt auf.

«Keine Angst», sagte Barbara. «Reine Routine.»

Die Frau nickte.

«Danach können Sie zu Ihrer Tochter. Wir hoffen, dass Natascha uns erzählt, was geschehen ist, sobald sie Sie sieht. Bisher spricht sie nicht.»

«Mein Gott», zischte Herr Jakob, «was hast du meiner Kleinen angetan?»

Wenn Blicke töten könnten. Da war jemand mächtig sauer auf seine Frau. Cem konnte Herrn Jakob verstehen.

«Herr Cengiz wird Sie ins Kinderspital begleiten», ordnete Barbara an.

Dr. Reimers und der Kinderpsychologe waren bereits im Zimmer, als Cem mit den Eltern eintrat. Engelchen sass im Bett und malte ein Bild. Es blickte auf und strahlte, als es seine Eltern erkannte.

Frau Jakob wollte auf ihre Tochter zustürmen, ihr Mann hielt sie am Arm zurück, einen bösen Blick im Gesicht. Er ging als Erster zu seiner Tochter und nahm sie lange in den Arm. Cem sah Tränen in seinen Augen. Als Herr Jakob sie endlich losliess, rief Natascha nach ihrer Mami.

Happy End, mehr oder weniger. Cem gab den Eltern eine Minute mit ihrer Tochter, bevor er sich einmischte. «Hallo, Natascha», sagte er und trat ans Bett. «Kennst du mich noch?»

Sie nickte. «Sie sind der Polizist.»

«Genau der bin ich.» Er setzte sich auf die Bettkante. «Was malst du Schönes?»

«Ein Pferd.»

«Wow. Kennst du das Pferd?»

«Nein», sagte Natascha, als wäre es belanglos, und griff nach einem schwarzen Farbstift.

«Darfst du jetzt mit uns darüber reden, was gestern passiert ist?», fragte Cem.

Natascha zuckte unsicher mit den Schultern.

«Warst du mit Mami einkaufen?»

«Ja, wir waren im Spielzeugladen. Und wir haben auch neue Kugeln für den Tannenbaum gekauft. Goldige, die so schön glitzern.»

«Warum habt ihr den Baum denn nicht geschmückt?»

«Weiss nicht.»

«Was hast du gemacht, als ihr heimkamt?»

Sie schaute unsicher zwischen ihren Eltern hin und her.

«Ist schon gut», sagte ihr Vater.

«Mami wollte einen Kaffee trinken. Sie hat mich zum Spielen aufs Zimmer geschickt. Aber Mami ist plötzlich schlafen gegangen. Dabei hatten wir den Tannenbaum noch gar nicht geschmückt.»

«Und was ist dann passiert?»

«Ich bin mit Elsa in die Küche. Mehr darf ich nicht sagen.»

«Elsa?», fragte Cem.

«Meine Prinzessin», sagte Natascha.

«Ihre Puppe», erklärte Gabriel. «Aus dem Film ‹Frozen›.»

«Du bist doch Polizist. Bringst du sie mir zurück?», fragte Natascha.

«Wen? Deine Elsa?» Cem strich dem Mädchen über das Haar. «Wo ist Elsa denn jetzt?»

«Sie hat sie.»

«Wer?»

«Die böse Hexe mit den roten Haaren. Sie hat Elsa behalten, und wenn ich rede, wird sie mit ihr schlimme Sachen machen, hat sie gesagt.»

Im Zimmer herrschte für ein paar Sekunden beklemmendes Schweigen.

«Wenn ich das Weib in die Finger kriege!»

«Gabriel!», zischte seine Frau.

«Du sagst erst mal gar nichts», herrschte er zurück.

Cem ging dazwischen, bevor es hier noch zum Ehekrach kam. «Natascha, deiner Elsa wird nichts geschehen, versprochen. Aber du musst mir sagen, wer die Hexe ist.»

Natascha schüttelte den Kopf und schürte trotzig die Lippen.

«Wo hat sie dich hingebracht?»

Das Mädchen blieb stur. Nichts zu machen. Er musste Elsa finden, sofort. Und das über die Feiertage, wenn alle Geschäfte geschlossen waren. Er ging aus dem Zimmer und rief Eva an.

***

Die Sträggele stand im Schutz der Dunkelheit unter dem Terrassenhaus. Nobel, nobel. Sie schaute auf ihre Armbanduhr. Es war fast neun Uhr. Heute musste sie schnell handeln. Ihren Wagen hatte sie drei Häuser weiter unten parkiert. Das Kostüm lag bereit.

Sie sah, wie im Kinderzimmer das Licht gelöscht wurde. Marie war eingeschlafen. Gut.

Die Sträggele wartete, bis die Mutter wieder zu ihrem Mann und dem Sohn ins Wohnzimmer ging. Grosse Fensterfronten waren so praktisch, wenn man Leute beobachten wollte. Vor allem, wenn vor dem Haus so viele Thujen standen, dass man als heimlicher Beobachter regelrecht unsichtbar wurde.

Die Sträggele sah, wie Karin Leu die heruntergebrannten Kerzen am Tannenbaum ausblies. Nikolas, ihr Sohn, spielte mit seinen Legosteinen, die er zu Weihnachten bekommen hatte. Thomas, ihr Mann, drückte auf seinem neuen Handy herum.

Es wurde Zeit.

Die Sträggele schlich zum Hauseingang, schob einen Briefumschlag unter dem Türschlitz durch und klopfte an.

***

«Komm rein», rief Cem.

«Das nächste Mal fragst du nach Superman oder einem T-Rex.» Eva betrat sein Büro und wirbelte die stickige Luft durcheinander. «Alain spielt nicht mit Prinzessinnen – noch nicht, jedenfalls.» Sie drückte ihm Elsa in die Hand.

«Wie hast du die an Weihnachten so schnell aufgetrieben?» Cem musterte die Puppe. Sie trug ein eisblaues Prinzessinnenkleid. Ihre langen blonden Haare waren zu einem seitlichen Zopf geflochten. Sie starrte ihn mit riesigen Augen an. Manchmal übertrieb es die Hollywood-Industrie mit der Schönheit der Frauen. Wie konnte das Selbstbewusstsein eines Mädchens gesund reifen, wenn es sich schon im Kindergartenalter mit solchen Prinzessinnen messen musste?

«Ich habe die Mütter aller Mädchen angerufen, die mit Alain in den Kindergarten gehen», sagte Eva und lehnte sich an die Wand neben der Tür. Sie war ungewohnt leger gekleidet: cremefarbener Kaschmirpullover, Markenjeans und Wildleder-Stiefeletten. Auf dunkelroten Lippenstift und blumiges Parfüm hatte sie aber auch heute Abend nicht verzichtet.

Barbara schneite ins Büro. Sie bemerkte Eva nicht gleich. «Wie lange willst du unseren Beau noch im Einvernahmeraum festhalten?»

«Ich bin mit Marius noch nicht durch», sagte Cem.

«Schade», seufzte Barbara. «Ich hoffte schon, ich könnte ihn mitnehmen und mit ihm in einer Bar alle verdammten Sorgen ertränken. Dein Marius ist eine willkommene Zerstreuung.»

«Dein Marius?», fragte Eva.

Barbara wirbelte herum.

«Er ist nicht mein Marius», warf Cem dazwischen.

«Eva, was machst du zu dieser Zeit hier in Cems Büro? Solltest du nicht bei deiner Familie sein?»

«Es gab Schweinefilet im Blätterteig», sagte Eva. «Und zum Dessert Apfelstrudel. Alain schläft heute bei meinen Eltern.»

«Wir haben alle so unsere Probleme mit dem inneren Frieden an Weihnachten, was?», sagte Barbara, holte tief Luft und setzte sich auf die Tischkante. «Holen wir Marius rauf. Der Einvernahmeraum ist zu weit entfernt von meiner Espressomaschine.»

Marius servierte eine Runde Espresso mit der Eleganz eines Fünf-Sterne-Kellners. Dann setzte er sich zwischen Barbara und Eva auf den freien Stuhl und grinste Cem an, der ihnen gegenüber an dem Tisch sass. Eins zu null für den Angeber, dachte Cem. Es hatte keine dreissig Sekunden gedauert, bis Marius auch mit den Frauen per Du war.

«Ich muss mich jetzt aber hier nicht mit ‹Stille Nacht› freikaufen?», fragte Marius. «Seid ihr immer so schräg drauf?»

«Wir haben einen Fall zu lösen», sagte Cem.

Marius blickte auf seine Armbanduhr. «Gleich zehn Uhr. Ich vermute, ihr habt mehr als einen Fall am Hals. Die Sträggele wird heute Nacht wieder zuschlagen.»

«Ein guter Grund, dich hierzubehalten», sagte Barbara. «So können wir dich als Tatverdächtigen ausschliessen.» Sie nippte an ihrem Espresso.

«Wenn es nur um ein Alibi geht», sagte Marius, «das kannst du mir auch in der Penthouse Bar geben. Mein Angebot steht noch.»

«Flirtest du jetzt mit meiner Chefin?», fragte Cem. So ein Casanova!

«Cem», sagte Marius, «das wäre höchst unanständig von mir. Eva, selbstverständlich müsste ich darauf bestehen, dass du mit uns kommst.»

Eva lachte. Es war so lange her, dass Cem sie lachen gehört hatte. «Wo, sagst du, hast du den Gentleman noch gleich aufgetrieben, Cem?»

«Die beiden haben im Männliturm Katz und Maus gespielt», antwortete Barbara an Cems Stelle.

«Ich bin ein gefährliches Leben gewohnt», sagte Marius, ohne Cem aus den Augen zu lassen.

Cem lehnte sich vor. «Er hat für ‹National Geographic› gearbeitet. Afghanistan, Burma, der Kongo ... Ich habe das nachgeprüft.»

«Kein Vertrauen in mein Wort, Cem?»

«Definitiv nicht.»

«Das merke ich mir.»

«Ich bin gut in meinem Job.»

«Journalisten sind besser. Sie leben freier.»

«Jungs!», rief Barbara dazwischen. «Es reicht.»

«Diese ominöse Sträggele», sagte Eva, «warum sollte sie heute Nacht erneut zuschlagen?»

«Weil sie besessen ist», sagte Marius.

«Sie will Rache?», fragte Cem.

«Aufmerksamkeit», entgegnete Marius.

Cem griff nach Elsa, die auf seinem Tisch lag. «Es ist schon zu spät, um zu den Jakobs zu fahren. Ich habe vor einer halben Stunde mit dem Vater telefoniert. Natascha war erschöpft und ist eingeschlafen. Gleich morgen früh fahre ich zu ihr. Dank unserer Elsa verrät sie uns hoffentlich, wer diese Hexe ist.»

«Dann ist es zu spät», sagte Marius.

«Quatsch», sagte Cem.

«Was schlägst du vor, Marius?», fragte Eva. Sie schien von dem Geplänkel amüsiert.

«Ihr solltet die Türme bewachen lassen.»

«Alle neun?», fragte Cem.

«Dreizehn», sagte Marius. «Neun Türme stehen an der Museggmauer. Dazu kommen der Wasserturm, der Zur-Gilgen-Turm, der Mühlentorturm und …»

«… der Frauenturm», ergänzte Barbara. «Und wo bitte schön soll ich dazu das Personal auftreiben?»

«Das ist doch reine Spekulation», sagte Cem. «Heute hat sich die Hexe ja nicht gezeigt.»

Das Telefon klingelte auf seinem Tisch. Die Zentrale. «Cengiz hier. – Was? Verdammt!» Er knallte den Hörer hin, schoss von seinem Stuhl auf und ging zum Fenster. Der grüne Laserstrahl, der von der Altstadt her in den Nachthimmel leuchtete, war nicht zu übersehen.

Marius trat neben ihn. «Das nächste Opfer. Wo?»

«Im Zytturm.»

FÜNF

Gleichzeitig mit einer Streife vom Sicherheitsdienst trafen Cem, Barbara, Eva und Marius beim Zytturm ein. Diesmal war der Eingang von der Stadtseite her und die Zufahrt einfacher. Der starke Laserpointer stand direkt neben dem Turm.

Den Kollegen in Uniform gab Barbara die Anweisung, vor dem Eingang zu warten. Sie schnappte sich eine Decke aus dem Streifenwagen und rannte hoch zum Eingang des Turmes. Sie riss die moderne Glastür auf, die diesen Turm verriegelte. Nicht abgeschlossen. Sie betrat das Innere, Eva folgte ihr.

Marius stürmte an Cem vorbei. Cem packte ihn am Ärmel. «Hey! Du wartest hier.»

«Nicht dein Ernst.»

«Die Hexe könnte noch drin sein», sagte Cem.

Marius verwarf die Hände. «Sie wird nicht gleich mit einer Bleikugel nach mir schiessen.»

«Aber ich tue es wieder, wenn du nicht auf meine Anweisung hörst.» Cem sah, wie Marius sich ein paar unschöne Worte verkniff und beiseitetrat. Lange würde er seine Order nicht respektieren.

Cem rannte Barbara und Eva hinterher.

Bereits auf der ersten Ebene fanden sich Hexensymbole. Kerzen brannten im Kreis, in dessen Mitte ein Buch lag. Cem warf nur kurz einen Blick auf die aufgeschlagene Seite. Sie zeigte das Gemälde eines Teufels im Liebesakt mit einer nackten Frau. An den Wänden, entlang der Holzstufen waren auch diesmal Hexensymbole mit Blut gemalt worden. Hingeschmiert traf es besser. Die Sträggele hatte es eilig gehabt.

Cem rannte bis ganz nach oben.

Eva stand steif neben der Treppe. Barbara hockte auf den Holzbrettern und wiegte ein Bündel in ihren Armen, fest in eine Decke eingewickelt.

«Lebt sie?», fragte Cem. Diesmal gab es keinen Strohhaufen. Neben Barbara am Boden stand ein grosser Weidenkorb.

«Sie ist noch so klein», sagte Barbara.

Cem kniete sich neben sie und warf einen Blick auf das Kind. Es konnte kaum älter als vier sein. Goldener Glanz überzog sein Gesichtchen. «Auch ein Engel?»

Barbara nickte. «Die Kleine lag im Korb. Schläft tief und fest.»

«Wer tut so was?», fragte Eva. Sie griff nach ihrem Handy und erkundigte sich nach der Ambulanz, die sie angefordert hatten.

«Ich hatte recht. Sie tat es wieder.»

Cem blickte über die Schulter zurück. «Marius, solltest du nicht unten warten?»

«Dort kann ich nicht helfen. Hier schon. Dieselbe Täterin, ein anderes Motiv.»

«Wie meinst du das?» Cem nahm Barbara die Kleine ab.

«Der Teufel», sagte Marius. «Die Jungfrau, die geopfert wird. Im Männliturm waren die Zeichen ein Mix aus dem Hexenkult. Hier zielt jedes Zeichen auf das eine hin: Vergewaltigung, sexuelle Diskriminierung.»

Cem trat vor Marius. «Und unsere Hexe, ist sie Täter oder Opfer?»

«Beides.»

Cem holte tief Luft. Sie breitete sich eisig kalt in seinen Lungen aus.

Während die Sanitäter die Kleine untersuchten, schaute sich Cem den Laserpointer genauer an. Das Ding sah aus wie ein dicker Kugelschreiber und warf einen starken grünen Strahl in den Nachthimmel. Er war auf eine Halterung geschraubt, ein kleines Stativ, das in den Boden gedrückt war. Cem zog einen Vinylhandschuh über und drückte auf den Aus-Knopf.

«Cem?» Eva trat aus dem Turm ins Freie. «Geht es dir gut?»

«Nein. Ich mag Verbrechen an Kindern nicht. Diese Hexe kann etwas erleben, wenn ich sie in die Finger kriege.» Er stand auf. Im Scheinwerfer der Wagen wirkte Evas Gesicht müde. Sie hatte dunkle Schatten unter den Augen. «Geh nach Hause», sagte Cem. «Metzger und sein Team kommen gleich. Du kannst hier nichts tun.»

«Erst will ich wissen, wie es dem Mädchen geht.»

Die hintere Tür des Ambulanzwagens öffnete sich. Fredy trat ins Freie.

«Und?» Cem stürmte sofort auf ihn zu.

«Hast du eine Zigarette, Mann?»

«So schlimm?»

«Das wird sich zeigen. Das Mädchen ist noch sehr jung, kaum vier Jahre alt. Es schläft tief und fest. Wir kriegen es nicht wach. Entweder hat es eine starke Dosis Schlafmittel abbekommen, oder es ist noch nicht lange betäubt.»

«Sonst ist es okay?», fragte Cem.

«Es weist keine äusseren Verletzungen auf, wenn du das meinst.» Fredy fuhr sich mit beiden Händen durch seinen braunen Lockenkopf. «Aber da ist Blut, viel Blut.»

«Von dem Mädchen?», fragte Eva und griff spontan nach Cems Arm.

«Nein», sagte Fredy. «Vielleicht ist es Farbe, aber ich tippe auf Blut.»

«Hat man ihm auch Zeichen auf den Bauch gemalt?», fragte Cem.

«Schlimmer. Das Blut wurde regelrecht zwischen seine Beine geschmiert.»

Eva stöhnte auf. «Mein Gott! Wurde es –»

«Nein», sagte Fredy. «Wenigstens das bleibt uns erspart. Wir bringen die Kleine jetzt ins Kinderspital.»

«Sie ist überall», sagte Barbara und leuchtete mit der Taschenlampe die Wände des Zytturms ab.

Marius trat neben sie. «Die Schlange. Eines der ältesten Symbole für die weibliche Macht, für sexuelle Energie.»

«Mit wem haben wir es hier zu tun?»

«Ich bin kein Profiler, aber schau», Marius ging zu einem Symbol gleich neben der Treppenstufe, «das ist eine sich häutende Schlange. Ein Zeichen für Wiederauferstehung. Die gehäutete Schlange versinnbildlicht das erwachte Selbst.»

«Die Hexe ist erwacht und rächt sich? Wofür?»

Marius nahm Barbara die Taschenlampe aus der Hand und ging nach oben. «Der Weidenkorb, woran erinnert er dich?»

Barbara folgte ihm. Nur widerwillig gab sie Antwort. «An Moses. Er wurde laut biblischer Überlieferung als Kind in einem Weidenkorb ausgesetzt. Unsere Hexe ist religiös?»

«Denke schon.» Marius leuchtete hier oben die Wände ab. Zur Stadtseite hing die grosse Glocke hinter einer Plexiglasscheibe. «Das riesige Zifferblatt an der Aussenwand unter der Glocke ist so gross, dass man selbst vom See her die Zeit ablesen kann. Weisst du, was besonders an dieser Uhr ist?», fragte er.

Barbara starrte ihn an. Wer war Marius? Richtig schlau wurde sie nicht aus ihm. Klar war, dass er dieses Mädchen nicht ausgesetzt haben konnte. Seit dem frühen Abend sass er in der Zentrale. Wenn er etwas damit zu tun hatte, dann musste er eine Komplizin haben. Sie holte tief Luft. «Das Erstschlagrecht.»

«Genau. Diese Glocke schlägt eine Minute früher als alle anderen öffentlichen Uhren Luzerns.»

«Ist das in unserem Fall von Bedeutung?»

«Kann ich nicht sagen. Vielleicht will die Hexe damit ausdrücken, dass sie uns einen Wimpernschlag voraus ist.»

Barbara hörte, wie jemand die Stufen hochkam. «Cem! Wie geht es dem Mädchen?»

Cem erzählte von der roten Schmiererei an den Beinen.

«Es passt alles», sagte Marius. «Unsere Täterin ist eine Frau. Dafür lege ich meine Hand ins Feuer. Sie will den Mädchen nichts antun, sie will nur Aufmerksamkeit.»

«Warum?», fragte Cem.

«Weil sie in ihrer Kindheit Schreckliches erlebt hat. Und jetzt fühlt sie sich stark genug, Rache zu nehmen.»

«Wem will sie damit schaden?», fragte Barbara.

«Das kommt noch. Sobald sie unsere Aufmerksamkeit hat, wird Schlimmeres folgen. Traumatisierte Menschen sind unberechenbar, haben sie erst einmal den Weg der Rache eingeschlagen. Ich habe das in den Kriegsgebieten zu oft erlebt.»

«Du denkst, unsere Täterin wurde als Kind missbraucht?», fragte Cem.

«Möglich», sagte Marius. «Aber etwas stimmt nicht. Hier im Zytturm sind die Symbole klar strukturiert, ergeben ein Muster. Kein einziges Zeichen im Männliturm wies auf die Sexualität hin. Die Symbole dort waren wirr und durcheinander, ohne logischen Zusammenhalt. Als ob jemand im Delirium wahllos Hexensymbole an die Wände geschmiert hätte.»

«Oder im Rausch», sagte Cem. «Wir fanden eine fast leere Schnapsflasche im Stroh.»

«Das hast du mir nicht gesagt.»

«Du bist nicht bei der Polizei.»

«In diesem Fall schon.»

«Wir haben dich noch nicht als Berater engagiert.»

«Ihr braucht mich.»

Barbara schaute zwischen Cem und Marius hin und her. Äusserlich waren sie komplett verschieden. Cem mit seiner warmen, südländischen Ausstrahlung und lockeren Art und Marius, der gross gewachsene nordländische Typ mit seiner gewinnenden Selbstsicherheit. Und doch verhielten sich die beiden ähnlich, waren mit dem gleichen Eifer bei der Sache. Auch aus dem gleichen Grund? «Was bedeuten diese Zeichen hier?», ging Barbara zwischen das Gespräch, bevor die Fäuste flogen. Sie zeigte mit dem Finger auf eine Gruppe Symbole.

Marius schien mit der Lampe auf den umgekehrten Halbmond. «Ein Symbol für Leere und Illusion. Und hier, das nach unten gerichtete Dreieck. Ein Symbol für die Gebärmutter. Ein altes Zeichen für die weibliche Göttlichkeit.»

«Weshalb die Mädchen?», fragte Cem. «Weshalb sind sie als Engel verkleidet?»

«Als Zeichen der Unschuld, die gerettet werden muss. Dem Guten darf nichts Böses widerfahren. Deshalb gibt uns die Sträggele auch die Hinweise, damit wir die Mädchen rasch finden.»

«Du denkst, sie sucht sich die Mädchen zufällig aus?»

«Vermutlich. Sie sind nur ein weiteres Symbol für die Sträggele. Was mir hingegen mehr Sorgen macht ...» Marius liess die Taschenlampe sinken. «Wo bleibt der Türst?»

SECHS

Es war nach ein Uhr, als Cem nach Hause kam. Barbara hatte auf Feierabend bestanden, worüber Cem nicht glücklich war. Er hatte vorhin mit Dr. Reimers telefoniert, der erneut eine Nachtschicht schob. Der Kleinen ging es so weit gut, aber sie war noch nicht ansprechbar. Barbara hatte die diensthabenden Beamten darauf angesetzt, nach den Eltern zu suchen, und zwei Mitarbeiter von Metzgers Team waren dabei, im Zytturm Spuren zu sichern. Sie hatte versprochen, sich sofort zu melden, sollte sich etwas Neues ergeben.

Cem schlüpfte in ein weisses T-Shirt und eine karierte Baumwollhose und liess sich auf die Couch fallen. Er war müde, aber zu aufgedreht, um zu schlafen. Rasch schickte er Lila ein paar Emojis übers Handy. Herzchen und Teddybären kamen bei ihr gut an. Vielleicht war sie ja noch wach. Er legte sein iPhone neben sich aufs Polster und griff nach der Fernbedienung des Fernsehers. Ablenkung war jetzt genau richtig. Er zappte sich durch die Programme und blieb bei Hitchcocks «Das Fenster zum Hof» hängen. Sein Handy meldete sich im spannendsten Moment, als James Stewart gerade durch sein Teleobjektiv beobachtete, wie Grace Kelly über den Balkon beim verdächtigen Nachbarn einbrach. Ohne vom Bildschirm aufzublicken, griff Cem nach seinem Telefon, hielt es sich ans Ohr und lehnte sich gemütlich auf dem Sofa zurück. «Hey, Sweety.»

«So hast du mich noch nie genannt.»

Cem setzte sich kerzengerade auf. «Eva! Hey.»

«Ich mache es kurz. Anscheinend erwartest du einen wichtigen Anruf.»

«Nein, schon okay. Alles in Ordnung bei dir?»

Eva schwieg einen Moment. «Ich kann nicht schlafen.»

«Geht mir gleich. Unsere beiden Engel gehen mir nicht aus dem Kopf.»

«Seit Monaten nicht, Cem. Seit …»

Cem umklammerte sein Telefon. Die Wut kochte wieder in ihm hoch und die Schuldgefühle. Er hatte Eva nicht beigestanden, als sie sich im August mit Kasakow getroffen hatte, um an Informationen über den Menschenhandel zu gelangen. Das Abendessen mit dem russischen Oligarchen hatte für Eva fast tödlich geendet. Die Russenmafia hatte an ihr ein Exempel statuiert und sie spitalreif geprügelt. «Hol dir Hilfe, Eva», sagte er. Etwas Besseres fiel ihm nicht ein.

«Ich war bei zwei Seelenklempnern. Was wissen die schon? Und jetzt ist Weihnachten. Du hättest sehen sollen, mit welcher Begeisterung Alain seine Geschenke ausgepackt hat. Und meine Eltern haben sich so Mühe gegeben mit dem Weihnachtsbaum, dem Essen, den Geschenken. Und ich? Ich habe nicht ein einziges kleines Lächeln zustande gebracht und wollte nur weg.»

«Gib dir Zeit, Eva. Du arbeitest zu viel und verdrängst dabei die Vergangenheit. Du musst darüber reden, es verarbeiten.»

«Mit wem, Cem? Wer versteht mich?»

Er schwieg.

«Cem?»

«Ich kann nicht. Verdammt, wegen mir ist das alles passiert.»

«Das stimmt nicht, das weisst du.»

«Eva, ich –» Ein zweiter Anrufer meldete sich. Cem sah aufs Display. Lila. Ausgerechnet jetzt.

«Ist schon gut», sagte Eva leise. «Ich werde nicht mehr darüber sprechen.»

«Nein, so war das nicht gemeint.»

«Schlaf gut.» Sie legte auf.

Mist.

Cem nahm Lilas Anruf entgegen. «Hey.»

«Mon Nounours! Schon müde?»

«Engel halten mich wach», sagte er und versuchte, seinen Groll zu verdrängen.

«Hm, es dürfte nur einen Engel geben, der dich vom Schlaf abhält.»

Cem entging Lilas leichtes Misstrauen nicht. Er lachte etwas gekünstelt. «Ich spreche von zwei Kinderengeln. Sie wurden gestern und heute Nacht in den Museggtürmen ausgesetzt.»

«Kinderengel?»

Cem klärte Lila kurz auf und wechselte dann das Thema. Er legte sich wieder aufs Sofa und schaltete den Fernseher auf stumm. Über eine halbe Stunde plauderte er mit ihr. Sorgenfreier Small Talk war genau das, was er jetzt brauchte. Nachdem er aufgelegt hatte, gähnte er und streckte seine Glieder. Es war nach zwei Uhr. Ab ins Bett. Die Müdigkeit übertrumpfte die Sorgen. Er schlief rasch ein.

Der Rufton seines iPhones riss ihn aus einem dunklen Traum. Schlaftrunken tastete er nach dem leuchtenden Handy. Es war zwei Uhr vierzig. Er hatte keine halbe Stunde geschlafen. Es war Barbara. «Was gibt's?», fragte er mit festgeklebten Stimmbändern.

«Unser kleiner Engel heisst Marie Leu.»

«Wie das?» Cem hockte sich im Bett auf und schaltete die Nachttischlampe an.

«Die Eltern haben sich gemeldet. Sie wollten um ein Uhr schlafen gehen und haben nochmals im Kinderzimmer nachgesehen. Ihre Marie war verschwunden.»

«Seit wann?»

«Sie haben sie um neun ins Bett gebracht. Was dazwischen geschehen ist, wissen sie nicht.»

Cem schwang seine Füsse über die Bettkante. «Gut, ich komme. Wo wohnen sie?»

«Du bleibst schön liegen», befahl Barbara. «Ich brauche dich morgen frisch und munter für die Einvernahmen. Die Leus sind bereits im Spital bei Marie. Dort werden sie auch übernachten. Ich fahre gleich hin und spreche mit ihnen. Die Spusi ist unterwegs zu ihrem Haus. Irgendwie muss unsere Hexe ja reingekommen sein.»

Cem schluckte seinen Ärger hinunter. Er wusste, Barbara hatte recht. Er verabschiedete sich von ihr und liess sich wieder zurück ins Kissen fallen. Gerade zog er die Bettdecke über die Schultern, als es an seiner Wohnungstür klingelte. «Was zum Teufel …?»

«Sag nicht, du schläfst schon?» Marius trat ein und zog sich gleich die Schuhe aus. «Ich mache uns Sandwiches und Tee. Wo ist die Küche?»

«Ähm.» Cem rieb sich die Müdigkeit aus den Augen. «Ich will schlafen, nicht essen.»

«Meine Sandwiches sind der Hammer, auf die willst du nicht verzichten.» Marius hängte seine Jacke an den Kleiderständer und verschwand mit einer grossen Papiertüte in der Küche.

Cem schlurfte überfordert hinterher. «Was machst du hier?»

Marius kramte braunes Brot, Käse und Trutenbrust aus der Tüte. «Die Kleine heisst Marie Leu. Sie wurde von der Sträggele schlafend aus ihrem Zimmer entführt.»

«Wie kommst du an die Info?»

«Ich habe es mir im Warteraum beim Eingang des Kinderspitals gemütlich gemacht, nachdem du mich vom Zytturm verscheucht hast. Wenn völlig aufgelöste Eltern ohne Kind zum Empfang stürmen …»

Cem setzte Wasser auf. «Hast du mit ihnen gesprochen?»

«Nur kurz, die Bullen kamen gleich hinterher.»

«Soso, die Bullen.»

Marius öffnete gerade die Packung Trutenbrust, hielt in seiner Bewegung inne und schaute Cem an. «Alles klar zwischen uns?»

«Habe ich eine Wahl? Du dringst in mein Leben ein wie ein Parasit.»

«Parasit, hm? Wo ist das Besteck?»

Cem zog die Schublade neben der Spüle auf.

Marius griff nach einem Messer. «Vielleicht wurden die Mädchen doch nicht zufällig ausgewählt. Es könnte einen Zusammenhang geben.» Er zog eine Klarsichtmappe aus der Papiertüte und legte sie auf den Küchentisch. «Hier sind einige Ausdrucke. Ich bin kurz heimgefahren und habe im Netz das Leben der Jakobs und Leus durchforstet.» Marius schmierte grosszügig Butter und Senf auf die Brotscheiben.

Cem öffnete den Schrank über dem Herd. «Ich habe türkischen Schwarztee, Minze und Hibiskus.»

«Minze. – Keine Parallelen. Christine und Gabriel Jakob sowie

Karin Leu sind in Luzern aufgewachsen. Thomas Leu kommt aus Zug. Nicht die gleichen Jahrgänge, andere Schulen. Keine berufliche Überschneidung. Christine Jakob machte das KV und arbeitete vor Nataschas Geburt auf der Gemeinde Hochdorf. Sie ist Hausfrau und Mutter. Gabriel Jakob ist in der Informatikbranche tätig. Karin Leu arbeitet einen Tag die Woche in einem Fitnesscenter. Thomas Leu ist Banker. Die Leus lieben Skifahren, er ist im Tennisclub. Die Jakobs räkeln sich gerne am Strand in der Sonne, und beide fahren Motorrad. Christine Jakob hatte früher ein Alkoholproblem. War auf Entzug. Die anderen sind sauber. – Hier dein Sandwich Spezial à la Marius.»

«Du darfst es gerne im Wohnzimmer servieren. Ich bringe gleich den Tee.»

Cem goss das kochende Wasser in die Tassen. Dieser Fliegende Holländer gab ihm ein Rätsel auf. Entweder er war ein Superheld oder segelte ruhelos auf seinem persönlichen Geisterschiff durch sein Leben. Cem nahm sich fest vor, ihn morgen gründlicher zu durchleuchten, aber bisher hatten weder er noch Kevin einen Makel in Marius' Lebenslauf gefunden, bis auf die Tatsache, dass er seit ein paar Jahren sein Leben untypisch unspektakulär lebte.

Sie machten es sich auf dem Sofa gemütlich. Während Cem sein Sandwich ass – es war wirklich gut –, blätterte er durch die Papiere, die Marius mitgebracht hatte. Sollte Marius zuvor nichts von den Jakobs und Leus gewusst haben, so war er echt gut in seinem Job. In der kurzen Zeit hatte er wertvolle Informationen ausgegraben.

«Gleich morgen werde ich mit Elsa zu Natascha fahren», sagte Cem. «Vielleicht spricht ja unser Engelchen, wenn es seine Puppe zurückbekommt.»

«Und welches Druckmittel hat die Sträggele gegen Marie in der Hand?», fragte Marius.

«Marie ist noch klein. Ich erwarte mir nicht allzu viele Informationen von ihr.»

«Wer weiss. Kinder sind clever.»

Cem spülte den letzten Bissen Brot mit dem Tee hinunter.

«Du hast heute Abend von einem Türst gesprochen. Wen hast du damit gemeint?»

Marius lehnte sich auf dem Sofa zurück. «In den Luzerner Sagen, da taucht die Sträggele meist zusammen mit dem Türst auf.»

«Erzähl.»

«Es ist halb vier.»

«Du wolltest mich ja so dringend besuchen.»

«Mir war langweilig.»

«Kann ich mir vorstellen. Nach Afghanistan, Burma und dem Kongo ist die Zentralschweiz echt ein langweiliges Pflaster. Du warst schon lange nicht mehr in Kriegsgebieten unterwegs. Warum der Wandel?»

«Nicht jetzt.»

«Wieso nicht?»

«Soll ich dir nun die Gutenachtgeschichte vom Türst erzählen oder nicht?»

«Wenn's dir Freude macht, bitte.»

Marius verschränkte die Arme hinter dem Kopf. «Über den Türst gibt es viele Erzählungen. Er ist der Herr über die Seelen der Verstorbenen. Man sagt, wenn es in den Winternächten stürmt, ist der Türst mit seinem Geisterzug unterwegs. Er reitet auf einem Schimmel, sein blauer Mantel flattert im Wind. Schreckliche Gestalten begleiten ihn: kopflose Jäger, dreibeinige Hunde, Raben und Steinkäuze. Diese unsichtbare Jagdgesellschaft stürmt durch Wälder und Dörfer. Man hört das Bellen, Wiehern, Stampfen, die Jagdhörner, die geblasen werden, und die Rufe der Totenvögel. Man sagt, der Türst sei durch das Würzenbachtobel geritten, durch den Meggerwald, über den Hundsrücken, und man sah ihn im Emmer Schachen. Kommt man seiner Aufforderung ‹Drei Schritt uswäg, drei Schritt uswäg!› nicht nach, wird man in der Luft zerrissen und selbst zu einem jener Geister, die dem Türst verpflichtet sind. Zwischen dem Thomas- und dem Dreikönigstag – also zwischen dem 21. Dezember und dem 6. Januar – liessen die Bauern ihre Scheunentore offen stehen, damit der Türst ungehindert hindurchjagen konnte. Denn steht er vor verschlossenen Toren, bringt das Unheil und Krankheit über die Familie. Es gibt auch Erzählungen über einen Türst, der im Pilatusgebirge haust. Und auf dem Santenberg im Hinterland steht noch heute ein hölzernes doppelbalkiges Lothringerkreuz mit der Inschrift: ‹Hier jagte der Türst›.»

«Und was hat der Türst mit der Strággele zu tun?», fragte Cem.

«Ich erzähl dir mal ein Märchen.»

«Echt?»

«Es war einmal ein armes Bauernmädchen. Es wurde von einem Zigeuner schwanger und von der Familie verstossen. Es fand Unterschlupf auf einer Burg im Luzerner Hinterland. Selbst kinderlos, raubte der Burgherr der Mutter das Kind, kaum war es geboren. Es war ein hübsches Mädchen. Die arme Mutter jagte er zum Teufel. Verzweifelt brach sie in ihrem Elend bei einer Kapelle zusammen. Da stand plötzlich der Türst vor ihr, der heidnische Wodan, der Beherrscher der Lüfte. Er wollte ihr helfen, ihr das Kind zurückgeben. Doch dafür musste sie ihm versprechen, dass ihre Tochter an ihrem siebzehnten Geburtstag seine Geliebte werden würde. Die verzweifelte Mutter willigte ein, bekam ihr Kind zurück und heiratete einen lieben Mann.

Nach siebzehn glücklichen Jahren aber stand der Türst vor ihrem Haus und forderte die Tochter ein. Die Mutter erstarrte vor Angst. Doch die Tochter verliebte sich in den Türst und zog freudig mit ihm. Sie war eine gute Frau, eine Heilerin, half den Menschen und warnte sie vor aufkommenden Stürmen.

Eines Tages, sie war alleine unterwegs und suchte Kräuter, traf sie im Wald auf den Burgherrn. Der alte Lüstling verging sich an dem schönen Mädchen und liess es geschunden im Wald liegen. Die junge Frau schleppte sich zu einem alten Schuppen und suchte dort Schutz vor einem aufkommenden Sturm. Als der Burgherr erfuhr, dass er die Geliebte des Türst entehrt hatte, fürchtete er dessen Zorn. Er suchte nach ihr und fand sie auch. Er befahl seinen Dienern, den Schuppen zu verriegeln und in Brand zu stecken.

Als der Türst vom Feuertod seiner Geliebten erfuhr, trommelte er in seiner Wut und Trauer alle Geister- und Sagengestalten zusammen und jagte auf seinem Schimmel zur Burg. Auch die Mutter schloss sich dem Türst an. Sie rächten sich an dem Burgherrn und töteten ihn und seine Diener.

Und seit jener Zeit, so sagt man, jagen in Sturmnächten der Türst und sein Gefolge durch die Wälder und Felder. Die Mutter ist zur Sträggele geworden, die in Winternächten kleine Mädchen raubt, auf der Suche nach ihrer eigenen geliebten Tochter, die sie für immer verloren hatte.»

«Und deshalb denkst du, auch unsere moderne Sträggele hat einen Türst an ihrer Seite?», fragte Cem, noch im Bann der Geschichte. «Oder ein eigenes Kind verloren?»

«Möglich.»

«Vielleicht sind die Hexen von heute emanzipierter und brauchen keinen Mann für ihre Rache.»

«Auch möglich.»

«Puh.» Cem stand auf. «Ich mache uns noch einen Tee.»

In der Küche unterdrückte er ein Gähnen. Hexen, Geister, dreibeinige Hunde, heute Nacht würde er Alpträume bekommen, wenn er endlich schlafen durfte. Er setzte Wasser auf und wartete, bis es kochte, dann gab er Tee in die Tassen und schüttete das Wasser hinzu. Er trug die Tassen zurück in das Wohnzimmer und blieb stehen. «Na super», flüsterte er.

Marius war auf seinem Sofa eingeschlafen.

SIEBEN

«Faulpelz, aufwachen!» Cem rüttelte an Marius' Schulter.

Marius setzte sich auf und atmete tief durch.

«Hey, Kumpel, du siehst beschissen aus. So schlecht ist mein Sofa auch wieder nicht.»

Marius schaute auf seine Armbanduhr. «Es ist acht!»

«Zwar Montag, aber Feiertag. Ich kann am 26. Dezember nicht schon um sieben bei den Jakobs auftauchen. Lass uns frühstücken. Danach fahren wir gemeinsam hin. Es sei denn, du hast keine Lust.»

Mit wackeligen Beinen stand Marius auf. Er war blass, stellte Cem fest. Feine Schweissperlen bedeckten seine Stirn.

«Ich muss los», sagte Marius.

«Jetzt gleich?»

«Ein Termin.»

Cem verzog misstrauisch die Augenbrauen, sagte aber nichts weiter.

Marius zog sich im Flur rasch Schuhe und Jacke über und öffnete die Wohnungstür. «Ich bin in einer halben Stunde zurück. Ich hole dich mit meinem Wagen ab, dann fahren wir zu den Jakobs.»

Bevor Cem etwas erwidern konnte, stürmte Marius, einem Türst gleich, die Stufen hinunter. Na wunderbar! Hundertpro steckte ein Geheimnis hinter Marius' perfekter Fassade.

Cem gönnte sich eine heisse Dusche, frühstückte und blätterte dabei auf seinem Handy durch die News. Ein Stück Käse blieb beinahe in seinem Hals stecken, als er die Schlagzeile las:

Weihnachtsengel in den Museggtürmen ausgesetzt!

Verflucht, wie kam die Schmierpresse an diese Informationen? Cem las den ganzen Artikel und suchte weiter im Netz. Drei Newsportale hatten die Story aufgegriffen. Sie nannten keine Namen, aber erwähnten Details, die nur ein Insider wissen konnte. Die Hexensymbole wurden deutlich beschrieben und der Geisterreiter bildlich ausgeschmückt. In einem Artikel fiel der Name *Sträggele.*

Wer hatte mit der Presse geplaudert? Marius war naheliegend, aber es passte nicht. Er hätte sicher nicht auf seinen Namen unter den Artikeln verzichtet. Marius war kein billiger Leserreporter. Wenn nicht Marius, wer war dann der Verräter? Jemand vom Kinderspital? Unwahrscheinlich. Die Sträggele höchstpersönlich? Das war eine Möglichkeit. Sie suchte Aufmerksamkeit. Dank der Presse bekam sie jetzt noch mehr davon. Die Öffentlichkeit wusste über sie Bescheid. Obwohl es für einen Feiertag noch früh am Morgen war, hatten schon unzählige Leser den Bericht kommentiert. Toll. Wetten, heute Nacht würde die Museggmauer von Schaulustigen regelrecht belagert sein? Vielleicht waren damit Barbaras Personalsorgen vom Tisch.

Cem ging ins Schlafzimmer und zog Jeans und einen schwarzen Pulli über. Er rasierte sich gründlich und sparte nicht an Aftershave. Zum Finish strich er sich etwas Gel ins Haar.

Es klingelte an seiner Wohnungstür. Cem öffnete. «Eine halbe Stunde, hm?»

«Der Termin hat etwas länger gedauert», sagte Marius.

«Das sehe ich.» Cem musterte Marius. Der trug schwarze Jeans und ein graues Sakko, war glatt rasiert wie ein Aal, duftete frisch und würzig wie ein Ricola-Kräuterbonbon und rundete seine schneidige Erscheinung mit perfekt nach oben in Szene gesetzten Haaren ab. Diese Frisur würde selbst einem rasenden Geisterzug standhalten. «Fühlst du dich schon besser?», fragte Cem misstrauisch.

«Mir geht es gut. Zwei Espressi wirken Wunder.»

«Die hättest du auch bei mir trinken können.»

«Ich brauchte eine Dusche.»

«Ich hab fliessend Wasser im Haus.»

«In deinem Kleiderschrank hätte ich nichts Stilvolles zum Anziehen gefunden.»

«Werd nicht pingelig. Ich wusste ja nicht, dass du morgens jeweils einen Termin bei deinem persönlichen Stylisten hast.»

«Führ dich nicht auf wie ein beleidigtes Eheweib.»
«Holländischer Macho.»

Es schneite leicht, als Marius seinen silbrigen Audi TT Coupé die Bernstrasse hoch Richtung Littau lenkte und dann rechts in die Längweiherstrasse einbog.

Cem steckte sein Handy zurück in die Jackentasche. Er hatte soeben mit Barbara telefoniert. Sie war bei den Leus im Spital, Cem würde sich nach der Befragung mit Natascha zu ihr chauffieren lassen.

Marius parkierte vor dem Haus der Jakobs.

Kaum hatte Cem den Klingelknopf gedrückt, hörte er hinter der Tür kleine schnelle Schritte. Die Haustür wurde aufgerissen. «Mami! Mami! Der nette Polizist ist hier!» Die kleine Natascha strahlte Cem an. Erst jetzt fiel ihm ihre obere Zahnlücke auf. Sie trug ein blaues Kleid aus Jeansstoff, weisse Strumpfhosen und schwarze Finken. Ihre blonden Haare waren zu einem seitlichen Zopf geflochten.

Cem ging in die Knie. «Hallo, Natascha. Hey, wie geht es dir?»

«Gut.»

«Hast du gestern schön Weihnachten gefeiert?»

Sie schüttelte den Kopf.

In diesem Moment kam der Vater zur Tür. «Natascha war traurig wegen Elsa.»

Cem stand auf und grüsste Gabriel Jakob. «Das ist Herr van Roijen. Wir haben ihn als Spezialisten dem Fall zugezogen.»

«Kommen Sie doch rein», sagte Gabriel.

Natascha zupfte Cem am Ärmel. «Hast du Elsa gerettet?»

Er beugte sich verschwörerisch zu ihr hinunter «Ja.»

«Elsa! Elsa!», jauchzte Natascha und hüpfte auf und ab. «Hat die böse Hexe ihr wehgetan? Musste Elsa auch ins Spital?»

«Nein, ihr geht es gut», sagte Cem, griff in seine Jacke und zog die Puppe hervor.

Natascha packte sie und drückte sie an ihre Brust. «Elsa, du armes, armes Mädchen. Mami! Mami! Schau!» Und weg war sie, verschwunden in der Küche.

Cem gab Marius ein Zeichen vorzugehen und hielt Gabriel Jakob im Flur zurück. «Wie verkraften Sie die Sache?», fragte er.

«Ich habe nicht geschlafen. Es war grosses Glück, dass Sie meine Kleine gerettet haben. Danke.»

«Ist doch logisch. Wie geht es Ihrer Frau?»

«Wir haben uns noch nicht ausgesprochen. Ich habe bei Natascha im Zimmer geschlafen.»

«Verstehe.»

«Aber ich nicht.» Gabriel strich sich seine kinnlangen Haare aus dem Gesicht. Er hatte sich seit mehreren Tagen nicht mehr rasiert. Er war ein schlaksiger Typ mit einem schmalen Gesicht. Seine braunen Augen strömten Wärme aus. «Meine Frau hatte in ihrer Jugend Probleme mit Alkohol. Das passiert schnell, wenn man in die falschen Kreise gerät. Nach der Lehre war es am schlimmsten. Da habe ich sie kennengelernt. In der Schüür, an einem Konzert. Sie war total betrunken und hat sich über meiner Hose ergeben. Ich habe sie heimgebracht. Und so hat es angefangen. Ein halbes Jahr später ging sie in eine Klinik. Danach hat sie nie mehr Alkohol angerührt.»

«Wie ist das Verhältnis zwischen Mutter und Tochter?», fragte Cem.

«Natascha vergöttert ihre Mutter. Und Christine hat sich immer gut um sie gekümmert.»

«Was könnte den Rückfall ausgelöst haben? Eine Idee? Gab es Streit, finanzielle Probleme?»

«Nein. Nichts.» Herr Jakob prustete Luft aus den Lungen.

Cem legte ihm die Hand auf die Schulter. «Ganz ruhig. Wir finden heraus, was da passiert ist. Ich vermute, Ihre Frau trifft keine Schuld.»

«Nein?»

«Nein. Haben Sie denn keine Nachrichten gehört?»

«Ich ertrage das nicht, wenn sie im Radio oder in den Zeitungen über meine Tochter schreiben.»

«Gestern Nacht wurde ein weiteres Mädchen aus seinem Schlafzimmer entführt und in einem Museggturm ausgesetzt.»

«Mein Gott! Geht es ihm gut?»

«Ja, so weit schon. Aber ich muss mit Natascha sprechen. Vielleicht erzählt sie uns, was passiert ist, jetzt, da Elsa wieder da ist.»

Gabriel nickte und führte Cem in die Küche. Marius sass schon bei einem Espresso am Tisch, die kleine Natascha auf seinem Schoss. Das Mädchen plapperte fröhlich auf Elsa ein. Christine Jakob sass ihnen gegenüber und hielt sich an einer grossen Kaffeetasse fest. Sie stand auf, als Cem eintrat. Ihre Hand war eiskalt, als er sie schüttelte. Sie machte sich wortlos daran, ihm einen Kaffee zuzubereiten.

«Na, du hast Marius aber schnell ins Herz geschlossen», wandte sich Cem an Natascha.

Sie strahlte. «Er kann gut Geschichten erzählen.»

«Ja, er ist ein richtiger Märchenonkel, nicht?»

«Genau.»

Cem erntete von Marius ein breites Grinsen.

«Natascha kennt keine Berührungsängste», sagte Gabriel.

Cem ging in die Knie, um mit Natascha auf Augenhöhe zu sprechen. «Jetzt, da Elsa zurück ist, sprichst du mit uns über die böse Hexe?»

Das Mädchen biss sich kurz auf die Lippen, nickte aber.

«Wie hat sie dich geholt?»

«Ich hatte Durst und bin in die Küche gegangen. Da sass die Hexe am Tisch. Sie hat gesagt, sie passt jetzt auf mich auf. Mami ist schlafen gegangen, weil sie so müde war.»

«Und dann?», fragte Cem.

«Sie hat mir eine Milch gemacht. Dann bin ich eingeschlafen.»

«Wie sah die Frau aus?»

«Sie hatte schöne rote Haare, ganz lange.»

Marius strich ihr mit der Hand über den Kopf. «Du machst das toll.»

«Können wir nicht etwas anderes spielen?», fragte Natascha.

«Wir sind fast fertig», sagte Cem. «Bist du denn aufgewacht, bevor wir dich gefunden haben?»

«Ein Mal.» Natascha drückte Elsa eng an sich.

«Ist okay», sagte Cem. «Was hast du gesehen?»

«Ein Pferd. Und einen grossen Hund. Der hat mir Angst gemacht. Er war angebunden und hat schrecklich gesabbert.»

«Die Frau war auch dort?»

Natascha erzählte, wie die Frau ihr Elsa weggenommen hatte und damit drohte, der Puppe wehzutun, sollte Natatscha mit jemandem sprechen. Danach hat sie ihr etwas zu trinken gegeben, und Natascha war wieder eingeschlafen. Die Kleine drückte die Puppe fest an ihre Brust. «Sie hat mir ihren Namen verraten.»

Cem tauschte mit Marius einen überraschten Blick. «Wie heisst sie denn?», hakte er nach.

«Sträggele oder so, hat sie gesagt.»

***

Die Sträggele holte den Beutel mit dem Blut aus der Gefriertruhe. Sie legte ihn auf den Küchentisch neben ihren dampfenden Tee und starrte auf den schweren Hammer, der vor ihr lag. Sie rieb sich den schmerzenden Nasenrücken und ging im Kopf den Ablauf des heutigen Abends nochmals durch. Hatte sie nichts vergessen? Viel Zeit blieb ihr diesmal nicht, das Zeitfenster war eng. Aber sie musste es riskieren. Sie lauschte einen Augenblick dem Heulen der Wölfe.

Ein Messer, kam ihr plötzlich in den Sinn. Sie brauchte noch ein scharfes Messer. Sie stand auf und durchwühlte die Küchenschublade, bis sie das grosse Fleischermesser gefunden hatte. Beim Kontrollieren der Schneide schnitt sie sich in den Finger. «Autsch!» Rasch spülte sie im Bad das Blut unter dem fliessendem Wasser ab. Dann öffnete sie den kleinen Schrank neben dem Spiegel und suchte zwischen all den Medikamenten nach einem Pflaster, fand keines und griff stattdessen nach einer Packung Johanniskraut-Filmtabletten. Sie brauchte einen Stimmungsaufheller. Sie schluckte zwei Stück trocken hinunter und erbrach sich dann über der Kloschüssel.

***

Thomas Leu wanderte im Spitalzimmer umher, als warte er auf ein Gerichtsurteil. Karin Leu war nicht bereit, die Hand ihrer Tochter auch nur für eine Sekunde loszulassen. Marie schlief.

«Noch mal von vorne», sagte Cem und blickte auf seine Notizen. «Sie haben Weihnachten gefeiert. Marie ist eingeschlafen, und Sie haben sie um neun ins Bett gebracht.»

«Sie behandeln uns wie Kriminelle», sagte Thomas. «Meine Tochter wurde entführt. Wir sind die Opfer.»

«Schon klar», sagte Cem, «und das tut mir auch leid, aber wir müssen diese Fragen stellen.»

«Das hat doch schon Frau Amato gemacht», sagte Karin Leu. Sie war eine schlanke, gross gewachsene Frau. Die blonden kurzen Haare standen ihr ausgesprochen gut. Sie trug grosse Kreolen an den Ohren. Ihre Lippen waren knallrot wie auch ihre modische Bluse.

«Manchmal nimmt man ein Detail nur unbewusst wahr», erklärte Cem. «Da hilft es, wenn man die Geschehnisse mehrmals erzählt.»

«Versuchen Sie, alle Sinne mit einzubeziehen», sagte Marius. «Gab es ein seltsames Geräusch? Einen unbekannten Duft? Einen Luftzug?»

Cem warf Marius einen drohenden Blick zu. Das hier war seine Befragung.

Marius lächelte kurz, presste die Lippen zusammen und nickte entschuldigend.

«Da war nichts Aussergewöhnliches», sagte Thomas.

Ein gut aussehender Typ. Braune Haare, Wangengrübchen und Augen, die jeder Schwiegermutter gefallen würden. Eine Bilderbuchfamilie mit einem Geheimnis. «Sie haben auch einen Sohn?», fragte Cem.

«Nikolas», sagte Karin. «Wir haben ihn gestern Nacht zu seinen Grosseltern gebracht.»

«Wie alt ist er?»

«Acht.»

Cem notierte sich die Info. «Was ist passiert, nachdem Sie Marie ins Bett gebracht haben?»

«Wir sind zurück ins Wohnzimmer gegangen», erzählte Thomas. «Nikolas hat mit seinen neuen Legos gespielt, und ich habe das Handy eingerichtet, das mir meine Frau zu Weihnachten geschenkt hat.»

«Und Sie?», fragte Cem.

Karin strich über die Stirn ihrer Tochter. Sie habe noch einen Tee gemacht, sagte sie, dann die Kerzen am Weihnachtsbaum ausgeblasen und etwas ferngesehen. Kurz darauf habe es an der Tür geklopft.

«Wer hat nachgesehen?», fragte Cem.

«Wir beide», antwortete Thomas. «Wer klopft schon nach neun Uhr an der Haustür?»

«Aber da war niemand?»

«Nein.»

«Und dann sind Sie raus? Warum? Es war eine kalte Nacht.»

«Jemand muss ja an der Tür gewesen sein», sagte Thomas gereizt. «Ich habe mir eine Jacke angezogen und bin raus.»

«Ihre Frau auch?»

Karin nickte. «Wir haben uns umgesehen, auch in der Garage. Da war niemand.»

«Das war also der Zeitpunkt, an dem der oder die Entführer ins Haus geschlichen sind, Marie aus dem Bett geholt haben und mit ihr verschwunden sind, bevor Sie beide wieder zurückgingen?»

«Eine andere Erklärung habe ich nicht», sagte Thomas. «Danach haben wir die Tür abgeschlossen.»

«Und Sie sind zurück ins Wohnzimmer und haben nicht gleich nach Marie gesehen?», fragte Cem.

«Wir konnten ja nicht wissen, dass jemand im Haus war.»

«Und Nikolas?»

«Der hat die ganze Zeit über im Wohnzimmer gespielt», sagte Karin. «Der Fernseher lief. Er hat nichts mitbekommen.»

Cem hatte genug gehört für den Moment. Er erklärte den Leus, dass sie Marie mit nach Hause nehmen durften, sobald Dr. Reimers das Okay gab und die Spurensicherung mit ihrem Haus durch war.

Er und Marius verabschiedeten sich. Im Flur begegneten sie der Krankenschwester.

«Ah, Schwester Anita, richtig? Hallo», grüsste Cem.

«Guten Tag, Herr Kommissar. Schlimm, das mit den Mädchen, nicht?»

«Wenigstens sind sie unverletzt. Könnte ich kurz mit Dr. Reimers sprechen?»

«Oh, tut mir leid. Er hatte Nachtschicht und ist nicht mehr hier.»

«Sagen Sie», Cem beugte sich verschwörerisch zu ihr hinunter, «ist Ihnen etwas aufgefallen? Bei den Mädchen? Den Eltern?»

Schwester Anita verneinte. «Aber ich kümmere mich hier mehr um den Papierkram. Ich bin verantwortlich für die Dienstpläne, das Lager und so Sachen halt. Schwester Doris hat sich vor allem um die beiden Mädchen gekümmert. Sie sollten mit ihr reden. Sie hatte auch Nachtschicht.»

Cem bedankte sich und verliess zusammen mit Marius das Spital. Es war mittlerweile fast Mittag. Draussen schneite es leicht.

«Die Leus haben uns nicht alles erzählt», sagte Marius.

«Das Gefühl habe ich auch.»

«Und jetzt?»

«Berichte schreiben, Fakten zusammentragen. Um zwei haben wir eine Teamsitzung im Mutterhaus.»

«Ich werde da sein.»

«Ich habe dich nicht eingeladen.»

«Ich komme trotzdem. Deine Allgemeinbildung in Hexerei ist scheisse.»

ACHT

Es war ruhig in den Gassen. Marius fror sich vor der verschlossenen Tür der Alten Suidterschen Apotheke die Füsse ab. Die Temperaturen fielen in die Minusgrade.

Endlich hörte er ihre energischen Schritte. Nur Sekunden später bog Chantal um die Ecke. «Wie machst du das, hm? Alles aufgebraucht? Das gibt's doch nicht!» Sie zeigte mit ihrem Zeigefinger direkt auf ihn. «Meine Grossmutter holt gerade die Gans aus dem Ofen.»

«Hallo, Chantal.»

«Ja, ja.» Sie kramte einen Schlüssel aus der Manteltasche und schloss die Apotheke auf.

Marius wartete, bis Chantal die Alarmanlage ausgeschaltet hatte, und trat ein. Rasch schloss sie hinter ihm die Tür. «Chinesische und arabische Touristen haben keinen Respekt vor Weihnachten.» Sie blickte zu ihm hoch. «Die Holländer auch nicht.»

Marius kannte Chantal schon seit vielen Jahren. Früher waren sie kurz ein Paar gewesen, aber sie hatten schnell realisiert, dass zwischen ihnen die Freundschaft wichtiger war als Sex – oder Liebe.

«Wie viel brauchst du?», fragte sie.

«Genug bis nach Neujahr?»

«Wenn das der Chef rauskriegt. Mensch, Marius, du kennst keine Grenzen, was?» Chantal führte ihn vorbei an der Ladentheke nach hinten. Marius fühlte sich in dieser alten Apotheke ins vorletzte Jahrhundert zurückversetzt. Ein Schmuckstück von einem Laden. Fast schon ein Museum. Diese Wände konnten Geschichte erzählen. Und diese Weihnachten kam eine weitere dazu.

In dem hinteren Raum, der steril und modern wirkte, ganz im Gegensatz zum Laden vorne, setzte er sich an den kleinen Tisch. Das Blutdruckmessgerät lag vor ihm. Chantal verschwand kurz und kam mit einer handgrossen Kartonschachtel zurück. «Mehr gibt es nicht. Brauchst du gleich was?»

«Steht dir gut, der neue Haarschnitt», sagte Marius. Chantal trug die Haare jetzt braun und ultrakurz. Das passte zu ihrem energischen Wesen.

«Wenn du noch lange vergeblich mit mir flirtest, wird die Gans kalt.»

«Wir haben ein Problem», sagte er.

Chantal stützte sich auf dem Tisch ab. «Wir? Was hast du diesmal verbockt?»

Marius griff in seine Jackentasche und holte eine Pillenschachtel hervor. Er legte sie auf den Tisch neben das Blutdruckmessgerät.

Chantal seufzte, griff danach und schaute hinein. «Leer? Mensch, Marius! Noctamid kann ich ohne ärztliche Verschreibung nicht rausgeben, das weisst du.»

«Du weisst, dass ich es brauche.»

***

«Nichts ist klar.» Cem stand auf und marschierte zum Board. Er hielt es auf seinem Stuhl nicht mehr aus.

Barbara machte Platz und drückte ihm den Marker in die Hand. Cem starrte auf die weisse Tafel. Barbara hatte neben die Tatortbilder drei Kolonnen gezeichnet, mit den Überschriften: «Entführung», «Körperverletzung» und «Drohung». Cem tippte mit dem Stift auf den ersten Eintrag unter «Entführung». «Kein Einbruch» stand da.

«Die Sträggele kennt unsere Opfer, oder sie hat sie lange beobachtet, um ihre Gewohnheiten auszuspionieren. Es kann kein Zufall sein, dass die Sträggele just in dem Moment auftaucht, als Nataschas Mutter betrunken im Bett liegt. Aber wie konnte sie das wissen? Sie muss den Abend vorbereitet haben: der Turm, das Pferd, das Engelskostüm … Es war kein Zufall, dass wir Natascha gefunden haben.» Cem schaute die anderen an. Am grossen Sitzungstisch sassen Kevin und Barbara, neben ihr Schnellmann.

Auch Kollege Bättig war dabei und Metzger von der Spusi. Am oberen Kopfende sass Eva. Der Stuhl neben ihr war leer. Marius blieb verschwunden, obwohl Cem ihn mindestens dreimal angerufen hatte. Sein Telefon war aus.

Metzger klärte seine Stimmbänder und nestelte an seiner schiefen Brille herum. Cem kannte dessen Körpersprache mittlerweile gut genug, um zu wissen, dass Metzger etwas loswerden wollte. «Haben Sie was gefunden?», fragte er.

«Keine Spuren in den Häusern der Opfer, keine Fingerabdrücke, nichts. Die Türen wurden nicht aufgebrochen.» Metzger wedelte mit einem Papier. «Aber die Labortests», krächzte er. «Es geht um Christine Jakob. Es besteht kein Zweifel, dass sie getrunken hat. Der Bluttest, den der Arzt am nächsten Tag durchgeführt hat, ergab null Komma drei Promille. Wenn man bedenkt, dass ein Körper pro Stunde etwa null Komma zwei Promille abbaut, dann dürfte Frau Jakob gute zwei Promille im Blut gehabt haben, vielleicht mehr.»

«Wow», sagte Kevin. «Das heisst, sie war total betrunken, als Natascha entführt wurde.»

«Ja. Aber das ist nicht alles. Die Haaranalyse hat auch etwas ergeben.» Metzger kämpfte mit seinen Stimmbändern, die nicht so recht wollten. «Der gelegentliche Konsum von Haschisch konnte nachgewiesen werden. Das bestätigt auch der THC-Wert in ihrem Blut.»

«Seit wann nimmt sie Drogen?», fragte Barbara.

«Ein Haar wächst im Schnitt etwa einen Zentimeter im Monat. Die Analysen ergeben, dass Frau Jakob seit etwa zwei Monaten konsumiert.»

«Moment», sagte Cem. «Das wäre seit Oktober. Im Oktober hat sich Natascha den Arm gebrochen. Kann es da einen Zusammenhang geben?»

«Das Spektrum der psychischen Effekte beim Konsum der Cannabispflanze ist gross», sagte Metzger. «Hasch macht in der Regel nicht gewalttätig. Meistens fühlt man sich entspannter, ist gelassener.»

«Die Leus haben keine Probleme mit Drogen?», fragte Schnellmann. Er wirkte gereizt. Man merkte ihm die Doppelbelastung als Leiter der Kriminalpolizei und Abteilungsleiter von Leib und Leben an.

«Sie haben freiwillig eine Blutprobe abgegeben», sagte Barbara. «Sind sauber.»

«Gibt es Parallelen zwischen den Leus und Jakobs?», fragte Eva.

Cem kramte Marius' Recherchen aus seinen Unterlagen und brachte sie ihr. Sie schien heute konzentriert und gefasst. Cem wusste, dass sie sich in den Fall reinkniete, um ihre eigenen Probleme zu verdrängen. Er musste diesen Fall rasch lösen und sich dann um Eva kümmern. Irgendwie. Er war es ihr schuldig. Er realisierte nicht, dass er sie anstarrte, als er ihr die Papiere überreichte.

«Cem?», flüsterte sie.

«Oh, ja klar. Also, Marius hat nachgeforscht. Keine Parallelen zwischen den Familien. Jedenfalls haben wir sie noch nicht gefunden, sollte es welche geben.»

«Wo steckt eigentlich dein Fliegender Holländer?», fragte Barbara. «Wollte er nicht unbedingt dabei sein?»

Bättig strich sich über sein gelgetränktes Haar. «Den Typen müsst ihr mir vorstellen. Soll ja echt 'ne Nummer sein.»

«Er ist gut», sagte Cem. «Fast schon zu gut.»

«Du traust ihm nicht?», fragte Kevin.

«Ich werde nicht schlau aus ihm. Aber ich mag ihn – irgendwie», sagte Cem.

«Ich werde das Netz und die Datenbanken nach ihm durchforsten», antwortete Kevin. «Wenn es da etwas gibt, werde ich es finden.»

«Tu das.»

«Was ist mit den Mädchen?», fragte Schnellmann. Offenbar wollte er vorwärtsmachen und nach Hause gehen.

Barbara antwortete: «Dr. Reimers' Verdacht hat sich bestätigt. Ihnen wurde Dormicum verabreicht, ein übliches Schlafmittel, das man bei Kindern verwendet.»

«Was können uns die beiden erzählen?», fragte Eva.

Barbara fasste zusammen, was Natascha ausgesagt hatte. «Marie weiss von nichts», schloss sie. «Sie hat alles verschlafen und kann sich an nichts erinnern.»

Es klopfte an die gläserne Tür des Sitzungszimmers. Marius winkte mit seinem Besucherausweis und trat ein. «Ich hab was.» Er marschierte zu Cem ans Board. Über seiner Schulter trug er eine grosse Ledertasche. «Leihst du mir den Stift? Danke.»

Schweigen am Tisch.

Dieser kleine Mistkerl. Cem verschränkte amüsiert die Arme vor der Brust.

«Unsere Sträggele ist eine Hochstaplerin», begann Marius und schrieb ein paar Worte aufs Board:

Verflucht – eine Reise durch die Zeit der Hexen, Magier und Teufel.

«Das ist der Titel des Buches, das im Zytturm am Boden lag», bemerkte Eva.

«Genau.» Marius stellte seine Tasche auf den Tisch und zog das Buch hervor.

«Woher hast du das?», fragte Cem. «Das haben wir beschlagnahmt. Es liegt im Labor unten.» Er schaute Metzger an. Dieser nickte heftig.

«Keine Sorge, es ist nicht das vom Tatort. Ich habe dieses vorhin gekauft.»

«Am Stephanstag?» Barbara runzelte die Stirn.

«Es gibt da so einen Wicca- und Hexenladen an der Weinberglistrasse. Ich kenne die Hexe persönlich. Salome Rosenheim. Ich habe über Mittag mit ihr telefoniert. Sie verkauft das Buch in ihrem Laden. Und wenn man lieb fragt, auch am Stephanstag.»

«Salome Rosenheim?», fragte Cem. «Eine Hexe?»

«Sie bietet ihre Dienste als weisse Hexe an», erklärte Marius. «Sie legt die Karten, befragt das Orakel, holt sich Kräfte durch die Magie der Natur und spricht Zauber, die gegen böse Dämonen schützen sollen.»

«So einen Zauber brauche ich auch», schoss es Eva über die Lippen.

«Ich werde dich ihr vorstellen», sagte Marius und zwinkerte Eva zu. «Und um deine unausgesprochene Frage vorab zu beantworten: Nein, Salome hat in den letzten Wochen kein Exemplar dieses Buches verkauft. Unsere Sträggele besitzt es also schon länger oder hat es woanders bezogen. Und nein, Salome kann nicht die Sträggele sein. Sie hat panische Angst vor Pferden, das weiss ich persönlich.»

Jetzt war aber genug. Cem stellte sich zwischen den Blickkontakt von Marius und Eva. «Das werden wir überprüfen», sagte er harsch. «Und weshalb ist das Buch so wichtig?»

«Weil das Buch den Hexenkult schlechthin beschreibt», erklärte Marius. «Man findet alles darin: Runen, Hexensymbole, Zaubersprüche, Artefakte, das Horoskop. Es ist ein Handbuch für Hexen.»

«Die Zeichen an der Wand.» Cem dämmerte es.

«Genau.» Marius klopfte mit der flachen Hand auf das Buch. «Unsere Sträggele hat sich durch das Buch gearbeitet, von Kapitel eins bis neun, ausgenommen Kapitel fünf über die Bedeutung der Sexualität, das hat sie ausführlich im Zytturm umgesetzt.»

«Dann glaubt sie nicht wirklich an diesen Hexenkram?», fragte Bättig.

Marius zeigte mit dem Finger auf ihn. «Erfasst. Sie ist eine Hochstaplerin.»

Barbara wischte das weisse Board sauber. Die anderen waren schon weg. Bis auf Schnellmann, der sortierte Unterlagen in seiner Aktentasche. Barbara seufzte leise. Sie brauchte einen Kaffee, dringend. Sie hatte heute Morgen nur wenige Stunden geschlafen. Ihr Magen knurrte. Sie ignorierte ihn.

«Ich lade Sie zu einem späten Lunch ein», sagte Schnellmann. Er musste ihren Magen gehört haben.

«Danke, nicht nötig», sagte Barbara. «Ich muss die Hexenjagd vorbereiten.»

«Setzen Sie sich.»

Dio mio, hatte der eine Laune. Sie setzte sich ihm gegenüber an den Sitzungstisch.

Schnellmann schob ihr ein Dossier rüber. Sie warf einen Blick auf die Mappe. «Bewerbung» stand auf dem weissen Einband.

«Ich bin Leiter der Kriminalpolizei», sagte Schnellmann. «Auch noch als Abteilungsleiter von Leib und Leben zu arbeiten schlägt mir auf den Magen. Der bleibt vor lauter Arbeit nämlich leer. Spätestens Anfang Januar muss Wymanns Posten besetzt sein. Das Auswahlverfahren ist fast abgeschlossen. Hier ist unser Kandidat. Es sei denn …» Schnellmann lehnte sich vor. «Ich kann versuchen, die Personalabteilung noch umzustimmen. Nehmen Sie an, Barbara. Ich will niemanden von aussen.»

«Nein. Ich kann nicht. Das habe ich schon gesagt.»

Schnellmann klopfte mit der Faust auf den Tisch. «Sie wollen nicht! Aber Ihre Sturheit kann auch nicht rückgängig machen, was passiert ist. Wymann hätte gewollt, dass Sie Leib und Leben übernehmen.»

Barbara stand auf. «Ich will raus auf die Strasse. Ich kann einfach nicht in Wymanns Stuhl sitzen und Akten wälzen. Das geht nicht.» Sie fühlte, wie Tränen hochschossen. Sie hatte lange nicht mehr geweint, nicht seit der Nacht nach der Beerdigung. «Ihr Kandidat wird schon recht sein.» Sie drehte sich weg und verliess das Sitzungszimmer so energisch, wie sie es mit ihren weichen Knien hinbekam.

***

Am späteren Nachmittag sassen Cem und Kevin alleine in ihrem Büro. Sie quälten sich mit Rapporten rum, die es zu schreiben gab.

Cem legte seinen Stift beiseite. «Weisst du, was mir zu denken gibt? Die Presse. Wie kamen die an diese Fotos vom Tatort?»

«Das Netz ist voll davon.» Kevin steckte sich den Bleistift in den Mund. «In den sozialen Netzwerken werden diese Vorfälle bereits hochgeschaukelt. Unter dem Hashtag Sträggele findest du auf Twitter bereits Hunderte Posts. Im Regionalfernsehen berichten sie auch schon darüber. Wenn das mal gut geht.»

«Was meinst du?»

«Hexenverfolgung. In einigen Ländern in Lateinamerika, Südostasien und Afrika werden noch heute Hexen verfolgt und getötet. Bis ins 17. Jahrhundert war das bei uns ebenso. In Obwalden war es ganz schlimm. Auch in Luzern. Die Luzerner Obrigkeit hat nicht einmal vor Kindern haltgemacht.»

«Man hat Kinder auf dem Scheiterhaufen verbrannt?»

«Und gefoltert. Gabi hat gestern ein Buch von Eveline Hasler aus ihrem Bücherregal gezogen: ‹Die Vogelmacherin›. Ein elfjähriges Waisenmädchen aus dem Entlebuch behauptete, es könne Vögel machen. Kindliche Phantasie halt. Es wurde gefoltert und wegen Hexerei zum Tode verurteilt. Das Mädchen gab es wirklich. Ist das nicht grausam? Wenn eine Kuh keine Milch mehr gab, eine Dürre herrschte oder ein Baby bei der Geburt starb, musste ein Sündenbock gefunden werden. Eine Hexe war perfekt. Mit deren Tötung konnte man auch gleich einen Menschen loswerden, den man im Dorf nicht mochte, weil er zu schön, zu gescheit, zu unbeugsam oder geistig zurückgeblieben war. Ein Grund fand sich immer. Neid und Verschwörungen gab es damals wie heute. Meistens wurden Frauen als Hexen verurteilt, aber auch Männer brannten wegen Hexerei auf den Scheiterhaufen.»

«Dann hoffe ich, dass wir diese Nacht ohne Kinderengel und brennenden Scheiterhaufen überstehen», sagte Cem.

Kevin seufzte. «Ich werde morgen früh mit einem Team die Reitställe abklappern. Aber ich denke, unsere Chancen stehen schlecht. Im Kanton Luzern gibt es neben den Reitställen Hunderte von Bauern und Privatleuten, die auch Pferde in einem Stall stehen haben.»

«Ganz schön Stress, so kurz vor den Flitterwochen.»

«Am 3. Januar geht's los. Und glaub mir, mit Gabi die Koffer zu packen ist stressiger, als einer Hexe hinterherzujagen.»

«Du kannst dich danach in Neuseeland erholen. Ist ein guter Kompromiss zwischen Kanada und der Karibik. Es soll in Neuseeland ja tolle Sandstrände geben.»

«Ich schicke dir eine Karte.»

«Täglich. Mann, das wird hier einsam ohne dich. Einen Monat mit Bättig an der Seite, das überleb ich nicht.»

«Das wirst du überleben», sagte Barbara von der Tür her. Sie trat an den Tisch. «Hier sind die Einsatzpläne für heute Nacht. Ihr macht jetzt Pause. Um sieben treffen wir uns wieder hier. Dann geht's zur Museggmauer. Vergesst Schwert und Ritterrüstung nicht – und bringt eure Pferde mit.»

NEUN

Cem stand unter dem Schirmerturm und beobachtete Barbara. Sie hielt sich das Funkgerät ans Ohr. Kevin und Eva befanden sich beim Wasserturm und machten sich auf den Weg über die Kapellbrücke. Es war alles ruhig. Keine dunklen Gestalten sausten auf Hexenbesen über die Altstadt.

Barbara steckte das Funkgerät zurück in ihre Jackentasche. «Wir gehen auf der Stadtseite der Museggmauer entlang. Bättig und Marius sind jetzt am Nölliturm und gehen die Rückseite der Mauer ab.» Barbara rieb sich die kalten Hände. «Die Strägggele setzt heute Nacht keinen Engel aus.»

«Sie wird es versuchen», sagte Cem.

«Das weisst du nicht.»

«Ich ahne es.»

Barbara schüttelte den Kopf und marschierte los. Am Zytturm flatterte noch das Absperrband der Polizei an der gläsernen Eingangstür. Cem blickte hoch zum Zifferblatt, bald halb acht. Die Gasse, die entlang der Museggmauer zum Nölliturm führte, war schwach beleuchtet. Cem brauchte seine Taschenlampe nicht. Er schloss zu Barbara auf. «Hey, alles gut bei dir?»

«Nein.»

«Weihnachten ist bald überstanden.»

«Ich vermisse ihn, Cem.»

«Ich weiss.»

Sie gingen einige Minuten schweigend nebeneinanderher, ihre Gedanken bei Wymann. Immer wieder kreuzten Spaziergänger ihren Weg. Hatte es hier immer so viele Fussgänger um diese Zeit?, wunderte sich Cem. Das konnte kein Zufall sein. Die Medienhetze zeigte bereits Wirkung. Die Menschen hielten Ausschau nach der Hexe.

Ein Geräusch auf der Höhe des Luegislandturms schreckte sie auf.

«Da ist was», flüsterte Barbara. «Da, im Gebüsch.»

Cem leuchtete mit seiner Taschenlampe hin. Aufgeschreckt jagte eine Katze aus dem Busch und verschwand hinter der nächsten Hausfassade. «Fehlalarm.»

«Hexen zu jagen ist unheimlich», sagte Barbara.

«Sie ist keine Hexe. Nur eine verstörte Frau.»

«Eben, Hexe. Ich habe kein gutes Gefühl. Diese Sträggele muss ahnen, dass wir – und all die anderen schrägen Spaziergänger hier – die Türme im Auge behalten. Sie ist nicht dumm.»

Es knackte aus Barbaras Funkgerät. Bättig meldete sich. «Alles ruhig hier hinter der Mauer. Wir sind jetzt am Schirmerturm. Wie weiter?»

«Geht bis zum Dächliturm und auf der Stadtseite wieder zurück zum Nölliturm.» Sie drückte Bättig weg und gab Kevin und Eva die Anweisung, der Aussenseite der Museggmauer entlang zu patrouillieren.

«Und wo gehen wir hin?», fragte Cem.

«Zur Jesuitenkirche.»

«Willst du beten?»

«Wir brauchen einen Pfarrer.»

***

Die Sträggele legte Noemi behutsam auf die Wolldecke am Boden. Dieser kleine Engel war ihr Liebling, so unschuldig, das arme Kind. Sie kontrollierte Puls und Atmung der Kleinen. Sie würde bald aufwachen. Zeit, das hier zu beenden.

Die Sträggele schaute sich um. Es war ein riskantes Unterfangen. Jeden Moment konnten Fussgänger aufkreuzen. Sie hatte über eine Viertelstunde auf den perfekten Augenblick warten müssen und dann rasch am Südaufgang eine Kette mit dem Schild «Geschlossen wegen Bauarbeiten» vorgehängt. Der Nordeingang war überschaubarer. Und niemand zu sehen. Gut.

Die Sträggele griff nach ihrer grossen Segeltuchtasche und holte einen Plüschhund hervor. Sie drückte ihn dem Engel in die Arme. «Tut mir leid. Es muss sein. Ich weiss, wie sehr es schmerzt.» Dann leerte sie den restlichen Inhalt der Tasche auf den

Boden, über ein Dutzend Stofftiere fielen heraus: Hunde, Katzen, Vögel und eine Ratte, alle malträtiert. Es fehlten Gliedmassen, Augen, Ohren, sie waren teils zerrissen, Stopfwatte quoll aus ihren Körpern. Aus der Tasche war auch eine Flasche gefüllt mit Blut gefallen sowie ein Hammer und lange Stahlnägel. Die Sträggele schmierte erst die Stofftiere mit dem Blut voll, dann griff sie zum Hammer und nagelte die Tiere an den Bretterboden.

Leiden. Es würde ein Ende haben. Ein gerechtes Ende.

Sie blickte hoch zu den alten bemalten Holztafen unter dem Dach der Spreuerbrücke. Der Totentanz. Er hatte begonnen.

***

Erst vor zwei Nächten hatte Barbara in dieser Kirche gesessen und nach einem Zeichen Gottes gesucht. Waren die Engel seine Antwort? Die Wege des Herrn konnten mehr als unergründlich sein.

Menschen strömten aus der Kirche. Ein Weihnachtskonzert war soeben aus. Barbara und Cem gingen nach vorne zum Altar. Die Musiker packten ihre Instrumente zusammen. Barbara fragte die Leiterin der Kirchenmusiker nach einem Pfarrer. Die Frau zeigte zur dritten Bank. «Dort sitzt Pfarrer Schlumpf.»

Sie gingen zu ihm hinüber. Barbara kannte ihn nicht. Die Christmette hatte Pfarrer Pfeffer abgehalten.

Cem stellte sich und Barbara kurz vor.

Pfarrer Schlumpf steckte ein Notizbuch weg und erhob sich in die Höhe. Er musste Gott näher sein als die meisten Menschen. Er war ein Riese. Bestimmt über zwei Meter. Sein Blick hatte etwas Strafendes, als er auf Barbara und Cem hinunterblickte. Seine überaus buschigen Augenbrauen folgten einer strengen Linie. Beängstigend war die Nase. Eine Monsternase, knollig und dominant. Und sein weisser Bart suchte seinesgleichen. Fehlte nur die rote Mütze, und Papa Schlumpf in Riesenformat stand vor ihr. War das die Ironie Gottes?

«Wie kann ich den Herrschaften der Polizei dienen?»

Dienen? Dieses Wort passte nicht zu seiner Erscheinung. Oder lag Barbara so falsch mit ihrer Menschenkenntnis? Dieser Pfarrer machte ihr Angst. Sie holte Luft und zog ihre Schultern zurück. «Haben Sie von den Engeln gehört?», fragte sie.

«Engeln?» Pfarrer Schlumpf blickte hoch zu den Fresken an der Decke. «Die Engel sind unter uns. Hier und jetzt. Aber ich nehme an, Sie sprechen von den Kindern, die als Engel verkleidet in den Museggtürmen ausgesetzt wurden?» Sein Blick war strafend auf Barbara gerichtet.

Ihre Eltern hatten sie dazu erzogen, Respekt vor Geistlichen zu zeigen und regelmässig zur Beichte zu gehen. Italienische Katholiken eben. Doch jetzt zögerte Barbara. Sie mochte Pfarrer Schlumpf nicht.

«Herr Schlumpf», übernahm Cem, keine Spur von Unsicherheit in seiner Stimme und keinen Respekt vor kirchlichen Titeln, «wir ermitteln in diesem Fall in alle Richtungen. Möglich, dass heute Nacht ein weiterer kleiner Engel ausgesetzt wird. Wir dachten, es kann nicht schaden, einmal bei der Kirche nachzufragen.»

Direkt und auf den Punkt gebracht, dachte Barbara. Guter Junge.

«Wie kommen Sie darauf?», fragte Schlumpf.

«Hexen und Kirchen haben eine jahrhundertelange gemeinsame Vergangenheit.» Cem blickte hoch zu einem der Deckengemälde. «Und Engel gehören auch dazu. Nur logisch, dass wir hier nach Antworten suchen.»

«Sie werden keine finden», sagte Schlumpf. «Die Sträggele war eine Heidin. Eine Sagenfigur. Sie existierte nicht, weder damals noch heute. Sie entspringt einem Märchen, das man dazu benutzte, den Kindern Angst zu machen, damit sie nachts nicht rausgingen.»

«Sie kennen sich gut mit den alten Sagen aus», sagte Cem.

«Denken Sie nicht, ein Seelsorger sollte auch mit der Geschichte der Stadt Luzern vertraut sein?» Schlumpf fuchtelte mit dem Finger vor Cems Gesicht herum. «Die Zeiten der Hexenverbrennung waren nicht schön. Aber diese Frauen und Männer stellten ein Problem in der Gesellschaft dar. Auch wenn die Kirche dieses Problem mit mehr Nächstenliebe hätte angehen sollen, ignorieren konnte sie es nicht.»

«Was ist denn Nächstenliebe in Ihren Augen?», fragte Cem.

«Sie sind kein Christ?»

«Was hat das zur Sache?»

«Sie kennen die Worte Gottes nicht.»

«Doch, tue ich», widersprach Cem energisch. «Du sollst nicht töten, fünftes Gebot. Aber das galt wohl nicht bei den Hexen.»

«Sind Sie hier, um mich wegen der Hexenverfolgung im Mittelalter anzuprangern?»

Cems Augen verengten sich. «Ich will die Hexe finden, bevor die Presse sie zum Scheiterhaufen führt. Und bevor sie ein weiteres Kind raubt. Sie soll gerecht bestraft werden.»

«Und wie soll ich Ihnen da helfen? Sie haben mich ja bereits zum Inquisitor ernannt.»

Barbara trat einen Schritt vor. Schlumpfs Kopf hatte an Rotfärbung zugelegt. Ein Choleriker. Sie musste einschreiten. «Wir hofften darauf, dass uns die Kirche Antworten zum Handeln der Sträggele geben kann. Die Engel sind die Verbindung. In der Sage der Sträggele kommen keine Engel vor, nur kleine unartige Mädchen. Weshalb also verkleidet sie die Kinder als Engel?»

«Ich soll Sie über Engel aufklären?», fragte Schlumpf ungläubig. «Um Gott und seine Engel zu verstehen, müssten Sie mindestens ein Semester an der Theologischen Fakultät studieren.»

«Eine Kurzfassung reicht», sagte Cem.

Schlumpf warf ihm einen verachtenden Blick zu. «Das ist, als würde ich einem Marsmenschen das Schweizer Gesetz in einer halben Stunde erklären, damit er dann einen Mandanten als Anwalt vor Gericht vertreten kann.»

Cem verschränkte die Arme vor der Brust. «Gut, ich bin der Marsmensch, der die Hexe vor dem Scheiterhaufen retten will. Klären Sie mich über die Engel auf.»

Schlumpf schnaubte und schickte ein Stossgebet zum Himmel, bevor er zu sprechen begann: «An über dreihundertfünfzig Stellen in der Bibel werden die Engel erwähnt. Gott hat die Engel in neun Chöre eingeteilt, die wiederum in drei Sphären unterteilt werden. Ganz oben in der Hierarchie stehen die Engel, die als himmlische Berater dienen, die Seraphim, Cherubim und

Throne. Die zweite Sphäre bilden die himmlischen Verwalter, die Herrschaften, Mächte und Gewalten. Die letzte und unterste Sphäre bilden die himmlischen Boten. Sie halten den Kontakt zu uns Menschen. Es sind die Fürstentümer, Erzengel und Engel. Die letzte Ordnung, die Engel, steht uns Menschen am nächsten. Dazu gehören auch unsere Schutzengel. Als Himmelsboten halten sie den Kontakt zwischen uns Menschen und Gott, aber auch zwischen Menschen und anderen Engeln. Engel können unser Schicksal nicht beeinflussen, aber je mehr wir uns ihnen anvertrauen, desto glücklicher ist unser Leben.»

«Die Kinder in Engelskostüme zu stecken könnte also ein Hilferuf der Sträggele sein, um ihr eigenes Unglück abzuwenden?», fragte Barbara.

«Ich denke, Sie haben es hier mit einer armen Seele zu tun, die Erlösung oder Vergebung sucht und zwanghaft böse handeln muss.»

«Was sagt die Heilige Schrift über Hexen?», fragte Cem.

Schlumpf strich mit seinen Fingerspitzen über seinen Bart. «Exodus. Das 2. Buch Mose. Kapitel 22, Vers 17: ‹Todeswürdige Verbrechen: Zauberei, Bestialität, Götzendienst. Eine Hexe sollst du nicht am Leben lassen.›»

Cem trat bis an die unterste Stufe, ging in die Knie und tauchte seine Hand in das eisige Wasser der Reuss. Er blickte über die Schulter zurück. Barbara stand oben auf dem Jesuitenplatz, ihr Atem eine weisse Wolke im Licht der Strassenlaterne.

Cem spritzte sich Wasser ins Gesicht. Dann stand er auf und ging zurück zu Barbara. «Und jetzt?»

Sie wollte gerade etwas sagen, als das Heulen eines Hundes die Stille durchbrach. Gespenstisch und kläglich.

Cem drehte sich im Kreis. Wo kam das her?

Ein zweiter Hund stimmte mit ein. Bald war es ein ganzes Rudel, das heulte und bellte.

«Das gibt's doch nicht!» Barbara war ebenso schockiert und suchte mit den Augen den Platz und die Strassen ab. «Wo sind diese Köter?»

«Keine Köter», sagte Cem. «Wölfe.»

«Was? Wölfe? Hier?»

Cem lauschte. Etwas war falsch. «Das Heulen ist zu verzogen», sagte er. «Das ist nicht echt. Das kommt aus einem Lautsprecher.»

«Der dritte Engel!», schoss es aus Barbara heraus. «Wo? Wo kommt das her?»

Die Museggmauer war zu weit weg. Cem zeigte nach Westen die Reuss hinunter. «Was liegt dort? Da gibt es keinen Turm.»

Barbara griff nach ihrer Waffe. «Kein Turm. Die Spreuerbrücke! Die ist auch aus dem Mittelalter.»

***

Sie hatten versagt. Einmal mehr. Cem setzte sich auf den Boden der Brücke und lehnte sich erschöpft an die Wand. Er konnte nur darauf hoffen, dass keine weiteren Engel mehr folgten.

Metzger und seine Assistentin Rita waren soeben eingetroffen und untersuchten den Tatort. Barbara und Bättig waren bei der Ambulanz an der Pfistergasse. Ihr Stephanstag-Engel war bereits am Aufwachen. Kevin war in die Zentrale gefahren und hoffte, so rasch wie möglich am PC die Identität der Kleinen zu klären.

Cem fröstelte und liess den Blick schweifen. Diesmal gab es keine Zeichen an den Wänden der Brücke. Die Sträggele musste gewusst haben, dass man ihr auflauerte. Sie hatte sich beeilt. Das hier hatte sie in weniger als fünf Minuten erledigt. Musste sie auch. Die ersten Schaulustigen waren vor der Polizei auf der Brücke gewesen, angelockt vom Heulen der Wölfe. Sie hatten auf der Brücke einen iPod an einem Verstärker mit einer Lautsprecherbox gefunden. Es gab nur ein Stück auf dem iPod, «Wolves» hiess es und hatte eine Vorlaufszeit von zwei Minuten. Zwei Minuten, die die Sträggele Zeit gehabt hatte zu fliehen, bevor die ersten Neugierigen, vom Heulen angelockt, eintrafen. Wetten, dass morgen jede Menge Tatortfotos in den Zeitungen zu finden sein würden? Hinter den Absperrbändern der Polizei lungerten auch schon die ersten Reporter herum.

Die Sträggele hatte das Kind neben der kleinen angebauten

Kapelle in der Mitte der Brücke auf eine Kuscheldecke gebettet, eine weisse Decke mit schwarzem Hundepfotenaufdruck. Auch dieses Mädchen trug das gleiche Engelskostüm wie die anderen, die gleichen Flügel und hatte goldfarbenen Glitzerstaub im Gesicht. Aber dieses Mädchen hatte braune Haare. Die Sträggele hatte ihm zusätzlich einen Reif ins Haar gesteckt, über dem an einem dünnen Draht ein Heiligenschein thronte.

Sorgen machten Cem die Stofftiere. Bis auf den Hund, den Engelchen in den Armen hatte, waren die anderen, es waren fünfzehn Stück, über und über mit Blut beschmiert. Gliedmassen waren ihnen ausgerissen worden. Einem Papagei fehlte ein Flügel, einer Katze beide Augen, ein Hund war ohne Schwanz. Und allen Stofftieren war entweder mit einem Messer der Bauch aufgeschlitzt worden, oder die Sträggele hatte sie an den Holzboden genagelt. Der schwere Hammer lag noch mitten auf der Brücke am Boden. Nie hätte Cem geglaubt, dass er so um Stofftiere trauern konnte. Er musste an seine Nichte Elin denken. Für Kinder in ihrem Alter musste das die Hölle sein. Cem konnte nur hoffen, dass ihr dritter Engel nichts davon mitbekommen hatte.

Er hörte, wie jemand über die alten Holzplanken auf ihn zukam. Eva.

«Hey», sagte Cem matt. «Gibt es etwas Neues?»

«Die Kleine ist wach, hat aber noch nichts gesagt. – Du siehst schrecklich aus, Cem.»

«Schlumpf hat mich voll runtergezogen. Und jetzt dieser Friedhof der Kuscheltiere auf der Spreuerbrücke.»

«Was haben die Schlümpfe mit diesem Fall zu tun?», fragte Eva verwirrt und setzte sich neben Cem.

«Schlumpf ist Pfarrer in der Jesuitenkirche. Hätte er vier Jahrhunderte früher gelebt, wäre er der perfekte Inquisitor gewesen.»

«All das muss eine Bedeutung haben», sagte Eva, zog die Knie an und legte ihre Arme um ihre Beine. «Hexensymbole, der Teufel, tote Tiere. Was geht in dieser Sträggele vor?»

«Keine Ahnung», sagte Cem und beobachtete, wie Rita die malträtierten Stofftiere fotografierte. «Geh heim, Eva. Alain wartet auf dich.»

Ihr Kopf drehte sich abrupt zu ihm um. «Schreib mir nicht vor, was ich zu tun habe, Cem. Hör auf damit.»

«Womit?»

«Mit diesem mitleidigen Blick. Ich ertrage den nicht. Früher hast du mich nie so angesehen. Jetzt sorgst du dafür, dass ich mich in deiner Nähe elend fühle.»

«Was glaubst du denn, wie ich mich fühle?», fragte er harsch, senkte seine Stimme, damit Metzger und Rita ihr Gespräch nicht mitbekamen. «Weisst du noch im Sommer, im Wauwilermoos? Ich habe versprochen, dein Held zu sein.»

«Wir haben herumgealbert», konterte Eva. «Ich brauche keinen Helden, der mich beschützt. Ich brauche einen Kollegen, der für mich da ist. Heute.»

«Endlich gibst du es zu. Ich war nicht für dich da.»

«Cem, es wäre auch passiert, wenn du in der Penthouse Bar auf mich gewartet hättest. Kasakow hat mich nach dem Abendessen nach draussen begleitet. Ich wollte zu meinem Wagen. Dann ist für Minuten alles weg. Er hat mich betäubt. Du hättest das nicht verhindern können.»

«Ich hätte es ahnen müssen.» Cem griff instinktiv nach Evas rechter Hand. Mit seinem Daumen fuhr er über ihre Finger. Sie waren eiskalt. Er fühlte die Unebenheit unter der Haut. Die Schuhsohle des Täters hatte ihren Mittel- und Ringfinger total zertrümmert.

«Ich brauche dich jetzt, Cem. Ich brauche einen Freund zum Reden. Die Psychologen taugen nichts.»

«Ich kann nicht.»

«Warum? Wegen Lila? Ich will dich ihr nicht ausspannen.»

«Nicht wegen Lila. Wegen der Schuldgefühle.»

«Gibst du immer gleich auf, wenn es unbequem wird? Ich sage doch, es ist nicht deine Schuld, was mir passiert ist.»

«Doch, die ist es.»

«Der Hammer!»

Marius' Stimme schreckte Cem auf. Sofort zog Eva ihre Hand zurück. Marius blickte sie beide kurz verwundert an, zeigte dann jedoch auf den Hammer, den Rita gerade eintüten wollte.

Cem verdrehte die Augen und stand auf. «Du weisst, dass du erst auf die Brücke darfst, wenn die Spusi durch ist.»

«Ja, ja. Ich fasse auch nichts an. Aber habt ihr den Hammer gesehen?»

«Ja, da liegt ein Hammer am Boden.» Cem verwarf die Hände. «Ohne Hammer konnte die Sträggele ja schlecht die Stofftiere an den Boden nageln.»

«Haben dich im Geschichtsunterricht die Girls derart abgelenkt, dass du es nicht kapierst?», fragte Marius.

«Und du scheinst im Werken der Streber gewesen zu sein, oder was?», konterte Cem und trat provokativ dicht an Marius heran.

«Ich hasste Werken.»

«Und ich Geschichte.»

«Dafür hast du ja jetzt mich.» Marius grinste.

«Mir war Vanessa in der Reihe vor mir lieber. Ihre Nachhilfestunden in Geschichte waren unterhaltsam.»

«Sag jetzt nicht, ich gestalte meine Vorträge über Hexen trocken und spiessig.»

Cem trat noch näher vor Marius. «Sorry, dir fehlen einfach die Kurven und die Anmut von Vanessa.»

«Sollte ich diese Vanessa kennen?», fragte Eva. Sie war ebenfalls aufgestanden und beobachtete amüsiert das Gespräch.

Marius seufzte übertrieben. «Die erste Liebe bleibt immer hängen. Wie der erste Kuss.»

Cem spürte, wie Eva ihn anschaute. Der erste Kuss. Den gab es auch zwischen ihnen. Im Sommer. Im Wauwilermoos. Es war bei diesem heimlichen Kuss geblieben. Dann kam Viktor Romanowitsch Kasakow.

«Was ist mit dem Hammer?», wechselte Eva rasch das Thema. Sie hatte wohl die gleichen Bilder im Kopf.

Marius steckte lässig die Hände in die Hosentaschen. «Habt ihr noch nie vom ‹Hexenhammer› gehört?»

***

Kevin war dankbar für die Wärme in seinem Büro. Er mochte Ausseneinsätze nicht. Da stöberte er lieber in der virtuellen Welt herum. Er wartete, bis sein Computer hochgefahren war. Auf seinem Handy kam eine SMS rein. Gabi hatte Sehnsucht. Kevin spielte unbewusst mit dem Ring an seinem Finger. Er hatte sich noch nicht so richtig daran gewöhnt, trug ihn erst seit zwei Wochen. Auch das Hochzeitsfoto auf seinem Arbeitstisch war neu. Er griff danach. Wunderschön war sie gewesen, seine Braut. Eine perfekte Hochzeitsfeier, hätte nur Wymanns Fehlen nicht einen Schatten geworfen. Aber Kevin hatte lange genug mit ihm zusammengearbeitet, um zu wissen, dass Wymann ein Verschieben der Hochzeit niemals akzeptiert hätte. Kevin stellte das Foto zurück und griff nach seinem Handy. Er vertröstete Gabi. Es könnte spät werden.

Als ob Kindesentführung nicht schon schlimm genug war, Hexen und Engel waren kein gutes Omen. Da musste noch was folgen. Kevin loggte sich ins System der Polizei ein. Wo sollte er anfangen zu suchen? Vermisstendatenbanken? Die beiden anderen Engel waren dort nicht erfasst gewesen. Er konnte es mit der Gesichtserkennungssoftware versuchen. Kevin hatte mit seinem Handy ein Foto der Kleinen gemacht. Er wusste, dass das etwas dauern konnte. Einen Versuch war es wert. Nur war das bei Kindern immer etwas schwierig. Sie wuchsen einfach zu schnell, und damit veränderten sich die biometrischen Gesichtszüge. Zudem liessen noch lange nicht alle Eltern für ihre Kinder regelmässig einen biometrischen Pass ausstellen. Die Chance, ein Kind auf diese Art zu finden, war also eher gering.

Kevins Telefon meldete sich. Es war Barbara. Die Kleine sei aufgewacht, und es gehe ihr so weit gut. Besser noch. Sie habe auch gleich ihren Namen verraten: Noemi Wettstein.

Kevin atmete erleichtert durch. Das ging schnell. Er tippte den Namen in sein Computerprogramm – und fand Noemi. «Sie ist fünf Jahre alt und wohnt mit ihren Eltern Helen und Nils und einer zweijährigen Schwester Liliane in Luzern. Fluhmühlerain 9.»

Barbara bedankte sich und wollte gleich Cem und Bättig hinschicken.

Kevin legte auf und griff nach einer Dose Red Bull. Jetzt hatte er einen Namen. Jetzt hatte er Arbeit. Er zog die Tastatur zu sich heran und tauchte ab in seine virtuelle Welt. Hier würde er die Wettsteins aufsuchen und nach der Verbindung zu den Jakobs und Leus forschen. Die musste es geben. Die Verbindung war der Schlüssel.

***

Cem musste nur einmal in den Rückspiegel blicken, um zu wissen, dass Marius ihnen mit einem Taxi folgte. Bättig fuhr den Dienstwagen. Auf Blaulicht verzichteten sie. Noemi war unterwegs ins Kinderspital. Es ging ihr gut. Sie konnte sich an nichts erinnern, und offenbar hatte die Sträggele ihr auch nicht gedroht. Sie wusste einzig, dass eine rothaarige Frau zu ihr ins Wohnzimmer gekommen war, und dann war sie eingeschlafen.

«Wie können Eltern ihre Kinder unbeaufsichtigt lassen und nicht bemerken, dass sie weg sind?», fragte Bättig und schaltete einen Gang hoch. Er fuhr auf der Hauptstrasse Richtung Emmenbrücke und bog links in die Bernstrasse ein.

«Die Wettsteins und Jakobs sind fast Nachbarn», sagte Cem. «Ein Zufall?»

«Kann sein. Luzern ist ja nicht gerade gross.»

Im Gegensatz zu den Jakobs wohnten die Wettsteins nicht in einem Einfamilienhaus mit Umschwung, sondern in einem Hochhaus. Cem zählte zwölf Stockwerke. Ein grauer viereckiger Klotz mit rotem Balkongeländer.

Bättig parkierte auf dem Besucherparkplatz. «Was machen wir mit deinem Freund da hinten?»

Er hatte Marius im Taxi auch bemerkt. «Ignorieren», sagte Cem.

Sie stiegen aus und betraten den Wohnblock. Die Wettsteins wohnten auf der sechsten Etage. Cem blickte auf seine Uhr. Es war nach zehn. Totenstille im Treppenhaus. Die Feiertage waren vorbei. Morgen begann wieder der Alltag – für die anderen.

Die Liftkabine war eng. Bättig drückte auf die Sechs und kontrollierte danach den Sitz seiner gelgetränkten Haare.

«War deine Freundin nicht sauer, dass du über Weihnachten arbeiten musstest?», fragte Cem. Ihm wurde bewusst, dass er so gut wie nichts über Bättig wusste, ausser dass er Haarpomade liebte und Raucher war.

«Frau», korrigierte Bättig. «Yvonne hat sich mit meinem Job abgefunden. Sie ist mit Freundinnen über Weihnachten nach New York geflogen. Shoppen.»

«Cool.»

«Ja. – Wir sind da.»

Es gab vier Wohnungstüren auf Etage sechs. Cem las die Namensschilder. «Hier.» Er klingelte.

«Ist niemand zu Hause», sagte Bättig. «Findest du das nicht seltsam? Nicht gerade ohne Risiko, ein Kind aus einem Wohnblock zu entführen. Es gäbe hier viele mögliche Zeugen.»

Cem klopfte an die Tür. «Das gefällt mir nicht.» Er drückte die Türklinke. Offen. Vorsichtig öffnete er die Tür einen Spalt. «Hallo? Hier ist die Polizei. Jemand zu Hause?»

Er hörte ein Kind weinen.

«Wir gehen rein», sagte Bättig, seine Waffe bereits in der Hand.

Cem nickte und zog seine Glock aus dem Holster. Er stiess die Tür weiter auf. «Shit! Da ist Blut!»

Cem schnappte nach Luft, als er erkannte, was da am Boden lag: ein Hund. Ein kleiner Yorkshireterrier. Blutüberströmt. Die Eingeweide hingen ihm aus dem Bauch. Da war sie, die Verbindung zu den Kuscheltieren auf der Spreuerbrücke. Das war nicht gut, gar nicht gut.

Bättig griff sofort nach seinem Handy und forderte Verstärkung an. Sie stiegen über den Hund hinweg und gingen in die Richtung, aus der das Weinen des Kindes kam. Was hatte Barbara gesagt? Die Wettsteins hatten noch eine zweijährige Tochter.

Cem fand sie im Wohnzimmer. Sie stand in ihrem Laufgitter. Die Wangen gerötet und von Tränen benetzt. Als das kleine Mädchen Cem und Bättig sah, hob es wimmernd die Arme in die Höhe.

Cem deutete Bättig an, die anderen Zimmer zu kontrollieren. Er ging zu dem Laufgitter und nahm die Kleine in die Arme. «Schhhh, alles gut. Ich bin ja da.»

«Cengiz!», hörte er Bättig rufen. «Hier ist die Mutter.»

Cem eilte ins Schlafzimmer der Eltern. «Oh nein! Lebt sie?»

Die Frau lag am Boden neben dem Bett. In Seitenlage. Ein Kissen unter ihrem Kopf und mit einer Daunendecke zugedeckt. Bättig kniete sich neben sie und kontrollierte ihren Puls. «Sie lebt.»

Cem trat näher. «Sie hat rote Haare!»

Bättig wollte gerade nach seinem Handy greifen, als es im Flur polterte.

«Was ist hier los!», donnerte eine Stimme. «Dreckspack! Euch mache ich fertig!»

Cem, noch immer die Kleine im Arm und seine Waffe in der Hand, wirbelte herum.

Ein Mann mit einem Baseballschläger bewaffnet stürmte ins Schlafzimmer. «Lasst meine Familie in Ruhe! Helen? Verdammt! Was habt ihr gemacht?» Er hob den Baseballschläger und keuchte heftig.

«Hoho», schoss es aus Bättig heraus. «Schön sachte. Polizei! Wir sind hier, um Ihrer Familie zu helfen.»

«Dieses Märchen soll ich glauben?» Der Mann stürmte auf Cem los. «Geben Sie mir meine Tochter!»

«Stehen bleiben!», rief Bättig und hob seine Waffe.

Das zeigte Wirkung. Ein wenig zumindest. Der Mann blieb stehen. Seine Fäuste umklammerten den Baseballschläger. Sein Gesicht war rot angelaufen. Er war ein echtes Muskelpaket, trug eine Trainingshose und ein eng anliegendes T-Shirt. Seine Haare waren kurz geschoren. Die Adern an seinem Hals standen weit vor und pochten heftig.

Bättig zog seinen Ausweis und hielt ihn dem Mann hin. «Wir sind von der Polizei. Jemand hat Ihre Tochter Noemi entführt. Wir haben sie gefunden. Es geht ihr gut. Deshalb sind wir hier. Die Tür stand offen, und wir haben Ihre Frau so vorgefunden.»

Der Mann senkte langsam den Baseballschläger. Sein Gehirn

schien die Informationen nicht schnell genug zu verarbeiten. Plötzlich liess er den Schläger fallen und stürmte zu seiner Frau. «Helen?»

«Sie wurde nur betäubt», sagte Bättig.

«Ich habe Mickey im Korridor gefunden …», keuchte der Mann aufgebracht.

«Tut mir leid für den Hund», sagte Cem und wiegte die Kleine in seinem Arm. Sie schniefte nur noch leise und legte ihren Kopf an seine Brust. Das arme Kind war müde und bestimmt hungrig. Ausserdem stieg eine feine Duftnote von seiner Windel auf.

Bättig hängte sich gleich ans Handy und rief die Ambulanz. Er zog sich ins Wohnzimmer zurück.

«Sie sind Nils Wettstein, richtig?», fragte Cem. «Wo waren Sie heute Abend?»

Der Mann hatte sich neben seine Frau gesetzt und strich ihr das rote Haar aus dem Gesicht. «Im Fitnesscenter.»

«An Weihnachten?»

«Ich bin jeden Tag dort», sagte er. «Ohne Ausnahme.»

«Verstehe. Wann haben Sie die Wohnung verlassen?»

«So um halb acht.» Er blickte auf, noch immer Wut im Gesicht. «Was ist mit Noemi?»

«Ihr ist nichts passiert. Wir haben sie auf der Spreuerbrücke gefunden. Sie wird im Kinderspital untersucht. Nur zur Sicherheit.»

Der Mann nickte. Schweiss tropfte von seiner Stirn.

«Haben Sie einen Verdacht, wer Ihrer Familie etwas antun wollte?», fragte Cem.

«Nein. Weshalb sollte jemand meine Frau angreifen? Sie ist ein Engel.»

Ein Engel, wiederholte Cem in Gedanken. «Ihre Kleine hier braucht frische Windeln und ihren Schoppen.»

Nils blickte überfordert auf. «Das macht Helen immer.»

«Verstehe», sagte Cem wenig erfreut. «Ich werde die Windeln schon finden.» Was man als Polizist nicht alles für die Bürger seiner Stadt tat …

ZEHN

Das CrazyCupCakeCafé lag zwei Strassen um die Ecke der Luzerner Polizeizentrale an der Bruchstrasse. Eva kannte es bisher nicht. Sie hatte heute Morgen eine SMS von Barbara erhalten. Sie wollten sich um neun in dem Café treffen. Es klang geheimnisvoll.

Eva fand das Lokal und trat ein. Sofort wurde sie vom sündhaft delikaten Duft frischer Backwaren umgarnt. Nicht gut für ihre Figur.

Barbara sass bereits an einem der wenigen Tische und winkte Eva zu sich.

«Hübsches Café.» Eva setzte sich.

«Ich sitze hier öfter als in meinem eigenen Wohnzimmer», sagte Barbara. «Es ist warm und herzlich, man hat seine Ruhe und ist doch nicht alleine. Und die Cupcakes sind der Hammer, die helfen durch jedes Tief.»

«Guter Tipp», sagte Eva. «Mein Tief ist dieser Tage bodenlos.»

Barbara lächelte gequält. «Mir wurde bewusst, dass wir noch nie zusammen etwas trinken waren. Wir kennen uns nur von der Arbeit.»

«Wird Zeit, das zu ändern.»

«Mein Gedanke.»

Barbara bestellte zwei Cappuccini und zwei Blaubeermuffins dazu.

«Dir fällt auch die Decke auf den Kopf, was?», fragte Eva.

«Aber so was von. Und Schnellmann drängt ständig mit der offenen Stelle als Abteilungsleiterin von Leib und Leben. Aber ich kann nicht …»

«Verständlich. Bei mir ist das nicht anders. Meine Familie, der Oberstaatsanwalt, Cem – alle drängen mich dazu, es langsam angehen zu lassen, das Erlebte zu verarbeiten. Aber ich will nicht! Können die mich nicht einfach in Ruhe meine Arbeit machen lassen?»

«Die begreifen nicht, was wir durchmachen.»

«Nein.»

Die Gastgeberin brachte die Cappuccini und Muffins. Barbara hob die Tasse mit dem steifen Milchschaum. «Auf uns starke Frauen. Wir geben uns nicht dem Selbstmitleid hin.»

«Nein, tun wir nicht.» Eva musste lachen.

Sie stiessen mit den Tassen an.

«Was wolltest du mit mir besprechen?», fragte Eva und drückte mit dem Zeigefinger in den Muffin. Ihr war nicht nach Süssem. «Geht es um das dritte Mädchen? Ich habe schon gehört, dass ihr seine Eltern ausfindig gemacht habt.»

Barbara wischte sich Krümel von den Lippen. «Cem und Bättig haben die Mutter betäubt im Schlafzimmer am Boden gefunden. Man hat sie ins Spital gebracht, und Cem hat die halbe Nacht mit den Wettsteins gesprochen. Der Vater, Nils Wettstein, ist ein knallharter Typ. Hobbyboxer und Bodybuilder. Jähzorniger Charakter. Er ist der Polizei schon öfters aufgefallen. Kleine Schlägereien, aber nichts wirklich Ernstes. Die Mutter, Helen, ist noch jung. Hat nach ihrer Ausbildung ein Jahr als Kindergärtnerin gearbeitet, bevor sie schwanger wurde. Seither ist sie Hausfrau und Mutter.»

«Vermutest du häusliche Gewalt?», fragte Eva. Sofort fühlte sie, wie Wut in ihr hochkochte. Dies war ein heikles Thema, das sie in Rage brachte.

«Keine Ahnung. Er entspricht schon dem Klischee des prügelnden Ehemannes, aber Beweise haben wir keine.» Barbara löffelte sich den Schaum des Cappuccinos in den Mund. «Und dann der kleine Hund …»

«Hund?»

«Du weisst es noch nicht? In der Wohnung fand man auch den Hund der Familie. Mickey, ein Yorkshireterrier. Getötet und ausgeweidet.»

«Mein Gott, genau wie die Kuscheltiere auf der Spreuerbrücke. Wird der Fall jetzt noch sadistisch?»

«Keine Ahnung, was das zu bedeuten hat», sagte Barbara. «Aber es gefällt mir nicht. Und da ist noch etwas anderes, das mich stutzig macht: Helens Haare. Sie hat lange rote Haare.»

«Wie die Sträggele.»
«Genau.»
«Ihr denkt –»
«Wäre möglich. Sie könnte Noemi ausgesetzt haben, dann ist sie heimgefahren, hat sich hingelegt und das Schlafmittel genommen.»
«Das wäre krank. Ist das nicht etwas weit hergeholt? Nur weil sie rote Haare hat? Ist sie bisher auffällig geworden?»
«Nein. Aber was lenkt besser von einem als Täter ab, als dass man sich selbst zum Opfer macht? Ihr Mann ist jeden Abend von halb acht bis etwa halb elf im Fitnesscenter, ohne Ausnahme, wie er betont. Genug Zeit für Helen, die Kinder zu entführen und auszusetzen.»
«Warum würde sie so etwas tun? Und ihr eigenes Kind …?»
«Ich habe Kevin auf ihre Vergangenheit angesetzt. Aber manchmal geben Frauen ihre Geheimnisse nur schwer preis. Sprich du mit Helen. Sie ist im Spital. Du könntest dich als Patientin ausgeben und ihre Nähe suchen.»
«Ich soll verdeckt für euch ermitteln?»
«Mich kennt sie schon. Und wir wären natürlich in deiner Nähe.»
«Und da ich Erfahrung mit prügelnden Arschlöchern habe, denkst du, ich wäre genau die Richtige dazu?»
«Das hast jetzt du gesagt. – Noch einen Muffin?»

***

Cem kam um eins ins Büro. Nicht wirklich ausgeschlafen, nachdem er sich gestern die halbe Nacht mit den Wettsteins um die Ohren geschlagen hatte.

Sein Büro war leer, keine Spur von Kevin. Cem fand einen Zettel auf seinem Tisch. Barbara erwartete ihn in ihrem Büro.

«Wir haben Frau Dr. Waldvogel zugezogen», sagte sie, als Cem eintrat. «Sie hilft uns dabei, ein Profil der Täterin zu erstellen.»

Na toll, die hatte Cem gerade noch gefehlt. Dr. Margot Waldvogel war eine Kriminalpsychologin, die partout ihren Ruhestand nicht antreten wollte. Meistens thronte auf ihren weissen Dauerwellen ein Hütchen. Heute zum Glück nicht. Aber auf ihr Kostüm aus der Nachkriegszeit hatte sie nicht verzichtet. Sie sass an Barbaras Tisch und wühlte in einem Stapel Papiere. «Wer hat Ihnen diese fixe Idee mit der Hexe in den Kopf gesetzt?», fragte sie, ohne ihre Entrüstung zu verbergen. «Hier haben wir es mit einem verwirrten Menschen zu tun und nicht mit einer Sträggele, wie sie die Presse nennt.»

Cem schaute Barbara fragend an und setzte sich auf einen freien Stuhl. Barbara schob ihm einen Stapel Zeitungen zu, das Datum war von heute Dienstag. Cem ging die Schlagzeilen durch und die Bilder. Es gab viele Fotos, was eigenartig war. Da waren Fotos von allen drei Tatorten. Cem tippte mit dem Zeigefinger auf ein Bild. Es zeigte einen kleinen Totenschädel vor schwarzem Hintergrund, den gleichen Totenschädel, den Cem in seiner Jackentasche gefunden hatte. «Woher hat die Presse dieses Foto? Sie kann unmöglich von dem Totenschädel wissen.»

«Wir arbeiten daran», sagte Barbara. «Aber die Presse plaudert nicht. Sie schützt ihre Quelle. Jemand von der Polizei muss die Infos geliefert haben, anders kann ich mir das nicht vorstellen. Es sei denn –»

«Es sei denn, die Sträggele selbst füttert die Presse. Warum? Damit hetzt sie nur die Allgemeinheit gegen sich auf.»

«Schon geschehen», sagte Barbara. «Heute Morgen wurde am Pilatusplatz eine junge Frau von einer Gruppe Männer angegriffen. Herren in Anzügen, die zur Arbeit wollten. Sie haben sie übel beschimpft. Sie wurde geschubst. Einer hat ihr vor die Füsse gespuckt. Die Szene hat sich hochgeschaukelt.»

«Was hat das mit unserem Fall zu tun?», fragte Cem.

«Die Frau hatte rote Haare», sagte Dr. Waldvogel. «Dieser Unsinn über eine Hexe, die Kinder raubt, hätte nie an die Presse gelangen dürfen.»

«Das macht mir Sorgen.» Barbara stand auf. «Hast du deinen Hexenjäger im Griff, Cem?»

«Marius ist uns gestern mit dem Taxi zu den Wettsteins gefolgt. Dann war er weg. Seither habe ich nichts mehr von ihm gehört. Aber Marius hat nicht die –»

«Schaff ihn her!», unterbrach ihn Barbara harsch. «Er liefert uns brauchbare Infos, aber ich will ihn unter Beobachtung haben, und das ist am einfachsten, wenn du seinen Babysitter spielst, Cem.»

«Echt jetzt?»

«Kevin hat keine Zeit. Er hat heute Morgen die Reithöfe unter die Lupe genommen. Hat nichts ergeben. Jetzt ist er im Spital. Er behält Eva im Auge.»

«Wieso Eva? Was macht sie im Spital?», fragte Cem alarmiert.

Barbara erzählte von Evas Auftrag.

«Und da schickst du Eva hin, um zu spionieren?» Cem sprang von seinem Stuhl auf. «Sie ist noch nicht so weit. Scheisse! Sie lag drei Wochen in diesem Spital, nachdem … Ich fahr jetzt gleich hin.»

«Du bleibst hier! Sie schafft das alleine, Cem.»

«Sind Sie immer so leicht erregbar, Herr Cengiz?», fragte Dr. Waldvogel. «Oder haben Sie Probleme mit weiblicher Autorität? Ich meine, Sie als –»

«Als Türke? Als Macho? Ihren rassistischen Psychokram lassen Sie schön stecken, wenn es um mich geht.»

«Cem!»

Nein, das brauchte er definitiv nicht. Er stürmte aus dem Raum.

Im Flur prallte er fast mit Marius zusammen. «Shit! Wer hat dich hochgelassen?»

Marius hielt seinen Besucherausweis hoch. «Roland war so lieb.»

«Manchmal denke ich, das hier ist ein Irrenhaus.» Cem marschierte in sein Büro und griff nach seinem Handy. Er wählte Evas Nummer. Sie ging nicht ran. Er versuchte es bei Kevin. Marius setzte sich gelassen in dessen Stuhl und wartete, bis Cem auch diesen Anrufversuch aufgab. Frustriert knallte er sein Handy auf den Tisch.

«Worüber regst du dich so auf?», fragte Marius.

«Frauen.»
«Verstehe.»
«Laber keinen Scheiss.»
«Gut, reden wir über die Hexe – ups, die ist ja auch eine Frau.» Marius lehnte sich über den Tisch vor zu Cem. «Weshalb hat sie Noemi auf der Spreuerbrücke ausgesetzt?»
«Weil wir die Türme beobachtet haben?»
«Falsch. Weil die Brücke selbst ein Hinweis ist.»
«Ein Hinweis worauf?» Cems Neugier war geweckt. Er setzte sich an den Tisch.
«Dass der Tod bald vorbeischaut.»
«Versteh ich nicht.»
«Mensch, Cem. In Geschichte bist du echt eine Niete. Die Museggtürme wurden in der gleichen Zeit wie die Spreuerbrücke erbaut – plus minus ein paar Jahrzehnte.»
«Und?»
«Und? Das 15. Jahrhundert war die Blütezeit der Hexenverfolgung. Hast du dir schon die Gemälde unter den Dachbalken der Spreuerbrücke angesehen?»
«Ja. Sie sind dreieckig.»
«Du bist auch noch ein Kunstbanause. Dass man dich bei der Polizei eingestellt hat … Unter dem Dach der Brücke hängen heute noch vierundvierzig bemalte Holztafeln. Kaspar Meglinger hat zwischen 1616 und 1637 zweiundsiebzig solcher Bilder geschaffen. Alle zeigen nur ein Motiv: den Totentanz.»
«Totentanz? Es wird immer gruseliger.»
«Cem, Cem. Jeden Tag läufst du über diese Brücke zur Arbeit und hast keine Ahnung, was sich da über deinem Kopf abspielt.»
Cem schwieg. Diesen Rüffel musste er einstecken.
«Es ist die künstlerische Darstellung des Todes», erklärte Marius. «Der letzte Tanz mit dem Tod, meist als Skelett dargestellt, als Symbol dafür, dass du bald sterben wirst. Und niemand kann sich diesem Tanz entziehen, das wollen die Tafeln verdeutlichen. Der Tod holt den Papst ebenso wie einen Richter, einen Apotheker, einen Bettler, eine Gräfin oder ein Kind. Der Totentanz

ist die Auseinandersetzung mit dem Tod, die Erkenntnis, dass das Leben endlich ist, für jedermann.»

«Will unsere Hexe damit andeuten, dass jemand sterben wird?»

«Ich vermute es.»

«Und wer?»

«Hast du keine andere Frage?» Marius kramte ein dickes Buch aus seiner Tasche und legte es auf den Tisch. «Ich habe noch etwas für dich.»

Das Buch sah alt aus. Cem nahm es in die Hand. Die Autoren hiessen Jakob Springer und Heinrich Institoris.

«Der ‹Hexenhammer›», flüsterte Marius geheimnisvoll. «Dies hier ist eine deutsche Übersetzung, das Original ist in Latein verfasst. Es zählt zu den wenigen historischen Artefakten in meinem Besitz. Unsere Hexe hat den Hammer nicht zufällig am Boden liegen lassen. Er war der Hinweis auf dieses Buch.»

Cem öffnete den Umschlag und las eine Überschrift am Anfang des Buches:

Des Hexenhammers erster Teil, enthält dreierlei, was zur Hexentat gehört, nämlich den Dämon, den Hexer und die göttliche Zulassung.

«Der ‹Hexenhammer› war ein Werk, das die Hexenverfolgung im Mittelalter legitimierte», erzählte Marius. «Der berüchtigte Heinrich Kramer, ein Dominikanermönch und der gefürchtetste Inquisitor zu jener Zeit, hat den ‹Hexenhammer› etwa 1486 in Speyer veröffentlicht. Kramers lateinischer Name war Henricus Institoris. Bis ins 17. Jahrhundert hinein erschienen neunundzwanzig Auflagen des ‹Hexenhammers›. Das Buch war echt ein Bestseller.»

«Was steht drin?»

«Die damals gängigen Vorurteile gegen Hexen werden übersichtlich aufgelistet und mit wissenschaftlichen Argumenten begründet.»

«Wissenschaftlich?»

«Genau. Kramer stellt klare Regeln auf, wie die Hexen zu verfolgen und zu vernichten sind. Das Buch ist in drei Teile gegliedert. Der erste Teil definiert die Hexen, Zauberer und die schwarze Magie. Frauen sind natürlich anfälliger für schwarze

Magie als Männer. Schon Gott habe Eva bei der Schöpfung benachteiligt, weil er sie aus der Rippe Adams schuf, behauptet Kramer. Zudem seien Frauen sexuell unersättlich und liessen sich mit Dämonen ein, um ihre Lust zu befriedigen.»

«Der einzige Dämon war dieser Kramer», bemerkte Cem und schlug eine Seite in der Mitte des Buches auf. Er las einen Abschnitt laut vor:

«Was endlich von denjenigen Hexen zu halten sei, welche bisweilen solche Glieder in namhafter Menge, zwanzig bis dreissig Glieder auf einmal, in ein Vogelnest oder einen Schrank einschliessen, wo sie sich wie lebende Glieder bewegen, Körner und Futter nehmen, wie es von Vielen gesehen ist und allgemein erzählt wird, so ist zu sagen, dass alles dies durch teuflische Handlung und Täuschung geschieht; denn also werden in der angegebenen Weise die Sinne der Sehenden getäuscht. Es hat nämlich einer berichtet, dass, als er das Glied verloren und er sich zur Wiedererlangung seiner Gesundheit an eine Hexe gewandt hatte, sie dem Kranken befahl, auf einen Baum zu steigen und ihm erlaubte, aus dem (dort befindlichen) Neste, in welchem sehr viele Glieder lagen, sich eines zu nehmen. Als er ein grosses nehmen wollte, sagte die Hexe: ‹Nein, nimm das nicht›; und fügte hinzu, es gehöre einem Weltgeistlichen.»

Cem klappte das Buch zu. «Ein wissenschaftliches Argument? Muss ich mir jetzt Angst um meine Männlichkeit machen?»

Marius lachte. «Im zweiten Teil wird vorwiegend auf die Geschlechterrolle eingegangen. Auf die Schadenszauber und die magischen Praktiken der Hexen, um den Männern ihre Potenz zu nehmen. Der dritte Teil handelt von den Prozessen, wie die Zeugen zu befragen sind und listet Beispiele auf. Zudem werden hier detailliert die Folterpraktiken an Hexen erläutert. Kurz, es ist auch ein Strafgesetzbuch.»

Cem blätterte nach hinten:

«Wenn er nämlich erforschen will, ob (die Hexe) in die Hexenkunst der Verschwiegenheit gehüllt sei, beachte er, ob sie weinen kann, wenn sie vor ihm steht oder er sie der Folter aussetzt.»

Cem musste erst tief durchatmen. «Echt jetzt? So ein Quatsch.» Er las weiter: *«Aber wie, wenn es durch die Schlauheit des Teufels mit*

Gottes Zulassung geschähe, dass auch eine Hexe weinte, da ja weinen, spinnen und betrügen zur Eigenart der Weiber gehören soll? Dieser Heinrich Kramer hatte ein Problem mit Frauen! Der wäre ein Fall für unsere Frau Dr. Waldvogel.»

Marius lehnte sich vor. «Genau das macht mich stutzig. Weshalb hinterlässt unsere Sträggele einen Hinweis auf ein so frauenverachtendes Buch?»

«Du denkst, sie ist eine Feministin, die Gerechtigkeit will, die sich an Männern rächen will? Aber weshalb raubt sie dann kleine Mädchen?»

«Um zu zeigen, dass die kleinen Mädchen unschuldige Opfer sind. – Wie sie eines war.»

«Wie meinst du das?»

«Mensch, Cem! Sie war ein unschuldiges Kind, das etwas Schlimmes erlebt hat. Sie wurde unschuldig bestraft, gefoltert, verurteilt, was auch immer. Jetzt ist sie als Hexe zurückgekehrt, um –»

«Um sich an ihrem Inquisitor zu rächen? Marius, du hast etwas übersehen.»

«Das wäre?»

Cem blätterte wieder zu Kapitel drei. «*Des Hexenhammers erster Teil, enthält dreierlei, was zur Hexentat gehört, nämlich den Dämon, den Hexer und die göttliche Zulassung.* Wir haben die Sträggele als Hexe, die Engel als Symbol der göttlichen Zulassung – und was ist mit dem Dämon?»

«Der Türst», flüsterte Marius aufgeregt.

Cem hatte Marius mit dessen Laptop, dem «Hexenhammer» und einem leeren Notizblock in den Vernehmungsraum auf der vierten Etage verfrachtet und ihn mit der unmöglichen Aufgabe betraut, einen Zusammenhang zwischen der Sträggele und dem «Hexenhammer» zu finden. So konnte Cem in Ruhe arbeiten und gleichzeitig sicher sein, dass Marius nichts Dummes anstellte. Er war zu gut, um ihn von dem Fall abzuziehen, aber konnte Cem ihm vertrauen?

Vorhin hatte er kurz mit Kevin telefoniert. Eva war mit Helen

Wettstein im Zimmer, und die beiden unterhielten sich schon seit zwei Stunden. Cem war nach wie vor skeptisch. Eva war noch nicht bereit, weitere Geschichten über misshandelte Frauen zu verarbeiten.

Jetzt starrte Cem auf die drei Akten vor sich: die der Jakobs, der Leus und der Wettsteins. Wo lag die Verbindung? Es musste eine geben. Spätestens seit Cem wusste, dass die Sträggele in die Wohnung der Wettsteins hatte einbrechen müssen, um Noemi zu entführen, war klar, dass sie die Mädchen nicht zufällig ausgewählt hatte, sonst hätte sie sich ein Kind genommen, das einfacher zu rauben war. Wo lag also die Verbindung, ausser dass jede Familie mindestens ein kleines Mädchen hatte? Die Kinder gingen nicht in denselben Kindergarten, hatten keine gemeinsamen Hobbys. Die Jakobs und Wettsteins wohnten zwar nah beieinander, aber die Leus lebten in Kriens. Die Jakobs und Leus waren finanziell gut gestellt, die Wettsteins hatten Schulden. Die Eltern waren alle etwa im gleichen Alter, hatten aber nicht die gleichen Jahrgänge und besuchten in ihrer Kindheit nicht die gleichen Schulen. Keine gemeinsamen Hobbys, Vereine oder Hausärzte. Die Jakobs und Leus waren katholisch, besuchten aber andere Kirchen. Die Wettsteins waren reformiert. Es gab keine gemeinsame Ex bei den Männern, das hatte Kevin abgeklärt. Die Frauen besuchten nicht den gleichen Coiffeursalon, das Fitnesscenter war nicht das gleiche, und Lebensmittel einkaufen gingen sie auch woanders. Keiner der sechs hatte eine Verbindung zu Okkultismus oder interessierte sich für Esoterik. Die Kollegen hatten tief gestochert: Da gab es keine Verbindung. Das war natürlich Quatsch. Es musste sie geben. Was hatte Cem übersehen?

Sein Telefon klingelte. Es war Roland vom Empfang. Eine Anita Burch wolle mit jemandem sprechen, der den Fall mit den Engeln bearbeite. Cem liess sie hochkommen.

Vor dem Lift im sechsten Stock nahm er sie in Empfang. «Schwester Anita.» Er streckte ihr die Hand entgegen. «Mir war nicht gleich klar, wer Anita Burch ist.»

«Ja.» Sie schüttelte seine Hand.

Cem führte sie in sein Büro. Ihm entging nicht, dass sie leicht nervös war. Er liess sie auf einem Stuhl Platz nehmen und brachte ihr einen Becher Wasser. «Was möchten Sie mit mir besprechen?»

Sie öffnete ihre abgewetzte Lederhandtasche. Cem beobachtete sie aufmerksam. Sie trug Jeans, einen weissen Pulli und einen blauen Schal um den Hals. Seiner Nase entging nicht, dass sie sich etwas mit dem Bestäuben von Parfüm übernommen hatte.

«Hier.» Sie streckte ihm die Luzerner Zeitung von heute entgegen.

Cem kannte bereits die Schlagzeile – und die Bilder.

«Da ist auch ein Foto von einem kleinen Totenschädel in der Zeitung», sagte sie aufgewühlt. «Es ist mir wieder eingefallen, als ich das Foto gesehen habe.» Sie rutschte auf dem Stuhl umher. «Seit ich mich im Spital um das Organisatorische kümmere, habe ich nicht mehr so oft Kontakt zu den Patienten. Doris, meine Arbeitskollegin, hat mir gestern erzählt, dass die kleine Natascha Jakob im Oktober im Kinderspital war – wegen eines Armbruches.»

Cem horchte auf. «Waren Sie bei der Behandlung dabei?»

«Oh? Nein, nein. Aber ich kann mich an etwas erinnern, das im Oktober im Parkhaus passiert ist.» Sie zögerte kurz. «Ich habe parkiert und wollte zur Arbeit. Spätschicht. Da ist mir eine Mutter mit ihrer Tochter entgegengekommen. Die Kleine hatte einen Gipsverband um und fürchterlich geweint. Und ihre Mutter hat die ganze Zeit mit ihr geschimpft. Das Kind tat mir so leid.»

«Sie sprechen von Christine Jakob und Natascha?»

«Ich denke schon. Leider habe ich die beiden diesmal nicht gesehen, als sie im Spital waren. Ich hatte Frühschicht und war im Büro.»

«Moment.» Cem zog die Akte über die Jakobs heran und suchte ein Foto von Natascha und ihrer Mutter. Er reichte es Anita.

«Ja, das waren sie.»

«Und was war merkwürdig an dem Tag?», fragte Cem.

«Die Mutter war so aufgebracht und hat mit den Händen um sich geworfen, da ist ihr die Handtasche zu Boden gefallen. Ich bin zu ihr hin und fragte, ob ich helfen könne. Sie hat mich wütend angeschnauzt. Das gehe mich nichts an, hat sie gesagt.

Und ich solle nicht in ihren privaten Dingen wühlen. Sie war schrecklich.» Anita holte tief Luft und presste die Lippen aufeinander.

«Weiter?»

«Mir ist ein Armband aufgefallen. Es war ihr aus der Tasche gefallen. Sie hat es schnell wieder zurückgesteckt. Es war ein einfaches Lederarmband. Mit einem Anhänger.» Anita zeigte auf die Zeitung. «Genau so ein Totenschädel hat dort gehangen.»

Nachdem Cem Anitas Aussage schriftlich aufgenommen hatte, ging er zu Barbara ins Büro. Dr. Waldvogel war zum Glück gegangen. «Hey, sorry wegen vorhin», sagte er.

Barbara blickte von einem Stapel Papiere auf. «Ich mag ja dein türkisches Temperament, aber nicht in meinem Büro, verstanden?»

«Kommt nicht wieder vor.» Er zog einen Stuhl heran. «Wir sind in dem Fall einen Schritt weiter.»

Barbara hob eine Augenbraue. «Das ging schnell.»

«Anita Burch war eben hier. Sie ist Krankenschwester im Kinderspital.» Cem reichte Barbara ihre schriftliche Aussage. «Kontaktiere die Staatsanwaltschaft. Wir brauchen einen Durchsuchungsbeschluss für das Haus der Jakobs.»

Barbara las Anitas Aussage sorgfältig durch. «Ein guter Hinweis. Aber ob er reicht?»

«Mann. Es ist der gleiche Totenschädel.»

«Christine Jakob war am Heiligen Abend betrunken, schon vergessen?»

«Und wenn das alles nur Show war? Nehmen wir an, sie hat ihre Tochter ausgesetzt. In der Nacht schlich sie ins Spital, um nach ihrer Tochter zu sehen. Dabei hat sie den Totenschädel in meine Jacke getan. Den Alkohol hat sie erst am Morgen getrunken.»

«Christine Jakob soll ihre Tochter ausgesetzt haben? Und weshalb sollte sie dir einen Totenschädel zustecken?»

«Um mir Angst zu machen?»

«Deine Phantasie brennt mit dir durch, Cem. Und was ist mit den anderen Mädchen?»

«Weiss nicht. Wir sollten die Alibis der Mütter für den 24., 25. und 26. überprüfen.»

«Du denkst an eine Verschwörung? Alle drei Frauen arbeiten zusammen? Das ist Stoff für einen Roman, nicht für uns. Aber bitte schön. Schaden kann es nicht, die Alibis zu überprüfen. Und ich rede mit Eva wegen des Durchsuchungsbeschluss. Mach dir nicht zu grosse Hoffnungen.»

Es klopfte an Barbaras offene Tür.

«Marius!» Sie schenkte ihm ein breites Lächeln. «Dein Besuch ist immer für eine Überraschung gut. Was hast du?»

«Einen Hinweis.»

Angeber, dachte Cem.

Marius streckte sein Handy in die Höhe. «Ich hatte soeben ein interessantes Gespräch mit Wicca Meier-Spring.»

«Und die wäre …?», fragte Cem wenig begeistert.

Marius ignorierte seine Bemerkung und schmeichelte um Barbara herum. «Dürfen wir zwei Jungs einen Ausflug in den Aargau machen? Fahrspesen gehen auf mich.»

«Es ist aber noch nicht Rüebli-Saison», bemerkte Barbara. «Was gibt es Spannendes im Kanton Aargau?»

«Na, Wicca Meier-Spring», sagte Cem spitz.

«Richtig, Alter.» Marius zeigte mit dem Finger auf ihn. «Sie leitet das einzige Hexenmuseum in der Schweiz.»

«Das gibt es?», fragte Barbara. «Und weshalb ist das wichtig für unseren Fall?»

«Ja, das gibt es, und es ist wichtig.» Marius zog seine Autoschlüssel aus der Hosentasche. «Es ist in Auenstein. Ist zwar heute geschlossen, aber Frau Meier-Spring hat mir versprochen, Kaffee für zwei nette Jungs der Luzerner Polizei aufzusetzen.»

«Du bist kein Bulle», sagte Cem.

«Schon mal ‹Castle› gesehen? Der darf auch überall mit hin.»

«Aber ich bin nicht deine Kate Beckett.»

«Irgendwie schon. Eine maskuline Form von Kate zumindest. Aber ihre Haare sind schöner.»

«Und dein Schreiberfolg ist lächerlich. Oder bist du Multimillionär wie Castle?»

«Vielleicht sollte ich einen Krimi über diesen Fall schreiben, wenn er vorbei ist.»

«Lass mich da raus.»

«Du wirst berühmt werden.»

«Jungs!», schaltete sich Barbara dazwischen. «Für ein Hollywoodcasting könnt ihr später proben. Marius, erzähl mir lieber, weshalb Wicca Meier-Spring wichtig für uns ist.»

«Sie hatte letzten Monat einen interessanten Gast. Eine Frau. Eine rothaarige Frau.»

«Ihr fahrt hin», beschloss Barbara. «Cem, deine Polizeimarke bleibt unter der Jacke. Das hier ist inoffiziell. Die Aargauer mögen es nicht, wenn wir Luzerner ungefragt in ihren Beeten stochern. Ihr fahrt mit Marius' Wagen. Um fünf seid ihr zurück.»

«Aye, aye, Ma'am.» Marius tippte sich an die Stirn. «Kommst du, Kate?»

ELF

Korrigan schnaubte unruhig. Die Stute spürte, dass bald alles anders sein würde. Die Sträggele legte den Striegel beiseite und griff zum Hufkratzer. Sie musste diese letzten Tage mit Korrigan und ihrem alten Hund Merlin geniessen. Heute Morgen hatte sie die Papiere unterschrieben. Zum ersten Mal in ihrem Leben fühlte sie sich wie eine Hexe. Sie hatte ihre beiden einzigen Freunde verkauft.

Sie hatte alles so schön eingefädelt, jetzt konnte sie nicht mehr zurück. Ihr Name war überall zu finden, in den Zeitungen, im Regionalfernsehen, in den sozialen Netzwerken. Die Sträggele war auferstanden. Sie konnte nicht mehr wieder verschwinden. Wie sie diesen Namen hasste. Es war lange her, aber frisch in ihrem Kopf, als wäre es gestern gewesen.

Er gab ihr diesen Namen.

Gleich am ersten Tag, als sie das Zimmer betreten hatte, begann das Quälen. Man lachte sie aus. Sie war es gewohnt. Er fing sie am Nachmittag unter der alten Eiche ab, blähte seine Brust und riss blöde Witze. Er werde sie holen kommen, hatte er gesagt, in windigen, kalten Nächten, auf seinem Schimmel reitend, in einen blauen Mantel gekleidet. Und wenn sie nicht ganz schnell zur Seite springe, werde er sie niederrennen. Es war nur eine Gemeinheit gewesen, ein Spass, ein Jux. Aber seit jenem Tag war die Sträggele dem Türst ausgewichen, kaum dass sie ihn sah. Und sie glaubte schon, dass er sein Interesse an ihr verloren hatte. Ein Fehler. An einem späten Nachmittag verfolgte er sie nach Hause – und brachte den Tod.

Korrigan stupste die Sträggele an der Schulter an. Sie strich der Stute über die Nüstern. «Ich weiss ja, ich fürchte mich noch immer vor ihm. Er ist gefährlich – aber ich bin es jetzt auch.»

***

Cem und Marius waren zurück aus Auenstein. Cem ging gleich hoch zu Barbara, während Marius unten am Empfang mit Roland plauderte.

«Und, wie war's im Hexenmuseum?», fragte Barbara.

«Helen war definitiv dort», sagte Cem. «Frau Meier-Spring hat sie auf unserem Foto identifiziert.»

«War Helen alleine dort?»

«Offenbar. Sie ist auch nicht lange geblieben.»

«Wann war das?»

«Letzten Monat. Die roten Haare sind Frau Meier-Spring im Gedächtnis geblieben. Sie hat sich mit einem anderen Besucher unterhalten, als Helen sich zu ihnen gesellte. Es ging um den ‹Hexenhammer›.»

«Hm, interessant. Vielleicht aber auch nur Zufall. Ich werde Helen Wettstein darauf ansprechen. Unterdessen habe ich die Alibis der Eltern überprüft. Christine Jakob hat eines für den 25. und 26. Sie war mit ihrem Mann und Natascha zusammen.»

«Was ist mit Karin Leu?»

«Am Stephanstag war sie zu Hause, mit Mann, den Kindern und ihren Eltern.»

«Und am Heiligen Abend?»

«Auch. Allerdings nur mit den Kids. Thomas Leu war bei seiner Mutter im Altersheim in St. Margrethen.»

Cem nahm seine Mütze ab. «Im St. Galler Rheintal? Das ist nicht gerade in der Nähe.»

«Helens Mann Nils», fuhr Barbara fort, «ist jeden Abend im Fitnesscenter, aber Helen hat ein Alibi für den 24. und 25. Sie war mit den Kindern bei ihren Eltern in Wolhusen.»

Cem warf seine Mütze auf den Tisch.

«Was denkst du?», fragte Barbara.

«Ist es möglich, dass die drei zusammenarbeiten? Jede hat ihr eigenes Kind ausgesetzt?»

«Das meinst du nicht im Ernst?»

«Zeitlich passt es. Na ja, fast. Bei Karin Leu nicht.»

«Eine Hexenverschwörung? Warum sollten die das tun, ihre eigenen Kinder diesem Risiko aussetzen?» Barbara wechselte das

Thema: «Die Hausdurchsuchung bei den Jakobs wurde abgelehnt. Der Totenschädel ist nicht Beweis genug.»

«Mist! Lass mich mit Eva reden. Hat ihr Gespräch mit Helen Wettstein wenigstens etwas ergeben?»

«Nicht viel. Sie schickt mir heute Abend den Bericht. Die Wettsteins sind mit Noemi heimgefahren.»

«Und jetzt?», fragte Cem.

«Bättig und ich schieben erneut Nachtschicht. Wir haben drei weitere Kollegen vom Sicherheitsdienst aufgeboten und halten die Museggmauer und Brücken im Auge. Du machst Feierabend, aber halte dich auf Pikett bereit. Finden wir heute Nacht keinen Engel, hast du morgen frei, sonst kriegen wir Ärger mit der Gewerkschaft.»

«Frei? Echt jetzt? Scheisse!»

***

Cem liess sich von Marius nach Hause fahren. Doch statt in seine Wohnung ging er zu seinem Alfa Romeo, der an der Museggstrasse parkiert war. Vorher kaufte er im Löwencenter noch einen Spielzeug-Superman, die neueste CD von Anna Netrebko und bei der Bäckerei Hug drei Cremeschnitten.

Die Fahrt von Luzern nach Stansstad war nervenaufreibend. Es herrschte das abendliche Verkehrschaos. Zudem fiel nasser Schnee aus tief hängenden Wolken, der den Boden rutschig machte.

Cem hatte Eva einmal vor ihrer Wohnung direkt am See abgesetzt, aber er war noch nie bei ihr gewesen. Jetzt stand er vor dem dreistöckigen Wohnhaus. Sie hatte die Attikawohnung mit der grossen Terrasse. Er sah Licht und klingelte.

Es knackte kurz in der Gegensprechanlage.

«Hey. Lässt du mich rauf?»

«Cem?»

Die Türentriegelung summte. Dankbar, der kalten Nässe zu entkommen, nahm Cem die Stufen hoch. Eva wartete bereits an ihrer Wohnungstür. Alain zappelte an ihrer Hand. Er strahlte, als er Cem sah. «Hey, Kumpel», begrüsste ihn Cem und wurde zur Belohnung angesprungen. Er hob den Fünfjährigen hoch und wirbelte mit ihm im Kreis herum. «Mann, bist du schwer geworden.»

«Alain», tadelte Eva sanft, «lass Cem noch Luft zum Atmen. Warum zeigst du ihm nicht den neuen Roboter, den du zu Weihnachten bekommen hast?»

«Ja! Ja!» Alain düste sofort in die Wohnung zurück, um den Roboter zu holen.

«Was machst du hier?», fragte Eva im Flüsterton.

«Komme ich ungelegen?»

«Nein. Ich bin mit Alain alleine.»

Cem hob eine Geschenktasche in die Höhe. «Ich weiss, die Weihnachtsgeschenke kommen etwas spät, aber ich hatte über die Feiertage viel zu tun.»

«So? Hattest du?» Sie verschränkte die Arme vor der Brust und machte keine Anstalten, ihn in ihre Wohnung zu bitten. «Weiss Lila, dass du hier bist?»

«Das ist nur ein Besuch unter Freunden, Eva. Mir geht das Gespräch auf der Brücke nicht mehr aus dem Kopf. Du hast recht, wir müssen uns aussprechen. Als Freunde.»

«Geht das zwischen uns? Freundschaft?»

«Es muss.»

«Bist du ein sturer Hund», sagte sie nicht unfreundlich. Sie trug einen schlichten dunkelblauen Nickianzug. Sie war barfuss, und ihrer braunen Haarpracht konnte man den teuer geschnittenen Pagenschnitt heute Abend nicht ansehen. Die Haare waren total zerzaust.

Eva bemerkte seinen Blick und strich sich fast verlegen eine Strähne hinters Ohr. Das Resultat war nicht besser. Cem grinste, und Eva blickte unsicher zu Boden. Na so was. Unsicherheit hatte er noch nie in Evas Augen gesehen.

«Du hast mich erwischt», sagte sie. «So kennt mich nur Alain. Wir haben vorhin im Wohnzimmer Transformers gespielt. Ich musste mich in einen Lastwagen verwandeln.»

«Cem! Cem!» Alain stürmte wieder auf ihn zu. Mit seinen

kleinen Händen umklammerte er einen übergrossen gelben Roboter. «Das ist Bambelbi.»

«Bumblebee. Wow! Zeig her. Der ist ja mega!»

Cems Eintrittspreis in Evas Wohnung war ein Roboterkampf, der so lange dauerte, bis die Netrebko ausgeträllert hatte. Nach achtundvierzig Minuten spielen und der Tortur von Opernmusik war Alain in Cems Armen eingeschlafen. Eva hatte ihre gewonnene Freizeit dazu genutzt, etwas zu kochen. Cem deckte den Tisch, während sie Alain ins Bett brachte.

«Noch eine Runde Verdi?», fragte sie, als sie zurückkam.

«Bitte, gibt es keine gnädigeren Foltermethoden?»

«Ich bin schwer beeindruckt, dass du dich daran erinnerst, wie ich die Oper liebe.»

«Ich bin Bulle, da sollte man sich Details merken können.»

«Auch was die Vorlieben der Staatsanwälte betrifft?»

«Die sind besonders wichtig.»

«Ach ja?»

Cem entging nicht, dass sie sich die Haare gebürstet hatte. Feiner Lipgloss glänzte auf ihren Lippen. Er hatte sie kaum je ungeschminkt gesehen. Sie sah toll aus.

«Clapton?»

«Hm?»

«Kannst du dich mit Eric Clapton arrangieren?» Sie legte die CD ein. «Und jetzt iss, du siehst ausgehungert aus.»

Zu «Tears in Heaven» assen sie wortlos den Salat. «Change the World» begleitete sie durch die Spaghetti vongole. Als die Cremeschnitte vor ihm stand und Clapton sein «Wonderful Tonight» anstimmte, konnte Cem das Schweigen nicht mehr ertragen. «Es tut mir leid, ich hätte –»

«Cem! Hör auf.»

«Weshalb? Du wolltest dich doch aussprechen?»

«Doch nicht so. Nicht mit einem ‹Es tut mir leid …›.»

«Was willst du dann hören?»

«Ich will nichts hören, ich will, dass du zuhörst. Cem, es geht hier nicht um dich. Es geht um mich. Ich muss etwas verarbeiten.»

«Ich etwa nicht? Du bist hier der sture Hund, Eva.»

«Soll ich in Selbstmitleid schwelgen? Soll ich meine Wut an dir auslassen?», fragte sie.

«Genau.»

«Blödsinn! Kasakow hat mir das angetan, nicht du.»

«Ich war nicht für dich da.»

«Weil Lila dich gebraucht hat. Du hast richtig entschieden in jener Nacht. Niemand konnte ahnen, dass Kasakow so etwas plante. Also hör endlich auf, dir die Schuld zu geben.»

Cem schob die Cremeschnitte von sich weg.

«Willst du ein Glas Rotwein?» Eva stand auf und räumte das Dessert ab. «Ach nein, du trinkst ja keinen Alkohol.»

«Rotwein ist gut», sagte Cem.

«Ich bringe dir einen Espresso.»

Das Rattern der Kaffeemaschine beruhigte seine Nerven. Sie setzten sich aufs Sofa.

Eva zog die Füsse hoch aufs Polster. «Ist mit dir und Lila alles gut?»

«Ja. Sie ist über Weihnachten bei ihren Eltern in Lausanne.»

«Schön. Und warum bist du nicht in Zürich bei deiner Mutter und Aygül?»

«Keine Zeit.»

«Heute Abend hast du frei.»

«Mensch, Eva! Ich bin einfach hier, okay?» Cem stand auf. «Das war ein Fehler. Sorry. Ich wollte dich nicht belästigen.»

«Cem. Setz dich wieder hin!»

«Es ist besser, ich gehe.»

«Setzen.»

Nur widerwillig gehorchte er.

«Ich freue mich über deinen Besuch», sagte sie. «Ehrlich. Auch wenn das mit der Aussprache noch nicht so klappt. Es ist ein Anfang. Und wir können gerne über den Fall sprechen. Ich war heute den ganzen Tag im Spital bei Helen Wettstein. Sie hat ein paar interessante Dinge gesagt.»

«Ihr Mann ist gewalttätig und schlägt sie?»

«Falsch. Ihr Mann Nils hat sie damals vor ihrem prügelnden

Ex gerettet. Helen vergöttert Nils. Ich glaube, die beiden führen eine glückliche Ehe.»

«Könnte sie etwas mit den entführten Mädchen zu tun haben?»

«Du meinst, ob sie die rothaarige Hexe ist?», fragte Eva.

«Sie oder alle drei zusammen.»

«Das ist nicht dein Ernst.»

«Ich war heute mit Marius im Hexenmuseum in Auenstein. Helen war im November dort.»

«War ich auch schon. Na und?»

Cem schaute Eva verwundert an.

Sie nippte an ihrem Rotwein. «Vor etwa einem Jahr. Hat mich einfach interessiert.»

«Du überraschst mich immer wieder.»

Ihr Blick war zu intensiv. «Vielleicht bin ich ja auch eine Hexe.» Sie lachte und kreiste verschwörerisch ihre Finger vor seinem Gesicht. «Und vielleicht habe ich dich ja schon längst verhext.»

***

Die Sträggele legte das weisse T-Shirt zusammen mit dem Rotstift links vor sich auf den Tisch, ebenso den antiken Dolch, den sie aus der Brockenstube hatte. Er war perfekt, die Klinge bereits stumpf, der Messingschaft mit Hexensymbolen verziert.

Sie goss sich ein Schnapsglas mit Absinth ein, schraubte die Flasche zu und stellte sie neben das T-Shirt. Lange betrachtete sie die kleine Pille in der Plastiktüte vor sich. Dann griff sie nach dem Schnapsglas und leerte den Inhalt in einem Zug. Der Alkohol brannte wie Feuer die Kehle hinunter.

Die Pille kam ebenfalls zum T-Shirt. Auch die Gazebinden aus der Apotheke.

Auf der rechten Seite des Tisches lag der Umschlag mit den Fotos. Und der rote Lippenstift von Yves Saint Laurent. Sie hatte ein kleines Vermögen dafür ausgegeben. Rouge Feu. Feuerrot. Die Farbe war ihren Preis wert.

Die Sträggele fühlte, wie der Alkohol sie beruhigte. Gerechtigkeit musste sein. Sie hatte lange genug geschwiegen.

***

Cem fühlte den Schnee unter seinen nackten Füssen. Kleine Lichtpunkte funkelten vor seinen Augen. Licht gab es keines. Es war stockfinster. Eiskalt. Ein Wolf heulte. Die Luft roch verkohlt nach verbranntem Fleisch, und sie vibrierte. Mal lauter, mal leiser, in regelmässigen Abständen, und der Vibration folgte ein Windhauch, so als ob ein riesiger Engel über ihm im Dunkeln mit seinen Flügeln schlug.

«Hallo?» Seine Stimme war Cem fremd. Verzerrt. Er stolperte über einen Stein am Boden. Leises Gemurmel.

Eine kleine Hand griff nach seinen Fingern. «Sie haben sie», sagte das Mädchen. «Komm. Komm.»

Cem liess sich von dem Kind durch die Dunkelheit führen. Das Gemurmel wurde lauter.

Ein Funke. Er sprang auf dürres Holz über: Äste und Scheite, die sofort Feuer fingen. Immer höher erklommen die Flammen den Berg aus Holz. Die Szene wurde in gruseliges Licht getaucht.

Da waren Menschen, viele Menschen. Sie tanzten mit Knochengerippen.

Das Mädchen zupfte an Cems Hand. Sie trug ein weisses Kleid. Ihre Haare leuchteten golden im Flammenspiel. Die freie Hand zeigte nach oben. Cem folgte mit seinem Blick ihrem Finger. Der Holzhaufen war riesig, und zuoberst erhob sich ein dicker Stamm aus der Mitte. Der Stamm war bemalt mit roten Symbolen. Hexensymbolen.

Eine Frau schrie.

Cem blinzelte. Die Hitze war höllisch. Schützend schirmte er mit seiner Hand die Augen ab und spähte vorsichtig zwischen den Fingern hindurch. Der Schrei kam von oben.

Das war ein Scheiterhaufen, dämmerte es Cem. Die verbrennen hier eine Hexe!

Ein Mönch trat aus der tanzenden Menschenmenge. Drohend

hielt er einen Hammer in die Höhe. Mit der anderen Hand umklammerte er die Bibel. Er sprach Latein. Cem verstand kein Wort. Der Mann schleuderte seine wütenden Worte der Hexe ins Gesicht.

«Nein!», schrie Cem. Er wollte der Frau helfen, aber er war wie erstarrt, konnte sich nicht bewegen.

Der Mönch drehte sich um. Cem kannte das Gesicht. Das war nicht Kramer, das war Schlumpf! Im flackernden Licht der Flammen wirkte sein Gesicht böse und verzerrt. Satan, schoss es Cem durch den Kopf.

Der Schrei der Frau lenkte seine Aufmerksamkeit wieder nach oben. Falsch. Es waren zwei Frauen, die an den Mast gefesselt waren. Sie schrien um ihr Leben.

Schmerz, der durch Folter nicht schlimmer sein konnte, jagte durch seinen Körper, als er ihre Gesichter erkannte.

Lila!

Und Eva!

Schlumpf lachte und zeigte mit dem Hammer auf Cem. Sein Gesicht verzerrte sich, durchlief eine Metamorphose vom Mensch zum Teufel.

Er verlangte nach einer Entscheidung.

Cem schrie und wurde aus seinem Traum gerissen.

Er setzte sich im Bett auf, schweissgetränkt. Sein Herz hatte hundert Sachen drauf.

ZWÖLF

Die dreifache Ladung Koffein war das Mindeste, was Barbara brauchte, um wach zu bleiben. Es war acht Uhr morgens. Ihre Füsse schmerzten. Eine Marathonnacht lag hinter Bättig und ihr. Sie waren die Museggmauer hin und zurück gelaufen, mindestens hundert Mal. Keine Spur von der Sträggele. Und keine Engel. Damit war der Spuk hoffentlich vorbei. Sie hatte Bättig bereits heimgeschickt. Kevin würde bald eintreffen, und Cem hatte frei. Geregelter Alltag. Endlich. Was für schreckliche Festtage das waren.

Ihr Telefon klingelte. Es war Seraina, Schnellmanns Assistentin. Barbara solle sofort in sein Büro kommen. Na toll, dachte sie. Ein Gespräch mit Schnellmann kurz vor Dienstschluss. Das war nicht gut.

Zwei Minuten später sass sie ihm gegenüber an seinem Arbeitstisch. Seraina brachte ihr Kaffee. Barbara nahm die Tasse dankbar entgegen.

«Hat die Hexe aufgegeben?», fragte Schnellmann.

«Scheint so.» Barbara gab zwei Löffel Zucker in den Kaffee. «Drei Engel an den drei Weihnachtsabenden. Weitere hat sie hoffentlich nicht geplant.»

«Sie waren letzte Nacht mit Bättig unterwegs?»

«Ja.»

«Und die Nacht davor mit Herrn Cengiz?»

«Warum fragen Sie?»

«Den 25. haben Sie laut Bericht mit Cengiz, der Staatsanwältin Roos und Herrn van Roijen im Büro verbracht, als die kleine Marie Leu gefunden wurde. Richtig?»

«Was soll dieses Verhör?» Barbara stellte ihre Tasse auf den Tisch. Ihre Hände konnte sie unmöglich ruhig halten.

«Wo waren Sie am Heiligen Abend, Frau Amato?»

«Das ist jetzt nicht Ihr Ernst?»

«Sie haben rote Haare. Und Natascha Jakob hat geschrien, als sie Sie in dem Ambulanzwagen gesehen hat.»

Barbara glaubte, im falschen Film zu sein. «Sie verdächtigen nicht ernsthaft –»

«Mit gutem Grund», sagte Schnellmann harsch und hob ein Papier hoch, das auf seinem Tisch lag. «Die Sache ist delikat, deshalb hat Metzger mir direkt Bericht erstattet. Im Männliturm wurde unter dem Stroh eine Glasflasche mit Schnaps gefunden. Absinth. Am oberen Rand haftete roter Lippenstift. Und wir konnten Fingerabdrücke sicherstellen.»

«Ich weiss.»

«Die Fingerabdrücke konnten wir Frau Jakob zuordnen.»

«Der Mutter von Natascha?»

«Ja.»

«Weshalb hat man mir das nicht gleich gesagt? Wir vermuten bereits, dass die drei Mütter zusammenarbeiten und das Ganze inszeniert haben.»

«Weil es ein gravierendes Problem gibt», sagte Schnellmann. «Der Abdruck des Lippenstiftes passte nicht mit dem Lippenabdruck von Frau Jakob überein.»

«Passt er zu einer der beiden anderen Frauen?»

«Nein. Deshalb habe ich einen DNA-Test angeordnet. Heute Morgen hat mir Metzger das Resultat geliefert.» Schnellmann starrte Barbara so intensiv an, wie sie es von ihm nicht kannte. Eigentlich war er ein eher ruhiger und ausgeglichener Typ.

«Frau Amato. Das ist Ihre DNA auf der Glasflasche.»

Barbara glaubte, der Boden werde unter ihren Füssen weggezogen. Das konnte nur ein Spuk sein. «Unmöglich», flüsterte sie.

«Frau Roos wird gleich hier sein und mit Ihnen darüber sprechen.»

«Eine Einvernahme?»

«Ein Gespräch. Ich will das diskret behandelt haben und ungern den Innenfahndungsdienst zuziehen. Seien Sie ehrlich, Frau Amato. Ich weiss, Sie machen eine schwere Zeit durch, machen Sie es nicht schlimmer.»

«Merda! Das ist idiotisch. Weshalb sollte ich kleine Mädchen entführen? Ich bin keine Hexe! Und ich kann am Heiligen Abend ja unmöglich das Pferd geritten haben.»

«Es hilft Ihnen nicht weiter, wenn Sie mich anschreien. Wir werden in alle Richtungen ermitteln. Tatsache ist, dass Sie da irgendwie mit drinstecken.» Schnellmann tippte auf ein Dossier neben sich auf dem Tisch. «Leider bedeutet das auch, dass ich den Posten als Abteilungsleiter von Leib und Leben jetzt mit dem anderen Kandidaten besetzen muss. Sie verstehen sicher, dass ich nicht warten kann, bis die Untersuchungen in Ihrem Fall abgeschlossen sind.»

«Bin ich vom Dienst freigestellt?», fragte Barbara und fühlte, wie sich ihre Fingernägel schmerzhaft in die Handballen bohrten.

«Vorerst bleiben Sie im Dienst. Aber Sie arbeiten nicht mehr an dem Fall der Sträggele.»

***

Was konnte man am besten mit einem freien Tag anfangen? Sich um neue Freunde kümmern. Cem kaufte bei Heini am Falkenplatz frische Weggli, Gipfeli, einen Zopf und eine Packung Lozärner Rägetröpfli. Der viertelstündige Marsch zur Mühlemattstrasse tat gut an diesem frischen Morgen. Die Sonne drückte bereits durch die leicht verschleierte Nebeldecke.

Marius wohnte in einer dreistöckigen alten Villa. Die Fassade schien frisch renoviert. Das Haus stand an Hanglage, die Aussicht musste toll sein.

Die Aussicht war toll. Cem stand am Fenster des Eck-Erkers, der ihm eine Zweihundertsiebzig-Grad-Sicht auf Luzern offenbarte. Mystisch lag die Museggmauer, umgarnt von den sich auflösenden Nebelschleiern, unter ihm. Dahinter glitzerte der See. «Kein Wunder, hast du von hier aus das Feuer auf dem Männliturm gesehen», sagte Cem. Er drehte sich zu Marius um. Fast rutschte er dabei mit seinen Socken auf dem polierten Parkettboden aus.

Marius deckte gerade den Tisch: selbst gemachte Konfitüre, fünf verschiedene Käsesorten, Drei-Minuten-Eier und eine grosse Schüssel Birchermüesli mit Beeren. Den Zopf hatte Marius in gleichmässige Scheiben aufgeschnitten. Die Weggli und Gipfeli lagen in einem Brotkorb neben einer Vase mit drei weissen Gerbera. Frischer Kaffee tröpfelte in die Tassen.

Cem schaute sich in der Wohnung um. Sie war schlicht, aber stilvoll eingerichtet. Vor dem weissen Ledersofa stand ein niedriger Tisch aus bunten Glasperlen, dekoriert mit einem Kerzenständer aus verrostetem Eisen. Das Sideboard war aus edlem hellen Holz, darüber hing an der Wand ein grosser Bildschirm. Dies war keine billige Möbelhausketten-Einrichtung. Ausserdem war alles sauber und ordentlich, ganz nach Cems Gefallen. So könnte er sich seine Wohnung vorstellen, würde der Saldo seines monatlichen Bankauszuges eine Null mehr aufweisen. Na ja, fast so. «Diese Bilder? Echt jetzt.»

Marius zog erstaunt die Augenbrauen hoch. «Sie sind wundervoll. Ich mag die Bilder der alten Meister. Das in der Küche ist ein Kunstdruck eines Rembrandt. Er war Holländer, das weisst du sicher. Es ist ‹Jakobs Kampf mit dem Engel›.»

Cem stellte sich vor eines der vier Bilder im Wohnzimmer. Es zeigte eine Frau – vermutlich war sie tot –, gekleidet in ein weisses Nachthemd. Sie lag auf einem Bett. Auf ihr kauerte ein hässlicher Gnom, und hinter einem Vorhang spähte ein – was war das? –, ein Esel oder ein Pferd hervor.

«‹Der Nachtmahr›», sagte Marius und trat neben Cem. «Eines der berühmtesten Bilder von Füssli.»

«Füssli?»

«Du bist auch in Kunstgeschichte eine Niete, was?»

«Ich kenne Picasso. Und Dalí. Und van Gogh, der war auch so ein verrückter Holländer.»

Marius klopfte Cem auf die Schulter. «Johann Heinrich Füssli war Schweizer. Geboren 1741.»

«Im Zeitalter der Hexenverbrennungen.» Cem schaute sich das nächste Bild an. Ein Mann, der eine – schon wieder tote? – Frau in den Armen hielt.

«‹Amor und Psyche›», erklärte Marius.

«Und das da?» Cem zeigte auf ein Bild, auf welchem eine Frau auf einem Stein hockte. Sie machte einen etwas verwirrten Eindruck.

«‹Die wahnsinnige Kate›.»

«Aha.»

Cem trat vor das grösste Bild, das über dem Sofa hing. «Du bist doch ein netter Kerl, Marius. Weshalb umgibst du dich mit so düsterer Kunst? Zieht dich das nicht runter?»

«Cem, du hast keine Ahnung, was ich auf dieser Welt gesehen habe. Diese Bilder geben mir Hoffnung.»

«Echt jetzt? Dieses hier ist voll depro.» Da sass eine Frau im Schneidersitz am Boden, eingehüllt in Schwärze. Sie trug ein schlichtes weisses Kleid und liess Arme und Kopf nach vorne in ihren Schoss fallen. Ihr Gesicht sah man nicht, nur das lange Haar, das vornüberfiel.

«Mein Liebling», sagte Marius. «‹Das Schweigen›.»

Cem schwieg. Mehr fiel ihm nicht dazu ein.

Nach einer kleinen Ewigkeit fügte Marius hinzu: «Manche Wahrheiten hüllt man besser in Schweigen, daran erinnert mich das Bild. Es ist wie ein Teil von mir.»

«Willst du darüber sprechen?», fragte Cem.

«Bist du mein Psychiater?», sagte Marius ungewohnt harsch. «Verdirb mir nicht die Laune aufs Frühstück.»

Das Gespräch stockte etwas. Cem erzählte einige kleine Anekdoten aus seinem Leben, aber es kostete ihn all sein charmantes Talent, um Marius aus seiner düsteren Stimmung zu holen. Nach dem zweiten Espresso war er wieder der Alte und lehnte sich entspannt über einen Witz von Cem im Stuhl zurück. Cem mochte ihn – das jedenfalls sagte ihm sein Bauchgefühl –, dennoch war Marius ein Fremder.

Cem genehmigte sich die zweite Portion Birchermüesli. «Täusche ich mich, oder isst du nichts?», fragte er. Marius hatte ausser einem Naturjoghurt und etwas Käse nichts angerührt.

«Ich bin morgens nicht hungrig.»

«Auf Diät?»

«Hab ich es nötig?»

Cems Handy klingelte. Es war Lila. «Hey, Süsse! Ça va?»

«Non! Da bin ich extra früh aus den Federn gehüpft und mit dem Zug nach Luzern gereist, und jetzt stehe ich vor deiner verschlossenen Wohnungstür. Dabei stand mir so der Sinn nach Morgenkuscheln.»

«Mensch, du bist in Luzern?»

«Hab ich dich in flagranti erwischt? Hm? Bei welchem Weib treibst du dich rum, mon Nounours?»

Cem lachte. Das war seine Lila. «Marius würde es definitiv als Beleidigung ansehen, wenn du ihn als Weib bezeichnest.»

«Marius? Klingt sexy.»

Cem musterte Marius über den Tisch hinweg. «Nein. Marius ist nicht sexy. Er ist hager und schlaksig und bleich und düster, echt düster. Du solltest die gruseligen Bilder sehen, die an seinen Wänden hängen.»

Marius schnippte mit den Fingern. «Gib mir deine Süsse rüber. Meine sexy Stimme wird sie eines Besseren belehren.»

Cem lachte. «Okay. Hier kommt Marius.» Er reichte ihm das Telefon.

Der Mistkerl besass die Frechheit, ganze fünf Minuten mit Lila zu plaudern. Dann hängte er auf. «Sie kommt her. Das arme Kind ist am Verhungern. Sie hat noch nicht gefrühstückt vor lauter Sehnsucht nach dir. Was ich definitiv nicht nachvollziehen kann.»

Cem zeigte drohend mit dem Finger auf Marius. «Finger weg von Lila.»

Marius hielt sich verschwörerisch die Hand neben die Lippen. «Und ich dachte schon, da läuft etwas zwischen dir und der charmanten Staatsanwältin.»

***

«Unser Gespräch im CrazyCupCakeCafé hat mir besser gefallen», sagte Eva. Sie sass in Barbaras Büro, ihren Notizblock auf dem Schoss, den goldenen Kugelschreiber etwas zu fest umklammert. «Gib mir eine logische Erklärung, Barbara. Wie kommen Lippenstiftspuren von dir auf die Schnapsflasche im Männliturm?»

«Soll ich mir die Erklärung aus dem Ärmel schütteln?»

«Ich weiss nicht. Vielleicht hast du an der Flasche genippt, als Cem das Kind nach unten brachte?»

«Sehe ich so blöd aus?»

«Nein. Aber ich will dich nicht vom Dienst freistellen müssen. Also gib mir was.»

«Merda! Keine Ahnung.»

«Es ist eine Mineralwasserflasche aus Glas. Hast du solche Flaschen bei dir zu Hause? Könnte die Hexe die Flasche aus dem Abfall gefischt haben?»

«Ich trinke Hahnenwasser.»

«Eine Flasche aus einem Restaurant?»

«Da trinke ich aus Gläsern, doch nicht direkt aus einer Flasche.»

Eva klopfte mit dem Stift auf den Notizblock. «Wir müssen dieses Rätsel lösen. Wenn die Presse Wind davon bekommt, artet das aus.»

«Du glaubst nicht wirklich, dass ich der Insider bin, der die Klatschpresse mit brisanten Details über die Hexe versorgt?»

«Nein, natürlich nicht.» Eva zögerte. Wie ehrlich durfte sie Barbara gegenüber sein? Sie kannten sich nicht wirklich gut, aber Eva schätzte Barbara. Sie war eine tolle Polizistin. Schnellmann hatte ihr vorhin in einem Gespräch unter vier Augen mitgeteilt, dass er sich Sorgen um Barbara mache. Der Tod von Wymann ging ihr zu nahe. Sie konnte den Verlust nicht verarbeiten, gab sich die Schuld an Wymanns Tod. Das war natürlich Blödsinn. Löste dieses Trauma eine psychische Störung bei ihr aus? Nein, das glaubte Eva nicht. Barbara konnte auch unmöglich die Hexe sein. Ausser für den Heiligen Abend hatte sie Alibis.

Eva nahm sich vor, nachher Frau Dr. Waldvogel anzurufen. War das nicht ironisch? Sie rief wegen Barbara eine Psychologin an, und selbst hatte sie psychologische Hilfe abgelehnt.

«Barbara», fuhr Eva fort. «Wir müssen beweisen, dass dir jemand die Flasche untergejubelt hat. Hast du Feinde? Will sich jemand an dir rächen?»

«Welcher Polizist hat keine Feinde?»

«Ich möchte, dass du vorsichtig bist. Du arbeitest weiter an anderen Fällen, im Büro, Ausseneinsätze sind gestrichen.»

«Du verdonnerst mich zu Schreibarbeit?»

«Zu deinem eigenen Schutz.»

«Wegen der Frau von letzter Nacht?»

«Sie wurde zusammengeschlagen, nur weil sie rote Haare hatte. Für rothaarige Frauen ist Luzern nicht mehr sicher.»

«Dann trage ich eben eine Mütze.»

«Barbara, du bleibst im Haus. Glaube mir, die Erfahrung, auf der Strasse zusammengeschlagen zu werden, willst du nicht mit mir teilen.»

Barbara schwieg.

«Hast du heute den Bericht in der Luzerner Zeitung gelesen?», fragte Eva, um das Thema zu wechseln.

«Das Interview mit diesem Schlumpf? Der heizt die ganze Sache unnötig an.» Barbara schnaubte entrüstet. «Cem und ich haben mit ihm gesprochen, in der Stephansnacht. Solche Typen sind gefährlich. Wären wir im Mittelalter, wäre er der geborene Inquisitor. Wie kann der in der heutigen Zeit nur so abschätzend und diskriminierend über Frauen im Zusammenhang mit Glauben und Magie sprechen?»

Eva legte den Stift hin. «Ich habe gehört, dass die Fassade des kleinen Hexenladens in der Weinberglistrasse mit bösen Sprüchen und Kreuzsymbolen besprayt wurde.»

«Kevin ist vor einer halben Stunde hingefahren», sagte Barbara. «Die Besitzerin, eine Salome Rosenheim, war total aufgelöst. Sie hat Angst.»

«Verständlich bei dieser Hexanjagd, die sich in Luzern aufschaukelt. Heute wollen sie in der Tagesschau einen Bericht darüber bringen.»

«Willkommen zurück im Mittelalter», sagte Barbara.

***

«Hure des Teufels» stand da an der Glasscheibe. Mit roter Farbe aufgesprüht. «Brennen sollst du!» Mit diesem Spruch hatten die Täter über Nacht die Eingangstür des kleinen Hexenladens verschmiert.

Kevin atmete tief durch und steckte sein Handy zurück in die Jackentasche. Bättig hatte ihn soeben informiert, dass Barbara vom Fall abgezogen wurde. Wie kam Barbaras DNA auf die

Schnapsflasche? Das war unmöglich. Er wollte rasch zurück ins Büro. Aber erst musste er das hier erledigen.

Kevin betrat den Laden, ignorierte das «Geschlossen»-Schild. Ein Glöckchen bimmelte über dem Eingang.

Salome Rosenheim spähte ängstlich aus einem hinteren Raum in den Laden. «Wir haben geschlossen. Gehen Sie.»

Kevin zog seinen Polizeiausweis aus der Jackentasche und stellte sich vor.

«Oh, der Göttin sei Dank. Gut sind Sie hier.» Frau Rosenheim kam auf ihn zu. Eine kleine, mollige Frau um die fünfzig. «Diese Vandalen ruinieren mich. Haben Sie das gesehen? Weshalb tun die das? Was habe ich denn getan?» Sie schwenkte eine Zeitung in der Hand. «Und dieser Pfarrer! Was erlaubt der sich, so über uns Hexen zu sprechen? Wir helfen den Menschen mit weisser Magie. Wir tun nichts Böses, nur weil wir nicht zur Beichte gehen. Wir leben im 21. Jahrhundert. Religionsfreiheit, verstehen Sie? Der kann uns doch nicht dazu zwingen, unsere Tätigkeit aufzugeben. Wissen Sie, wie viele unschuldige Frauen verbrannt worden sind, nur weil die Männer Angst vor starken Persönlichkeiten hatten? Wir Frauen schenken Leben. Wir heilen. Wir sind nicht die Mörder auf dieser Welt.»

Endlich holte sie Luft. Kevin nutzte sofort seine Gelegenheit. «Hat man Sie sonst noch belästigt?»

«Ständig rufen Leute an. Entweder ist es die Presse oder solche, die nur lachen und wieder auflegen. Oder sie beschimpfen mich als Kindesentführerin. Aber damit habe ich nichts zu tun. Ehrlich.»

«Wie lange führen Sie dieses Geschäft schon?» Kevin schaute sich um. An der Empfangstheke brannte ein Räucherstäbchen. Die Regale waren gefüllt mit Tarotkarten, Glaskugeln, Runensteinen und anderen Artikeln, die man für magische Rituale benötigte. Es gab Bücher und DVDs.

«Sechzehn Jahre», sagte Frau Rosenheim.

«Und wer kommt so hierher? Welche Kundschaft haben Sie?»

«Oh, das ist ganz unterschiedlich. Viele sind einfach neugierig oder brauchen Hilfe. Ich lege auch die Karten, wissen Sie. Und natürlich kommen moderne Hexen, Schamanen, Druiden und Naturmystiker her. Wir tauschen unser Wissen aus. Und ich biete Kurse an.»

«Kurse?»

«Ja. Die Ausbildung zur Wicca.»

«Wicca?»

«Eine moderne Hexe, welche Göttin und Gott verehrt.»

«Ach so.» Kevin nahm eine kleine Glasflasche aus dem Regal. Sie war gefüllt mit einer dunkelgoldenen Flüssigkeit. «Ist das Met? Den nehm ich meiner Frau heim. Sagen Sie, Sie kennen doch Herrn van Roijen.»

Frau Rosenheim nahm Kevin die Flasche ab, um sie einzupacken. «Nein, der Name sagt mir nichts.»

Kevin stutzte. «Sie haben ihm am Stephanstag ein Buch verkauft. Wie war noch gleich der Titel?» Kevin kramte ein Notizpapier aus seiner Jackentasche. «Ja, genau. Es heisst: ‹Verflucht – eine Reise durch die Zeit der Hexen, Magier und Teufel›.»

Frau Rosenheim strahlte. «Sie sprechen vom Hexer Victimarius!»

«Wie bitte? Nein. Ich spreche von Marius van Roijen.» Kevin zog ein Bild von ihm auf den Bildschirm seines Smartphones und zeigte es ihr.»

«Ja, ja, das ist Victimarius. Er hat bei mir einen Kurs besucht. Vor etwa zwei Jahren. Hat sich für die Hexerei interessiert. Ich nahm es ihm nicht übel, dass er danach einen Artikel für ‹National Geographic› geschrieben hat. Aber er hätte mich und meinen Laden ruhig erwähnen dürfen.»

«Weshalb nennen Sie ihn Victimarius?»

«Das ist sein Name als Hexer.»

«Was bedeutet er?»

«Ist Latein. Klingt so wie Marius, das Opfer, nicht? Ich habe ihn gefragt, aber er wollte es nicht sagen. Da habe ich nicht weiter gebohrt.»

«Und er hat einen Kurs absolviert?»

«Ja. Victimarius hat sich für die Schattenwelt und das Wesen der Anderswelt interessiert.»

«Worum geht es da?»

«Bei der Schattenwelt um die Selbsterkenntnis. Die Anderswelt ist die Welt der Naturgeister, Krafttiere und Helfer. Ich habe Victimarius nie abgenommen, dass er als Hexer praktizieren will. Im Nachhinein war mir auch klar, dass er den Kurs als Teil seiner Recherche angesehen hat. Aber wissen Sie, Herr Kommissar, ich denke, Victimarius hat vor allem nach Hilfe gesucht. Ich denke, er hat aus seiner Vergangenheit viel zu verarbeiten. Er hat in Kriegsgebieten gelebt, um über die Menschen und Zustände dort zu berichten. So etwas steckt man ohne Hilfe nicht weg.»

«Und vor zwei Tagen haben Sie ihm das Buch verkauft?»

«Ja.»

«Schien er anders?»

«Hm, nein. Ich habe ihn seit dem Kurs nicht mehr gesehen. Aber er war charmant wie immer.»

«Hat es Sie nicht gewundert, dass er angerufen hat?»

«So ist Victimarius eben.»

Kevin hielt noch immer das Handy in der Hand. Er holte ein Bild von Helen Wettstein aufs Display. «Kennen Sie diese Frau?»

«Oh! Die roten Haare! Die sind aber schön. Ist das die Hexe, die gesucht wird?»

«Kennen Sie sie?»

«Nein, leider nicht.»

Kevin gab nicht auf. Er zeigte Frau Rosenheim auch die Bilder von Karin Leu und Christine Jakob. Kein Treffer.

***

Cem räumte das Geschirr in die Spüle, während Marius den Tisch säuberte. Lila sass auf dem Sofa, einen Stapel Fotobücher neben sich. T-Bone lag zu ihren Füssen. Sie hatte ihren Boxer, der bei ihren Eltern lebte, für eine Woche nach Luzern gebracht, da die Eltern nach Neujahr ein paar Tage verreisen wollten. Jetzt lag der Hund freudig hechelnd und sabbernd auf Marius' glänzendem Parkettboden.

«Das ist krass!», rief sie ihnen herüber.

«Ich habe dich gewarnt», rief Marius zurück. «Harte Kost.»

«Die sind gut! Warum machst du keine Fotoausstellung?»

«Weil ich mit dem Leid anderer Menschen nicht unsere Wohlstandsgesellschaft künstlerisch unterhalten will.» Marius wusch den Lappen aus, faltete ihn ordentlich zusammen und legte ihn neben den Wasserhahn.

Cem beobachtete, wie er sich neben Lila setzte. Etwas zu nah, wie er fand. Marius war ein ganzes Stück grösser als seine zierliche Lila. Sie strich sich eine ihrer schokobraunen Haarsträhnen hinters Ohr und betrachtete die Fotos. Ihre Lippen waren leicht geöffnet. Sie trug nur glänzendes Gloss und etwas Wimperntusche. Mehr brauchte sie nicht. Sie trug verschlissene Röhrenjeans und einen schlichten, überlangen brombeerfarbenen Pulli. Man sah ihr nicht an, dass sie schon Mitte zwanzig war. Ihr Gesicht wirkte fast kindlich. Noch immer ein Teenager. Cem kannte sie besser, kannte ihren düsteren Kern, den Schatten auf ihrer Seele, wusste, dass sie ihm an Reife weit voraus war.

«Das hier ist Ramzi», sagte Marius und zeigte auf eines seiner Bilder im Album. «Er war zwölf, als ihm eine Bombe beide Beine wegriss. Ich habe ihn zwei Jahre später kennengelernt. Er lag im Zelt seiner Eltern auf dem Boden. Tag für Tag. Bett hatten sie keines. Einen Rollstuhl auch nicht. Die Familie lebte östlich von Dschalalabad in Afghanistan, am Chaiber-Pass, nahe der Grenze zu Pakistan und der Stadt Peschawar. Bis heute eine Krisenregion, von den Taliban infiltriert.»

«Hast du noch Kontakt?»

«Nein. Sie sind weitergezogen.»

Lila zeigte auf die anderen Alben. «Burma, Kongo, Sudan. Du warst an den schrecklichsten Orten der Welt. Warum?»

«Jemand muss dem Westen vor Augen führen, wie andere Menschen auf dieser Welt zu leben haben.»

«Das letzte Album ist von vor fünf Jahren. Irak. Seither bist du in Luzern?»

«Ich habe an der Reportage über Hexen gearbeitet.»

Während Marius von seinen Recherchen erzählte, suchte Cem

nach einem Trinkglas. Er öffnete die Tür der oberen Küchenkombination und stutzte.

«Suchst du was?», rief ihm Marius zu.

«Eigentlich ein Trinkglas», sagte Cem, griff nach der Schachtel und hielt sie hoch. «Noctamid? Wozu brauchst du das?»

«Schon davon gehört, dass traumatisierte Kriegshelden schlecht schlafen?», fragte Marius.

Cem überhörte nicht dessen Verärgerung.

«Hat dir Cem schon von den Kinderengeln erzählt?», fragte Marius Lila.

«Wenig», Lila schaute ihn verschmitzt an, «aber die Zeitungen berichten ausgiebig darüber.»

Cem legte die Packung zurück, füllte sich ein Glas mit Wasser und setzte sich neben T-Bone auf den Boden. Er beschloss, Marius nicht weiter nach dem Noctamid auszufragen. Vermutlich hatte jeder zweite Schweizer eine Packung Schlaftabletten im Haus. «Du bist doch nicht wegen der Engel früher zurückgekommen?», fragte er Lila.

Sie fuhr ihm mit den Fingern durchs Haar. «Non. Ich hab dich vermisst. Und ohne dich ist das Leben so bürgerlich normal.»

«Also bist du doch wegen der Hexe hier», sagte Cem.

Lila beugte sich zu ihm vor. «Erzähl.»

T-Bone spürte Lilas Neugier und kroch jaulend auf Cem zu, einen langen Schleimfaden hinter sich herziehend.

«Du auch?» Cem kraulte ihn hinter dem Ohr.

Marius sprang vom Sofa auf, ging in die Küche und kam mit einer Rolle Haushaltspapier zurück. «Alter, deine Körperflüssigkeiten ruinieren meinen Boden.» Er wischte T-Bone den Sabber von den Lefzen.

«Cem, warum hast du mir Marius nicht schon früher vorgestellt?», fragte Lila. «Er ist ein Traum von einem Mann.»

«Schluss mit Flirten, oder wir gehen gleich heim», beschwerte sich Cem.

«Mon Nounours, du hast die Wahl. Wir können über die Hexe oder über Marius sprechen, aber wir bleiben.»

«Alter Schwede, die hat dich ganz schön unter Kontrolle, was?

Cem, der Teddybär, gefällt mir.» Marius entsorgte das vollgesabberte Papier in der Küche.

T-Bone rollte sich auf den Rücken und liess sich von Cem am Bauch kraulen.

Marius setzte sich wieder neben Lila. «Erzähl ihr schon von dem Fall. Vielleicht hat sie eine Erleuchtung. Wir hängen ja ganz schön fest.»

Cem gab nach und klärte Lila über die Sträggele und die Engel auf.

«Wow.» Sie staunte, als er fertig war. «Das ist ja ein Ding. Und ihr habt keine Ahnung, wie ihr an sie rankommt?»

«Nein», sagte Cem.

Lila grinste. «Das ist, weil ihr Männer die Frauen nicht versteht.»

«Du verstehst diese Hexe?», fragte Marius.

«Ja und nein», sagte Lila. «Ich kenne zwar ihre Vergangenheit nicht, aber ich weiss, wie sie tickt. Das ist einfach.»

«Ist es das?» Cem zog seine Hand von T-Bone zurück, der sofort jaulend protestierte.

Lila begann. «Wen bestraft die Hexe, indem sie die Kinder entführt? Die Eltern natürlich. Sie sorgt sich um die Mädchen, will, dass sie rasch gefunden werden. Entweder man hat der Sträggele ihr eigenes Kind geraubt, oder sie hatte als Kind eine schlimme Erfahrung gemacht. Sie identifiziert sich mit den Engeln. Sie ist alleine. Verzweifelt. Sie will, dass man sie wahrnimmt, dass Menschen bestraft werden, die ihr Böses angetan haben. Sie will Rache. Und sie steigert sich in etwas hinein. Vielleicht hat sie jeden Bezug zur Realität schon verloren. Sie wird etwas tun, das sie nicht tun will, aber sie sieht keinen anderen Weg mehr. Sie ist schon zu weit gegangen. Sie kann nicht mehr zurück. Das könnte bedeuten, dass sie am Ende alles verliert.»

Cem griff nach Lilas Hand. Sie sprach hier nicht von der Sträggele, sondern von ihrer eigenen Vergangenheit. Sie hatte auch alles verloren: ihre Achtung, ihren Stolz, ihr ungeborenes Kind. Auch sie hatte den Weg der Rache eingeschlagen und ihren Zuhälter verstümmelt. Und dafür gesessen.

Cem sah, wie Marius Lila aufmerksam beobachtete. Ihm war die Doppeldeutigkeit ihrer Worte nicht entgangen. Hatte er über Lila bereits Nachforschungen angestellt? Gut möglich. Marius war gründlich und wusste gerne, mit wem er sich abgab. Oder verfolgte er ein anderes Ziel?

«Wie kann man sie aufhalten?», fragte Cem. «Wie kommen wir an sie ran?»

«Indem ihr der Sträggele einen neuen Weg eröffnet. Sie braucht einen Freund, einen Verbündeten. Jemand, der sie von ihrem Racheplan ablenkt.»

«Wie sollen wir das anstellen?» T-Bone bellte dazwischen und stupste Cem an. «Du bist aus der Sache raus, Alter», sagte Cem und kraulte den Hund hinter dem Ohr.

«Ist er nicht!», sagte Marius aufgeregt.

«Nein?», fragte Cem vorsichtig.

«Ich weiss jetzt, wie wir die Sträggele kriegen.» Marius sprang von seinem Sofa auf und zeigte auf den Kunstdruck an der Wand, auf Füsslis «Das Schweigen». «Sie hat lange genug geschwiegen. Und er auch. Es wird Zeit, dass er sich bei ihr meldet.»

«Wer?», fragten Cem und Lila gleichzeitig.

«Der Türst! Wir bringen den Türst ins Spiel.»

«Weshalb?», fragte Cem.

«Wer ist der Türst?», fragte Lila.

Marius grinste selbstgefällig. «Der Türst ist der einzige Mann, der die Sträggele je beherrschen konnte. Das war damals so, und das wird diesmal so sein.»

«Wie willst du das anstellen?», fragte Cem misstrauisch.

Marius klärte sie auf. «Das Pferd ist der Schlüssel. Der schwarze Freiberger.»

«Freiberger sind nicht schwarz», sagte Lila.

«Genau deshalb.» Marius setzte sich wieder und tätschelte dem Boxer den Bauch. «Und wir brauchen T-Bone.»

«Nichts da», sagte Cem. «T-Bone ist Zivilist und wird nicht an einer mittelalterlichen Hexenjagd teilnehmen. Wir gehen schön nach Plan vor und machen keine Alleingänge, die sind noch immer schiefgelaufen.»

«Ohhh», säuselte Lila, «mon Nounours mausert sich zum spiessigen Beamten?»

«Quatsch! Aber wir haben es hier nicht mit einem wahnsinnigen Mörder zu tun, also brauchen wir auch keine waghalsigen Stunts durchzuführen, die nur Ärger bringen. Wir werden die Hexe finden, früher oder später, dank seriöser Aufklärungsarbeit.» Cems Handy klingelte. Er schaute aufs Display. Es war Bättig. «Was will denn der?», fragte sich Cem und nahm den Anruf entgegen. Ungläubig hörte er zu, als Bättig ihm erzählte, was geschehen war. Ohne sich zu verabschieden, steckte Cem das Handy weg. Mist, verdammter! Er stand auf und trat ans Fenster. Er musste die Neuigkeit erst einmal verdauen. Barbara? Unmöglich.

«Cem?», fragte Lila vorsichtig nach.

Er drehte sich um. «Marius, wie sieht dein Plan aus? Wie willst du die Sträggele aus der Reserve locken? Sie wird vermuten, dass die Polizei dahintersteckt.»

«Nein, wird sie nicht.»

«Und weshalb nicht?»

«Weil ich Informationen habe, die die Polizei nicht kennt.»

***

«Du lungerst schon seit einer Viertelstunde vor der Apotheke herum», sagte Chantal, als sie nach draussen trat.

«Du hattest Kundschaft.»

«Hast du wenigstens eine Zigarette dabei?»

«Extra für dich besorgt.» Marius reichte ihr die noch verschlossene Packung und ein Feuerzeug. «Gehen wir ein paar Schritte?»

«Ich habe fünf Minuten Pause. Und das Feuerzeug behalte ich.» Chantal hakte sich bei ihm unter. «Was brauchst du diesmal? Noch mehr Schlaftabletten?»

«Nein. Einen Liebestrank.»

Chantal blieb stehen. «Und den soll ich dir anrühren? Wozu?»

«Komm schon, der ist nicht rezeptpflichtig.»

«Und ich bin nicht deine Hexe.»

Marius führte sie die Burgerstrasse hinunter bis zum Reusssteg. Es war später Nachmittag an diesem Mittwoch. Die Sonne wagte einen Blick zwischen den Wolken hindurch. «Was unterscheidet denn eine Hexe von einer Apothekerin?», fragte er. «Ihr heilt Menschen und mischt allerlei Kräuterextrakte, um das Böse zu vertreiben.»

Chantal zwickte ihn in den Arm. «Es gab schon immer einen grossen Unterschied zwischen Hexen und Apothekerinnen.»

«Tatsächlich?»

«Die Apothekerinnen überlebten die Inquisition. Ach, übrigens, dieser Theologe war heute Morgen bei uns.»

«Wer?»

«Schlumpf heisst er. Ich habe das Interview in der Zeitung gelesen.»

«Der Pfarrer, der gegen die Hexen aufhetzt.»

«Genau der.»

«Was wollte er?», fragte Marius.

Chantal zog genüsslich an ihrer Zigarette. «Tabletten. Eine Packung Valium.»

«Um die Mädchen zu betäuben?»

«Um nachts schlafen zu können.»

«Hm.» Marius überlegte und führte Chantal das Rosengässli entlang zurück zur Suidterschen Apotheke. «In diesen Tagen finden viele Bürger keinen Schlaf.»

«Das sagst gerade du, Victimarius.»

***

«Schhht.»

Cem liess sich nicht so leicht abwimmeln und knabberte weiter an ihrem Ohr.

«Cem. Lass das. Ich bin noch nicht fertig damit.»

Er gab auf, schlenderte zu seinem Sofa und liess sich ins Polster fallen. «Wie lange willst du noch an den Zeilen feilen? Es ist fast Mitternacht.»

«Bis ich damit zufrieden bin.» Lila sass in ihrem sexy Leoprint-

Pyjama mit den weissen Pompons am Saum am Tisch im Wohnzimmer.

«Du schreibst eine Liebeserklärung an eine Hexe.»

Sie drehte sich um. «Hast du ein Problem damit?»

«Ich meine ja nur. Wem willst du damit imponieren?»

«Oh, là, là!» Lila stand auf und kam in gefährlich aufreizendem Gang auf Cem zu. «Il est jaloux, mon Nounours.»

«Du hast Marius ganz schön den Kopf verdreht, meine Liebe.»

«Oui.» Sie setzte sich rittlings auf ihn. «Ich habe das Flirten nicht verlernt.»

Cem rollte einen der Pompons zwischen seinen Fingern. «Du hast einen Türken zum Freund, schon vergessen? Andere Männer angucken geht nicht.»

Sie kreiste ihren Fingernagel um sein Ohrläppchen und zog einen Schmollmund. «Nicht mal gucken?»

«Nicht gucken.»

«Hm, habe ich dir schon mal gehorcht?»

«Das wirst du gleich. Ich bin noch immer der Stärkere von uns beiden.» Er packte sie um die Taille, warf sie herum aufs Sofa und legte sich auf sie. Sie liess einen vergnügten Schrei los.

T-Bone, der im Flur plichtbewusst die Meerschweinchen bewachte – oder darauf lauerte, dass er mit etwas Glück eines als Häppchen verspeisen konnte –, hörte Lilas Schrei, sprang sofort auf die Beine und schleuderte auf dem rutschigen Boden regelrecht ins Wohnzimmer. Mit einem Satz war er über Cem auf dem Sofa.

«Igitt, T-Bone, du sabberst mir das Ohr voll.» Cem versuchte vergeblich, den Hund vom Sofa zu scheuchen.

Lila kicherte. «Du bist vielleicht stärker, mein türkischer Macho, aber ich habe einen Bodyguard.»

Es dauerte zwei Minuten, bis die Ordnung wiederhergestellt war und T-Bone seine beiden Schützlinge im Flur bewachte wie der Secret Service das Präsidentenpaar.

Cem wusch sich im Bad Gesicht und Hände. Als er zurückkam, brütete Lila wieder über ihrem Text. «Echt jetzt?» Er setzte sich neben sie.

«Denkst du, das funktioniert?», fragte Lila. «Vielleicht liege ich auch falsch. Ich kenne diese Frau ja nicht persönlich.»

«Wir können es versuchen. Dank Marius' Hinweis wird die Sträggele mit uns Kontakt aufnehmen.»

«Aber alle werden diese Zeilen lesen. Auch die Polizei. Wollt ihr Barbara nicht einweihen?»

«Barbara ist raus aus dem Fall. Wir müssen alles daransetzen, die Sträggele zu finden und Barbara zu entlasten.»

«Auf Marius' unkonventionelle Art?»

«Muss wohl sein.»

«Und du bist Marius nicht mehr böse, dass er der Polizei diesen Hinweis vorenthalten hat?»

«Doch, bin ich. Aber was bringt das schon, wenn ich sauer bin?»

«Hättet ihr mit der Info etwas anfangen können?»

«Durch konventionelle Polizeiarbeit wohl kaum. Ausserdem hat Kevin eh schon all die Reitställe in dem Gebiet abgeklappert. Erfolglos.»

«Und jetzt versuchen wir es auf Marius' Art. Und du willst weder Kevin noch deinen Boss einweihen?»

«Kevin sagt, Schnellmann drehe langsam durch. Und morgen soll sich der neue Abteilungsleiter von Leib und Leben vorstellen. Denkst du, die genehmigen Marius und mir dieses kleine Manöver? Soll mich der Hexenhammer treffen, wenn Schnellmann dem zustimmen würde.»

«Welcher Hexenhammer?»

«Andere Geschichte. Ausserdem zweifle ich am Erfolg. Wahrscheinlich taucht sie nicht auf.»

«Und wenn doch?»

«Die Sträggele ist nicht gemeingefährlich. Vielleicht können wir vernünftig mit ihr reden.»

«Und wenn sie euch verhext?»

«Geht nicht.»

«Warum?»

«Weil ich schon im Bann deines Liebeszaubers stehe.»

DREIZEHN

Barbara fühlte sich gut an diesem Morgen. Endlich wieder Tagschicht. Und ein paar Tage Schreibtischarbeit waren ganz in Ordnung. Sie musste runterkommen, ihr Leben wieder in den Griff kriegen. Zudem stapelten sich die ungelösten Fälle auf ihrem Tisch. Sie waren nicht so spektakulär wie der Fall der Sträggele, aber Schnellmann würde sie wenigstens in Ruhe lassen.

Sie betrat ihr Büro. «Kevin? Wartest du auf mich?»

«Genau. Hier.» Er reichte ihr eine Tasse Espresso. «Da sind auch Gipfeli auf dem Tisch.»

Misstrauisch blieb sie stehen. «Was hat Cem angestellt?»

«Cem? Hä? Wieso Cem?»

«Na, du willst doch irgendetwas vom mir?» Sie setzte sich und schnupperte am Espresso. Perfekt zubereitet.

«Über den Fall darf ich nicht mit dir sprechen», sagte Kevin. «Sorry. Anweisung von Schnellmann. Zu deinem eigenen Schutz, sagt er, bis alles aufgeklärt ist.»

«Habt ihr etwas über meinen Lippenstiftabdruck auf der Flasche herausgefunden?»

«Barbara.»

Sie hob defensiv die Hände und gab klein bei. «Schon gut. Weshalb bist du hier?»

«Um mich zu beschweren.»

Sie hob überrascht die Augenbrauen. «Wegen der Überstunden?»

«Darüber, dass du die Stelle als Abteilungsleiterin nicht angenommen hast.»

«Der Neue ist hier?»

«Offiziell am 3. Januar. Inoffiziell hat er den Dienst vor einer halben Stunde angetreten. Will sich bei uns etwas umschauen, sich mit unseren Arbeitsmethoden bekannt machen und das Büro einrichten. Kommt aus Basel. An diesen Dialekt werde ich mich nie gewöhnen, nie.»

«Wie ist er so?», fragte Barbara mit einem faden Beigeschmack auf der Zunge. Sie konnte sich nicht vorstellen, dass ein Fremder auf Wymanns Stuhl Platz nahm. Sie hatte grosse Lust, sein Büro zu stürmen und den Neuen rauszuschmeissen. Dies war doch kein guter Morgen.

«Um die fünfzig», sagte Kevin. «Klein, energisch und mit zweideutigem Dauergrinsen im Gesicht.»

«Merda!» Barbara liess den Kopf in ihre Hand fallen.

Kevin seufzte. «Er heisst Oggenfuss. Susanne Oggenfuss. Der Er ist eine Sie.»

***

Oggenfuss setzte sich bedächtig in den Stuhl an ihrem zukünftigen Arbeitstisch. Das Büro gefiel ihr. Es war hell und ruhig. In den Pausen konnte sie hoch auf die Terrasse, um eine zu rauchen, und musste nicht extra runter auf die Strasse. Das war gut.

Sie strich mit den Fingerkuppen über das Holz des Tisches. Neuanfang also. Schon wieder. Sie würde auch diese Aufgabe meistern. Und sie konnte sich diesmal voll auf ihre Arbeit konzentrieren. Keine Ablenkung mehr. Gleich heute Nachmittag würde sie die ersten Wohnungen besichtigen. Sie musste Basel und all die Erinnerungen zurücklassen. Ausserdem konnte sie sich hier gleich mit einem spannenden Fall auseinandersetzen. Die Sträggele von Luzern erlangte bereits nationale Berühmtheit. Oggenfuss musste sich möglichst bald mit Doris Mörgeli zusammensetzen. Sie war für die Presse verantwortlich, wie ihr Schnellmann erklärt hatte. Zu viele Informationen waren in diesem Fall durchgesickert. Das ging so nicht.

«Das ist Rolfs Stuhl», sagte eine energische Stimme. Die Frau trat ein, ohne anzuklopfen.

«Und Sie sind?» Oggenfuss stand auf und ging auf die Rothaarige zu, die zwei Köpfe grösser war.

«Barbara Amato, Leib und Leben.»

Oggenfuss reichte ihr die Hand, Barbara ignorierte sie. «Na gut», Oggenfuss ging einen Schritt auf Distanz und lächelte. «Ab nächstem Jahr werden wir zusammenarbeiten. Ich bin Susanne Oggenfuss, Ihr neuer Boss.»

«Ich weiss», sagte Barbara. «Sie müssen sich einen neuen Stuhl besorgen. Diesen hier nehme ich mit in mein Büro.»

***

«Sie ist ein Genie, deine Lila», sagte Marius. «Der Text ist perfekt.»

«Gut, dann spielst du den jetzt den sozialen Netzwerken zu.» Cem wickelte sich den Schal enger um den Hals. Sie standen am Luzerner Busbahnhof. Es herrschte Morgenhektik. Und es war eiskalt. T-Bone sass neben ihm.

«Ein Account unter dem Namen ‹der Türst› habe ich bereits auf diversen Portalen eröffnet. Die Zeilen werden sich wie ein Lauffeuer verbreiten. Ich schicke sie gleich übers Smartphone raus.»

«Dann hoffen wir, dass die Sträggele die Zeilen ihres Liebsten auch liest.»

«Wird sie. Den Liebestrank habe ich besorgt. Ich werde ihr in der Jagdhütte ein romantisches Liebesnest nach Hexenart einrichten.»

«Übertreib nicht. Hast du das Prepaid-Handy organisiert?»

«Hab ich.» Marius zog ein einfaches Handy aus seiner Manteltasche. «Und hier ist meine neue Karte.» Er reichte Cem stolz eine Visitenkarte.

«Echt jetzt? Du spinnst.» Cem starrte auf die Karte. Es gab nur zwei Zeilen in fetten dunkelblauen Lettern. Oben stand der Name: «FÜRST». Darunter die Handynummer. In der unteren Ecke war das schwache Schattenbild eines Reiters auf einem steigenden Pferd aufgedruckt. «Übertreibst du nicht ein wenig?»

«Weshalb? Der Türst war ein Fürst, passt doch super.»

«Hast du ein Pferd?»

«Ja. Einen Schimmel.»

«Gut.» Cem schaute auf seine Uhr. Schon neun. «Ich muss zur Arbeit.»

«Und ich fahre jetzt nach Meggen und sehe mir das Pferdchen an. Das wird ein langer Tag im Sattel. Ist schon eine Weile her, dass ich geritten bin. Aber schlimmer als die afghanischen Gebirgszüge können der Meggerwald und das Würzenbachtobel nicht sein. Ich hoffe, T-Bone hat Ausdauer?»

«Die hat er, keine Angst. Wenn etwas mit dem Hund ist, ruf Lila an, okay? Sie macht sich jetzt schon Sorgen um ihren Liebling.»

«Keine Angst, ich bringe ihn mit vier Beinen zurück.»

Cem schüttelte amüsiert den Kopf. «Der Türst und sein Monsterhund. Weidmannsheil für die Hexenjagd.»

***

Christine Jakob fühlte sich schwach. Es war halb elf. Es wurde Zeit. Sie schaltete den Laptop aus. Sie hatte die Zeilen des Türst wieder und wieder gelesen. Die sozialen Netzwerke wurden regelrecht überschwemmt von der Nachricht, seine Worte tausendfach geteilt. Die Newsportale hatten sie bereits aufgegriffen. Jeder las sie, und keiner verstand sie. In Blogs und Kommentaren wurde darüber gerätselt, Experten zugezogen, und selbst die Kirche mischte sich mit Beiträgen ein. Es wurden schon Wetten abgeschlossen, wer als Erster das Rätsel lösen konnte. In Luzern brach regelrecht eine Hexenhysterie aus. Die Jagd war eröffnet.

Und Christine war das Wild.

Sie nahm einen letzten Schluck aus der Schnapsflasche. Jetzt war sie leer. Sie musste sich beeilen. Gabriel wollte mit Natascha im Shoppingcenter Emmen etwas zu Mittag essen und danach heimkommen.

Christine warf die Flasche auf den Boden. Sie zerbarst in tausend Splitter. Tränen rannen ihr über die Wangen. Es half nichts. Sie zog das T-Shirt heran und nahm den Rotstift. Mit zittriger Hand schrieb sie drei Zeilen auf die Vorderseite, in grossen Lettern, damit der Text gut zu lesen war.

Den Stift liess sie neben dem Laptop liegen, das T-Shirt packte sie zu den anderen Sachen in ihre Sporttasche. Dann stand sie auf und ging mit der Tasche zu ihrem Wagen in der Garage. Jetzt bloss keine Verkehrskontrolle. Ihr war bereits schwindlig, und die Knie gaben nach.

Christine fuhr in die Stadt und parkierte im Bahnhofparking. Die Tasche an die Brust gedrückt ging sie zu den öffentlichen Toiletten des Luzerner Bahnhofs. Sie zitterte. Daran war nicht nur der Alkohol schuld. Immer wieder schossen ihr Tränen in die Augen. Wie hatte es nur so weit kommen können? Sie war schuld. Ändern konnte sie es nicht mehr. Sie musste es tun. Für ihr Mädchen. Für ihren Mann. Nur das zählte.

Sie bezahlte die zwei Franken Eintritt zu den Toiletten und schloss sich in die hinterste Kabine ein.

Dann zog sie ihre Jacke aus. Ohne den Alkohol würde sie das nicht durchstehen. Sie hätte mehr trinken sollen. Rasch zog sie das T-Shirt aus der Tasche. Wieder und wieder las sie die Aufschrift, die sie in fetten roten Buchstaben geschrieben hatte. Sie biss sich so fest in die Hand, bis sie Blut auf der Zunge schmeckte.

Natascha. Gabriel.

Sie zog sich das T-Shirt über. Es war gross und reichte ihr bis fast zu den Knien. Christine kramte die Perücke aus der Tasche und setzte sie auf: lange rote Haare.

Als Nächstes die Pille. Sie lag in einer kleinen Plastiktüte in einem Seitenfach der Tasche. Christine starrte das giftige Ding einen Moment an. Zögerte. Schluckte es trocken die Kehle hinunter. Jetzt musste sie schnell handeln, bevor die Wirkung der Droge einsetzte. Danach würde sie sich nicht mehr unter Kontrolle haben.

Christine griff nach den letzten beiden Gegenständen, die in der Sporttasche lagen: ein antiker Dolch und Gazebinden.

***

«Sie zeigen Einsatz, junger Mann. Und haben Phantasie, das gefällt mir.»

Tatsächlich?, wunderte sich Cem. Bisher hatten ihm seine

Einsätze und Alleingänge Rüffel und Hausarrest in der Polizeizentrale eingebracht. Die Neue schien aufgeschlossen gegenüber seinen ungewöhnlichen Methoden. Sollte er ihr erzählen, dass Marius in diesem Augenblick als Türst durch die Wälder jagte, um die Sträggele zu finden? Er beschloss, den Mund zu halten, dafür das Dauergrinsen der Oggenfuss zu kopieren.

Diese blätterte in seiner Personalakte. «Sie sind der Frischling bei Leib und Leben in Luzern, wie?»

«Nicht schlimm. Ab Januar gebe ich diesen Titel offiziell an Sie weiter, Frau Oggenfuss.»

«Witz und Charme und eine freche Klappe. Gefällt mir. Sie werden mein neuer Liebling. Ich habe immer einen neuen Liebling. In Basel war es José. Junger Typ mit überschäumenden Hormonen. Migrationshintergrund wie Sie, Cem. José hat mir am Montag immer selbst gemachte Paella mitgebracht. Perfekter Wochenstart.»

War das jetzt die neue Übermutter bei Leib und Leben, die verwöhnt werden wollte? «Ich war Koch, bevor ich zur Polizei kam», schmeichelte sich Cem ein.

«Ich weiss. Steht in Ihrer Akte.»

«Mögen Sie Börek? Ich mache die besten westlich vom Bosporus! Gefüllt mit Hackfleisch, Schafskäse und Lauch.»

«Ich liebe Börek. Wie konnten Sie das nur erahnen?»

«Ich bringe Ihnen am ersten Arbeitstag welche mit.»

«Nur keine Umtriebe.»

«Wenn ich dafür ein eigenes Büro kriege?»

«Eins nach dem andern.» Oggenfuss klappte seine Akte energisch zu. «Das war's. Ich kenne die Räumlichkeiten und alle von meinem neuen Team.» Sie schob ihre runde Hornbrille hoch auf ihr kurzes, etwas struppiges Haar. «Unter uns: Wie ist die Stimmung im Team? Es muss schwer gewesen sein, als mein Vorgänger im Einsatz verstarb.»

«Wymann war ein guter Polizist. Ein strenger Boss. Ein fairer Mann. Er fehlt uns.»

«Mit mir wird es anders werden. Können Sie sich damit arrangieren?»

«Ich schon – denke ich.»

«Was ist mit Frau Amato?»

Scheisse, dachte Cem. Darauf wollte er nicht antworten.

«Schwierig, ich verstehe», sagte Oggenfuss. «Muss aber sein, wenn wir klarkommen wollen. Gehen wir aufs Dach, eine rauchen.»

«Bin Nichtraucher.»

«Als mein neuer Liebling gewöhnen Sie sich das Rauchen an – oder etwas Ähnliches. Sie können Kaugummi kauen, wenn Sie wollen. Aber wir zwei werden in Zukunft oft da oben stehen, verstanden?»

«Yes, Ma'am.»

Cem schnappte sich in seinem Büro die Jacke und warf kurz einen Blick auf sein Handy. Marius hatte schon zweimal versucht, ihn zu erreichen, doch die Oggenfuss liess ihm keine Zeit, zurückzurufen. Er trat wieder zu ihr in den Flur. Sie warteten auf den Lift. Als der sich ankündigte, stand Metzger in der Kabine.

Der Anblick von Oggenfuss brachte ihn aus dem Konzept. «Ja, ähm … es ist … die Beweise –»

«Ja, was nun?», herrschte sie ihn unerwartet scharf an, dennoch blieben ihre Mundwinkel oben. «Haben Sie was für uns?»

Metzger nickte und warf Cem einen hilflosen Blick zu.

«Gehen wir in Schnellmanns Büro», schlug Cem vor, erleichtert, dem Tratsch oben auf der Terrasse zu entkommen.

Kevin war bereits bei Schnellmann, als sie eintraten.

«Die Spusi hat etwas gefunden», sagte Cem rasch und schob Metzger vor.

«Ja, ähm», Metzger hantierte an seiner schiefen Brille, «wir haben das Engelskleid von Noemi Wettstein genauer untersucht und ein Haar gefunden.»

«Na, das ist doch etwas», sagte Schnellmann. «Wem gehört es?»

«Es ist lang und rot», sagte Metzger.

«Helen Wettstein?», riet Kevin.

«Nein.»

Schnellmann stand von seinem Arbeitstisch auf. «Karl, sag jetzt nicht, es ist ein Haar von Barbara Amato.»

***

Der Schimmel war ein lahmer Gaul. Von wegen mit wehendem Mantel durchs Tobel jagen. Blitz, so hiess das temperamentarme Tier, trottete unter Marius phlegmatisch von Hof zu Hof, liess sich weder durch seine Stimme noch seinen Stiefelabsatz aus seinem monotonen Trott bringen. Selbst T-Bone an der Leine neben dem Pferd wurde unruhig über solche Trägheit. Das fing ja gut an. Er hätte sich besser erkundigen und nicht gleich den erstbesten weissen Gaul mieten sollen, den er auftreiben konnte.

Im Meggerwald lagen einige Zentimeter Schnee. Klebriger Schnee, der unter den Hufen von Blitz ständig aufstollte. Immer wieder knickte das Pferd mit seinen Stöckelschuhen ein. Was für ein holpriger Ritt.

Und sein Magen knurrte. Marius hätte frühstücken sollen. Ein grosser Fehler. Wo sollte er hier etwas zu essen auftreiben? Und Wasser hatte er auch keines dabei. Das war nicht gut.

Marius schaute auf das Display seines Handys. Und Cem liess ihn auch hängen. Warum rief er nicht zurück? Es war bereits elf Uhr. Er steckte das Handy wieder in die Tasche seines blauen Mantels. Dann rieb er sich die Hände. Es war kalt. Ein leichtes Kratzen in seinem Hals machte sich bemerkbar. Doch wohl keine Erkältung? Die konnte er jetzt nicht gebrauchen. Vor sich sah Marius den nächsten Hof. Er steuerte Blitz darauf zu.

Ein Bauer holte gerade Brennholz aus der Scheune und trug die Scheite zum Wohnhaus.

Marius trieb seinen Blitz an, aber mehr als ein gemächlicher Trab war nicht aus ihm herauszukitzeln. Das war peinlich und weckte nicht die Illusion eines stolzen Türst, der sich in den Wäldern herumtrieb.

Vor dem Bauer schwang sich Marius so schwungvoll wie möglich aus dem Sattel. Blöde Idee. Der Boden war rutschig, und Marius landete fast auf seinem Hintern.

«Hoho. Immer schön sachte mit den wilden Pferden», sagte der Bauer.

«Grüezi», sagte Marius und tätschelte den Hals des Schimmels. «Mein Ross ist etwas erschöpft von unserem wilden Morgenritt.»

Der Bauer lachte so laut, dass er beinahe das Holz in seinen Armen fallen liess. «Wie viel hat der Schellenberg Ueli denn für den alten Blitz von Ihnen verlangt? Sie haben den Wallach doch nicht gekauft?»

Wie peinlich konnte die ganze Aktion denn noch werden? Er hatte voll aufs falsche Pferd gesetzt. Marius schüttelte den Kopf.

«Haben Sie sich verritten?», fragte der Bauer.

«Nein, nein. Alles gut. Wir zwei geniessen die frische Luft hier oben.» Er kniff Blitz spielerisch in die Oberlippe. Das Pferd hob sofort den Kopf und begann zu flehmen.

«Der riecht meine Susi», sagte der Bauer. «Sie steht im Stall und ist rossig.»

«Sie haben auch ein Pferd?»

«Zwei. Rassige Mähren. Zwei Fribi.»

«Freiberger sind toll. Ich suche schon lange einen für mich. Am liebsten einen Rappen.»

«Hab noch nie einen schwarzen Freiberger gesehen. Die sind braun oder fuchsfarben.» Er musterte Marius misstrauisch. «Sie scheinen nicht so viel von Pferden zu verstehen.»

«Man lernt nie aus», sagte Marius und versuchte den Bauern mit einem Lächeln wieder für sich zu gewinnen. «Und falls Sie doch einen schwarzen Freiberger sehen, hier ist meine Karte.» Er reichte sie dem Bauern.

«Fürst?»

«Mein Name.»

«Mehr nicht?»

«Die Telefonnummer.»

«Aha.»

Marius beschloss, wieder in den Sattel zu steigen, bevor der Bauer die Polizei rief. «Einen schönen Tag noch», verabschiedete er sich und trieb Blitz zum Trab an. Eine Gangart namens Galopp kannte dieses Pferd ja nicht.

Wieder im schützenden Wald blies Marius erleichtert Luft aus seinen Wangen. Wie lange wollte er so weitermachen? Er hatte elf Höfe aufgesucht und jeweils seine Karte abgegeben. Nicht genug. Die Sträggele musste an seine Nummer kommen.

Der nächste Hof lag etwa einen Kilometer südlich von hier. Marius griff nach seinem Handy. Cem hatte nicht zurückgerufen. Er wählte Lilas Nummer. Ihre warme Stimme musste ihn aufheitern, sonst würde er die Aktion auf der Stelle abbrechen.

***

Es war totenstill im Büro von Schnellmann. Cem schenkte Allah ein Stossgebet. Nicht Barbara, bangte er. Nicht sie.

Metzger klärte seine Stimmbänder und starrte verwundert die anderen an. «Wie kommen Sie darauf, das Haar könnte von Frau Amato sein? Nein, nein. Das Haar ist nicht echt. Unsere Sträggele trägt eine Perücke. Eine billige Perücke. Wahrscheinlich eine von der Fasnacht.»

«Unsere Täterin ist nicht rothaarig!» Erleichtert liess sich Cem in einen Stuhl fallen. «Können wir jetzt Barbara wieder mit an Bord nehmen?»

«Nicht so voreilig», sagte Schnellmann. «Wir haben nicht geklärt, woher der Lippenstiftabdruck auf der Flasche stammt.»

Cem verwarf die Hände. «Eine Falle, ist doch klar. Da will ihr jemand was anhängen.»

Schnellmann kratzte sich am Hinterkopf. «Ich weiss nicht. Frau Oggenfuss, Sie haben sich ein Bild von dem Fall und dem Team gemacht. Was denken Sie?»

«Noch bin ich nicht offiziell im Dienst.» Sie trat vor.

Ein Zwerg mit der Selbstsicherheit eines Generals, dachte Cem. Er konnte sich vorstellen, gut mit ihr klarzukommen. Er mochte ihren trockenen Humor. Aber er hatte auch schnell verstanden, dass seine neue Chefin etwas verbarg. Sie trug eine Maske. Eine Maske, die gut sass und nicht einfach zu durchschauen war.

«Im Augenblick», fuhr sie weiter, «kann ich mich nur auf

das Urteil der Anwesenden hier stützen.» Sie starrte Cem an. «Frau Amato scheint sehr beliebt. Und sie leistete in den letzten zwanzig Jahren gute Arbeit. Ich würde mich auf meine weibliche Intuition und auf das Urteil meiner Mitarbeiter verlassen und Frau Amato wieder an den Ermittlungen teilhaben lassen.»

Schnellmann starrte lange aus dem Fenster. «Karl», sagte er, «ich will, dass ihr so rasch wie möglich herausfindet, woher der Abdruck an der Flasche kommt. Ich will keine Negativpresse.» Er drehte sich um. «Herr Cengiz, holen Sie Frau Amato in mein Büro.»

Barbara glaubte nicht, was sie da las. Dio mio! Sie musste sofort ihr Team informieren. Sie wollte gerade aufstehen, als Cem in ihr Büro trat.

«Hey, wie geht's?», fragte er lässig und grinste.

«Dein Grinsen kann warten», sagte sie. «Meine Info hat Vorrang. Wann warst du das letzte Mal in den sozialen Netzwerken?»

Sie sah, wie Cem kurz leer schluckte. «Während wir im Dienst sind, sollen wir nicht chatten», sagte Cem.

Sie winkte ihn zu sich. «Lies.»

Cem überflog die Zeilen auf dem Monitor. «Das ist ein Ding! Wow. Wer hat das geschrieben?»

«Kleiner», sagte Barbara misstrauisch, «was ist los? Weshalb kaufe ich dir die Überraschung nicht ab?»

«Doch! Ich bin überrascht. Das ist eine Liebeserklärung vom Türst an die Sträggele. Es gibt ihn also doch.»

«Offensichtlich.»

«Ja, wenn das so ist, warum kommst du nicht in Schnellmanns Büro? Metzger hat herausgefunden, dass unsere Sträggele eine billige Perücke trägt. Und Schnellmann hat beschlossen, dich wieder an den Fall zu lassen.»

«Hat er?»

«Na ja, General Oggenfuss hat ihm dazu geraten.»

Ausgerechnet die Neue, dachte Barbara.

«Hey», warf Cem ein, «ist das nicht Wymanns Stuhl, der hier neben deinem Arbeitstisch steht?»

«Den Stuhl kriegt sie nicht.»

Kevin schneite in Barbaras Büro. «Wir müssen los! Man hat die Sträggele gefunden.»

***

Schon wieder Spitalluft. Wenigstens diesmal nicht das Kinderspital. Zusammen mit Barbara und Kevin stand Cem im Flur. Christine Jakob wurde noch immer untersucht. Sie hatte sich auf der Bahnhofstoilette die Pulsadern aufgeschnitten, die Wunde halbherzig mit Gazebinden abgebunden und war danach total zugedröhnt durchs Bahnhofshopping gestolpert. Dabei hatte sie eine Rothaarperücke getragen. Und dieses weisse T-Shirt. Beide Beweisstücke hielt Cem in einer Plastiktüte in seinen Händen. Das T-Shirt war voller Blut. Aber was am meisten irritierte, waren die drei Zeilen darauf.

Ich bin ein Junkie.
Ich bin schuld.
Ich bin die Sträggele von Luzern.

Barbaras Handy klingelte. Es war Gabriel Jakob. Sie sprach kurz mit ihm und steckte das Telefon zurück. «Er kommt mit Natascha her. Die beiden waren heute Morgen im Shoppingcenter Emmen.»

«Armer Kerl», sagte Kevin. «Der macht ganz schön was durch mit seiner Frau. Wie konnte er so lange nicht bemerken, welche Probleme sie hat?»

«Mir tut die kleine Natascha leid», sagte Cem. «Erst wird sie entführt, und jetzt ist ihre Mami auch noch die Hexe.»

«Aber Natascha hat doch die Sträggele gesehen. Weshalb hat sie sie nicht als ihre Mutter erkannt?», fragte Kevin.

Cem fand keine vernünftige Antwort darauf.

In diesem Moment ging die Tür des Behandlungszimmers auf. Die Ärztin kam zu ihnen. «Tag, ich bin Dr. Fuchs. Frau Jakob wird sich wieder erholen. Sie hat zwar viel Blut verloren, aber man hat sie rasch hergebracht. Mehr Sorgen mache ich mir um ihre Blutwerte. Sie hat viel Alkohol getrunken. Und sie hat LSD eingenommen.»

«LSD?», fragte Cem verwundert.

«Ja», sagte Dr. Fuchs. «Frau Jakob muss auf einem ganz schönen Trip gewesen sein.»

«Könnte sie auch unter LSD-Einfluss gewesen sein, als sie die Mädchen entführte?»

«Eher nicht», sagte Dr. Fuchs. «Sie hätte nicht klar genug denken können, um das durchzuziehen.»

«Ist sie ansprechbar?», fragte Barbara.

«Nicht in den nächsten Stunden, tut mir leid. Wir haben Frau Jakob ruhiggestellt.»

«Gut.» Barbara stand auf. «Rufen Sie uns an, wenn wir mit ihr sprechen können.»

Dr. Fuchs versprach, sich zu melden, und verabschiedete sich.

Barbara gab Kevin die Anweisung, auf Gabriel zu warten und sich mit ihm über seine Frau zu unterhalten. «Cem, wir zwei bringen Metzger Perücke und T-Shirt ins Labor. Danach treffen wir uns kurz mit Mörgeli. Wir müssen uns überlegen, was wir den Pressegeiern zum Fressen vorwerfen. Frau Jakobs Auftritt in der Öffentlichkeit hat bereits hohe Wellen geworfen. Sobald wir vom Zwangsmassnahmengericht den Durchsuchungsbeschluss haben, fahren wir zu ihr nach Hause. – Sag mal, wo steckt eigentlich dein süsser Marius? Das dürfte ihn doch interessieren.»

***

Fünfzehn Höfe, und es war fast eins. Um drei würde Marius hier abbrechen. Aber seine Aktion zeigte Wirkung. Die Telefonnummer auf seiner Karte sprach sich rum, zusammen mit der Liebeserklärung im Netz. Es hatten bereits die ersten Sträggele auf seinem Prepaid-Handy angerufen. Alles falsche Hexen, die nur neugierig waren, aber nichts wussten.

Mittlerweile hatte er sich auch an Blitz' Trägheit gewöhnt. Er stellte sich einfach vor, er sässe auf seiner weissen Ledercouch in seinem gut durchlüfteten Wohnzimmer.

In diesem Moment klingelte sein reguläres Handy. Cem. Endlich. Er nahm den Anruf entgegen. «Mensch! Ich könnte hier im Wald verrecken oder von der Hexe verspeist werden, und dich würde das nicht kümmern. Du hast dich den ganzen Morgen nicht gemeldet.»

«Sorry», sagte Cem. «Hier war echt was los.»

«Schon vergessen? Ich bin auf einer einsamen Mission und brauche etwas Aufmerksamkeit.»

«Abbrechen. Wir haben die Sträggele.»

«Du machst Witze.»

Cem klärte ihn über den Vorfall am Bahnhof auf.

Marius hörte misstrauisch zu. «Aber ich dachte, Christine hat für den 25. und 26. ein Alibi.»

«Von ihrem Mann», sagte Cem.

«Steckt der mit drin?»

«Wenn ich das wüsste. Ich seh noch nicht klar. Wann bist du zurück?»

«Mit Blitz kann sich das nur um Stunden handeln.» Marius legte auf und wendete den Schimmel. «Ab nach Hause, alter Knabe. Ich brauche dringend was zu essen, sonst falle ich vom Sattel. Und meine Zehen sind blau vor Kälte. Morgen habe ich bestimmt eine üble Erkältung.»

Als ob das Pferd ihn verstehen konnte, legte es an Tempo zu und verfiel freiwillig in einen flotten Trab.

«Du hinterhältiger Gaul.» Marius tätschelte den Hals des Tieres. Er konnte sich nicht über Cems Nachricht freuen. Eigentlich wollte er in heldenhafter Tat die Hexe überführen, doch das Weib marschierte einfach geistesverwirrt durchs Bahnhofsgebäude. Toll. Sie hatten einer Irren und nicht einer cleveren Hexe hinterhergejagt.

Auch T-Bone schien zu spüren, dass die Aktion abgebrochen wurde. Er bellte freudig.

Das Prepaid-Handy klingelte. Marius überlegte, den Anruf wegzudrücken, die Sträggele war ja überführt. Egal. «Türst», meldete er sich.

«Hier ist die Sträggele.»

Marius horchte auf. Die Stimme klang anders als die der anderen Anruferinnen. Geheimnisvoll. «Kannst du mir das beweisen?», fragte er.

«Was willst du wissen?»

«Der Engel im Männliturm. Das Mädchen hatte drei Zeichen auf dem Bauch. Welche?»

Es herrschte Stille in der Leitung. Marius glaubte schon, die Frau gebe auf wie die anderen.

Plötzlich sagte sie: «Eine erloschene Kerze, einen Totenschädel und eine Sanduhr. Vanitas-Symbole. Alles ist vergänglich. Nicht die Sträggele. Und der Türst?»

Marius spürte, wie sich sein Puls beschleunigte. Sein Plan funktionierte. «Du hast meine Nachricht erhalten?»

Sie zitierte den Text, den Lila geschrieben und er den sozialen Netzwerken zugespielt hatte: *«Drei Schritt uswäg, drei Schritt uswäg, rufe ich und jage auf meinem Schimmel durch die Wälder. Mein Hund folgt deiner Fährte. Du bist nah, ich fühle es. Unser Band hat die Zeit überdauert. Zusammen sind wir eins auf ewig. Denn die Liebe ist stärker als unser Leid. Und die Schuldigen tanzen bald mit dem Tod.»*

VIERZEHN

In anderer Leute Sachen schnüffeln war so eine Sache. Cem mochte es nicht. Es war gegen seine Natur. Aber es gehörte zum Job. Zusammen mit Barbara und Kevin war er zu den Jakobs gefahren. Alles sah danach aus, dass Christine die Sträggele war oder zumindest etwas damit zu tun hatte. Metzger hatte zwei Minuten gebraucht, um zu bestätigen, dass das Haar auf Noemis Engelskleid von der gleichen Perückenmarke stammte, welche die Sträggele am Bahnhof trug.

Zusammen mit ein paar Labortechnikern durchstöberten sie jetzt das Haus nach neuen Hinweisen. Man hatte gleich die zerbrochene Schnapsflasche auf dem Küchenboden entdeckt. Kevin hatte sich an den Laptop gesetzt, der auf dem Küchentisch stand. Er war nicht passwortgeschützt. Kevin hatte rasch herausgefunden, dass Christine, kurz bevor sie losgefahren war, die Nachricht vom Türst gelesen hatte. Aber diese Nachricht konnte doch unmöglich der Auslöser für ihren Selbstmordversuch gewesen sein?

Cem hoffte, dass er es nicht schon wieder verbockt hatte. Marius' Idee war blöd gewesen. Warum nur war er darauf eingegangen? Er hätte Barbara gleich von dem Aufkleber erzählen sollen, den Marius am Heiligen Abend auf der Rückseite des Pferdetransporters gesehen hatte. Ein Sticker von der Gemeinde Udligenswil. Marius dachte, es sei nicht wichtig, weil er ja weder das Auto noch die Nummer des Anhängers genau gesehen hatte – oder nicht darauf achtete, da er ja zu diesem Zeitpunkt nicht wissen konnte, dass der Anhänger für den Fall von Belang war. Deshalb hatte er die Information zurückgehalten. Lila war es gewesen, die den Streit deswegen zwischen ihm und Marius geschlichtet hatte. Egal. Und Marius hatte ja recht. Nur wegen dieses blöden Aufklebers war die Sträggele nicht gefunden. Er garantierte auch nicht, dass das Pferd in Udligenswil stand. Pferdeanhänger wurden oft weiterverkauft oder vermietet. Dennoch, diese Info war ein Anfang. Und diese Info wollte Marius nutzen und alle Bauernhöfe rund um Udligenswil auf einem Pferd abklappern. Verschwendete Energie. Zwar hatten sie jetzt die Sträggele, aber nicht so wie geplant.

«Du sollst die Schubladen durchsuchen und nicht von deiner Lila träumen», sagte Barbara, die gerade den Kleiderschrank von Christine durchwühlte.

«Es ist nicht Lila», sagte Cem. «Es ist Marius. Ich habe vor zwei Stunden mit ihm telefoniert. Jetzt geht er nicht mehr an sein Handy.»

«Marius ist ein grosser Junge, der hat Afghanistan und den Kongo überlebt, da wird er in Luzern schon nicht von chinesischen Touristen gefressen werden. – Aber ein leckerer Happen ist er schon, dein Kumpel.»

Cem ignorierte Barbaras Bemerkung und startete einen neuen Versuch. Die Leitung war tot. Auch die des neuen Prepaid-Handys. Seltsam. Cem steckte sein iPhone weg und riss die nächste Schublade auf.

«Was haben wir hier?», sagte Barbara und zog aus einer von Christines Manteltaschen eine kleine Plastiktüte. «Sieht aus wie Marihuana.»

«Weshalb bemerkte ihr Mann nicht, dass sie voll auf Drogen ist?», wunderte sich Cem.

«Junkies sind gut darin, ihre Sucht zu verbergen.»

Cem riss die nächste Schublade auf. Unterwäsche. Na toll. Er wühlte sich durch die Slips und ertastete etwas Hartes. Er zog das Ding hervor. «Bingo!»

Barbara drehte sich um, und Cem hielt ihr das Lederarmband entgegen. Daran baumelte der kleine Totenschädel.

«Arme Natascha», sagte Barbara. «Sie muss die nächsten Tage ohne Mami auskommen.»

Wie konnte eine Mutter nur so etwas ihrem Kind antun, fragte sich Cem. Aber sie hatten da noch immer das Problem mit dem Alibi. Ihr Mann behauptete nach wie vor, dass er am 25. und 26. mit seiner Frau zusammen war.

«Wenn wir mit dem Schlafzimmer durch sind, gehen wir zurück», sagte Barbara. «Wir haben genug Beweise für die Staatsanwaltschaft. Die Spusi kann hier fertig machen.»

In diesem Moment klingelte Cems Handy. Er blickte auf sein Display. Es war Lila. Sie rief von seinem Festnetztelefon zu Hause an. «Hey, alles klar? Ich komme bald heim.»

«Jetzt! Du kommst jetzt heim», sagte Lila aufgeregt.

«Was ist los?»

«Marius. Er hat mir T-Bone gebracht. Dann wollte er mein Handy und ist gleich wieder weg.»

«Wann war das?»

«Vor fünf Minuten. Und – nicht böse sein – er hat mir einen Kuss auf die Wange gedrückt.»

Cem drehte sich von Barbara weg und sprach so leise ins Telefon, dass sie ihn nicht hören konnte. «Du hast ihm hoffentlich eine gescheuert.»

«Mais non! Ich war total durcheinander. Er hat gesagt, er musste seine Handys im Wald zurücklassen. Eine Anweisung der Sträggele. Sie hat ihn angerufen!»

«Wer?» Hatte Cem sich da verhört?

«Na, die Sträggele. Sie muss es sein. Sie wusste von den Zeichnungen auf dem Bauch von Natascha.»

«Unmöglich.»

«Doch, das hat Marius behauptet. Und sie will ihn treffen. Bei der Hütte.»

«Wann?»

«Jetzt gleich. Er fährt hin. Ich soll dich informieren. Er hat mein Handy dabei, aber der Akku ist fast leer. Du sollst ihn nur im Notfall anrufen. Er will dich bei der Hütte treffen.»

Mist. Cem starrte Barbara an. Ihr war nicht entgangen, dass der Anruf ihn aufgewühlt hatte. Ihre blauen Augen blitzten ihn aufmerksam an.

«Cem, wo ist diese Hütte?», fragte Lila.

Cem rang mit sich. Barbara einweihen? Aber wenn etwas schiefging, bekam sie noch mehr Ärger. Cem hatte da bessere Chancen, sich beim neuen Boss wieder einzuschmeicheln.

«Okay, Schatz. Ganz ruhig. Ich komme gleich. Wo, sagst du,

hast du die Panne? In Udligenswil? Beim Schützenhaus. Gib mir eine Viertelstunde, okay?»

«Cem? Wovon sprichst du? Welche Panne?», fragte Lila.

«Bis dann.» Cem legte auf. Erklärungen konnte er später liefern.

«Probleme?», fragte Barbara.

«Ja. Lila steckt mit meinem Wagen in Udligenswil fest. Der Reifen ist geplatzt. Darf ich hier Schluss machen?»

Barbara lächelte. «Klar, wenn ein Gentleman seine Liebste retten muss, darf er natürlich gehen. Mach einen Abflug. Und nimm den Dienstwagen. Ich fahre mit den Kollegen zurück. Aber hey, kein Blaulicht.»

«Du bist die Beste!»

***

«Thomas, das ist keine gute Idee. Lass uns gehen.»

«Nein. Wir ziehen das jetzt durch.» Thomas drückte auf den Klingelknopf. Er musste etwas unternehmen. So ging das nicht.

«Ja?» Eine ältere Frau streckte den Kopf durch den Türspalt.

«Wir müssen Pfarrer Schlumpf sprechen», sagte Thomas.

«Erwartet er Sie?»

«Nein. Aber es geht um die Hexe, und es ist wichtig.»

Die Frau zögerte kurz. «Wie heissen Sie?»

«Ich bin Thomas Leu. Das ist meine Frau Karin. Sie haben sicher in den Zeitungen gelesen, dass unsere Tochter entführt wurde. Sie war der kleine Engel im Zytturm.»

«Oh. Natürlich. Wie geht es Ihrem Mädchen?»

«Danke, Marie erholt sich.»

«Bitte kommen Sie rein. Ich bin Frau Wehrli, die Haushälterin.»

Frau Wehrli führte die Leus an den Küchentisch und holte Schlumpf.

«Thomas, das ist doch blöd», flüsterte ihm Karin zu. «Wir können nicht sicher sein. Vielleicht hat das einfach jemand anders geschrieben.»

«Willst du damit lieber zur Polizei? Unser Ruf wird ruiniert sein. Und denk an die Kinder. Pfarrer Schlumpf wird schweigen. Er kann uns die Sünden vergeben. Und er wird uns helfen, die Hexe zu kriegen. Er ist in der Lage, die Allgemeinheit gegen sie aufzuhetzen. Das hat das Interview in der Zeitung bereits gezeigt.»

«Aber ist es richtig? Diese Hexe ist doch nur eine Frau, die Probleme hat. Wir wissen nichts über sie.»

«Von mir aus kann die Hexe öffentlich auf dem Scheiterhaufen brennen.»

«Das sind harte Worte», sagte eine tiefe Stimme hinter Thomas.

Thomas stand von seinem Stuhl auf. Auch Karin. Sie schüttelten dem Pfarrer die Hand.

«Bitte setzen Sie sich wieder. Darf Frau Wehrli Ihnen einen Kaffee machen?», fragte er.

«Danke», sagte Thomas, «wir bleiben nicht lange. Und die Sache ist etwas delikat. Können wir uns Ihnen anvertrauen? In der Kirche hat man uns gesagt, dass Sie erst am Neujahr wieder predigen. Wir möchten gerne beichten und wussten nicht, an wen wir uns sonst wenden sollten.»

«Gehen wir am besten in mein Arbeitszimmer.»

Pfarrer Schlumpf bot den Leus die Couch an und setzte sich an seinen Sekretär. «Was haben Sie auf dem Herzen? Ihrer kleinen Tochter geht es hoffentlich gut?»

«Danke. Es geht um die Hexe», sagte Thomas. «Haben Sie von dem Vorfall heute Morgen im Bahnhof gehört?»

«Sicher. Man hat die Sträggele festgenommen. Eine verwirrte Seele. Und die Mutter des ersten Engels, wie ich vernommen habe.»

«Die Frau trug ein T-Shirt», sagte Thomas. «Darauf hat sie etwas geschrieben.»

«Ihr Schuldbekenntnis», sagte Schlumpf.

«Aber das kann nicht sein», sagte Karin. Sie kämpfte gegen die Tränen an.

Schlumpf reichte ihr ein Taschentuch. «Und weshalb nicht?»

Thomas stand auf. Das alles hier war zu aufwühlend. «Die Zeilen auf dem T-Shirt, die sind nicht von der wahren Sträggele.»

«Woher glauben Sie das zu wissen?»

«Es passt nicht. Zum einen ist die Handschrift nicht identisch … und dann das Motiv. Es geht nicht nur um Sucht. Es geht um Erpressung. Und um Sex.»

***

Cem parkierte den Dienstwagen neben dem Audi von Marius. Dieser stand vor dem Schiessstand, der an der Landstrasse zwischen Adligenswil und Udligenswil lag. Cem stieg aus und sah sich um. Der Boden hier oben war mit Schnee gezuckert. Es war kalt, und bald würde es eindunkeln. Mist. Cem war nicht vorbereitet. Er hatte keine Taschenlampe dabei, und seine Lederjacke taugte nicht für nächtliche Abenteuer im Wald. Er griff nach seinem iPhone. Dessen Batterie war auch nur noch zu zwanzig Prozent geladen. Rasch öffnete er übers Internet die Landkarte und suchte sich den Weg zum Wagenmoos raus. Er musste durch den Wald hoch zu dem Weiher.

Während er den Waldweg entlangmarschierte, wählte er die Nummer von Lilas Handy, das jetzt Marius bei sich trug. Niemand ging ran. Unzuverlässiger Holländer, fluchte Cem.

Im Wald war es schon bedeutend dunkler als noch unten auf dem Parkplatz. Ein Kauz rief. Unheimliche Stimmung. Nebel kroch zwischen den Baumstämmen den Hang hoch. Cem zog den Reissverschluss seiner Jacke bis oben zu. Er fröstelte.

Es raschelte im Gebüsch neben ihm. Instinktiv wich Cem einen Schritt zur Seite. Ein Vogel flatterte davon. Scheisse, Alter, strafte sich Cem selbst, Rotkäppchen war mutiger zu seiner Grossmutter spaziert. Er blickte über die Schulter zurück. Es gab hier keine Wölfe, wohl aber eine Hexe. Wo lag jetzt das verfluchte Knusperhäuschen, das Marius für sein Liebesnest ausgesucht hatte? Ein gelber Wanderwegweiser zeigte den Hang hoch. Im Ernst? Das war kein Weg mehr, das war ein kleines ausgetrocknetes Flussbett. Der Boden war rutschig, steil und eine Katastrophe. Und der Weg zog sich hin. Cem wählte seine Festnetznummer. Er brauchte Ablenkung. «Hey, Süsse.»

«Mensch, Cem», antwortete Lila. «Was ist los? Welche Panne soll ich haben? Ich sitze schliesslich auf deinem Sofa.»

«Sorry, Barbara stand neben mir.»

«Warum hast du sie nicht eingeweiht?»

«Ich will nicht, dass sie Ärger bekommt.»

«Wo bist du?»

«Im tiefen finsteren Wald auf dem Weg zum Knusperhäuschen.»

«Warum hast du mich nicht mitgenommen?»

«Weil hier eine böse Hexe lauert.»

Lila lachte. «Ist sie denn böse? Oder ist sie einfach auf das Liebesgeflüster vom Türst hereingefallen? Er macht sich gut als Geisterreiter, unser Marius. Ich traue ihm zu, unsere verzweifelte Hexe zu verführen.»

«Solange er nur die Hexe verführt, bin ich beruhigt.»

«Oh, mein heisser Türke ist eifersüchtig.»

Sie plauderten noch ein paar Minuten, bis Cem aus dem Wald auf eine Lichtung trat. Darin eingebettet lag ein Weiher, etwa von der Grösse von zwei Fussballfeldern. Cem verabschiedete sich von Lila und schaute sich um. Zu seiner Rechten lag eine kleine Hütte. Das musste das Haus der Jagdgesellschaft Udligenswil sein. Das alte Gemäuer sorgte nicht gerade für eine angenehme Atmosphäre. Hier wollte sich Marius mit der Hexe treffen, so war es abgesprochen. Die Fensterläden waren zu, ebenso die Tür. Es brannte kein Licht im Inneren, es hätte durch die Ritzen nach draussen dringen müssen.

Mist! Hier war niemand. Cem entdeckte dahinter noch ein Gebäude. Einen Stall? Er schaute durch die Ritzen der Holztür. Es war stockdunkel. Er leuchtete mit der Lampe seines Handys hinein: Holzkisten, eine Leiter, ein rostiger Motor und ein orangefarbenes Gummiboot lagen darin. Kein Marius.

Er versuchte erneut, ihn telefonisch zu erreichen. Erfolglos. Cem wollte gerade Barbara anrufen, als ein Geräusch ihn aufschreckte. Er blickte auf. Hinter der Hütte trat ein Hirsch aus dem Schutz des Waldes auf die Lichtung. Stolz blickte er in der Dämmerung über den Weiher und schnupperte durch die kühle Luft. Plötzlich warf er seinen Kopf in Cems Richtung, starrte ihn an und sprang mit einem grossen Satz zurück in das Dickicht.

Cem atmete aus. Was für ein verwunschener Wald das hier doch war. Solch ein Ort hatte bestimmt die Gebrüder Grimm in ihrer Phantasie beflügelt. Aber Cem war nicht hier, weil er nach Märchen suchte.

Er ging kurz entschlossen zur Jagdhütte zurück. Die Tür war verschlossen, da half kein Rütteln und Zerren. Er marschierte um die Hütte herum, nichts. Cem rief Marius' Namen, vergeblich. Am Ufer des Weihers blieb er stehen und schaute über das Wasser. Hier war er falsch.

Cem beschloss, wieder zum Wagen zu gehen. Marius würde sich schon melden.

Ein Pferd wieherte.

«Was zum Teufel ...» Cem starrte hinüber auf die andere Seite des Weihers.

Das konnte doch nicht möglich sein.

Die Sträggele!

Da sass sie, auf ihrem tänzelnden Pferd. Es war braun! Ihre roten Haare wehten im Wind. Sie war zu weit entfernt, als dass er ihr Gesicht genau erkennen konnte.

Die Sträggele starrte zurück. Sie gab ihrem Pferd die Sporen und verschwand im Schutz der Bäume.

«Hey! Warte!» Cems Rufe waren zwecklos. Aber wenn sie hier war und Marius' Wagen unten am Schiessstand stand, dann musste der Holländer hier irgendwo sein. Cem sah einen schwarzen Vogel vor sich im Schnee nach Futter suchen. Hoffentlich hatte sie Marius nicht in eine Krähe verhext.

Cem entdeckte einen kleinen Holzschuppen am Wasser, etwa zweihundert Meter entfernt. Er wollte sein Glück dort versuchen und marschierte los. Er rief mehrmals Marius' Namen, bekam aber keine Antwort.

Der Schuppen stand etwas windschief. Durch die Ritzen der Bretterwand trat kein Licht nach aussen. Dennoch ging Cem zur

Tür. Sie war von aussen nur durch einen Holzriegel verschlossen. Cem schob ihn beiseite und trat ein. Es war stockfinster. «Hallo? Marius?» Er bekam keine Antwort. Er schaltete an seinem Handy die Taschenlampenfunktion ein. Hier drinnen gab es nichts ausser einem grossen Haufen Heu. Damit fütterte wohl der Förster im Winter das Wild.

Viel Heu und kein Marius. Cem wollte schon wieder gehen, als er auf einen harten Gegenstand trat. Es knirschte unter seinem Fuss. Er bückte sich und hob das Ding auf. Im Licht seines Handys betrachtete er es. Es war ein Smartphone. Er drehte es um. Auf der Rückseite war ein glitzernder Sticker angebracht. Ein Teddybär.

«Oh Scheisse!» Das war Lilas Telefon.

Marius musste hier sein. «Wo steckst du?» Cem rannte auf den Heuhaufen zu und begann zu wühlen.

Er musste nicht lange suchen.

Hektisch riss er das Heu von Marius weg und buddelte ihn frei. «Hey, Kumpel.»

Marius starrte ihn an.

Regungslos.

«Was ist mit dir?» Cem legte seine Finger an Marius' Halsschlagader und fühlte den Puls. Das Herz raste.

In diesem Moment krachte es.

Cem warf den Kopf herum.

Die Tür!

Sie wurde von aussen verriegelt.

Die Sträggele war zurückgekommen.

Sie waren Gefangene im Hexenhäuschen.

Um die Tür konnte er sich später kümmern. Marius war das grössere Problem. Cem wählte die 144. Bevor die Verbindung aufgebaut war, starb sein iPhone. Batterie tot. Er musste verhext sein.

Es war so dunkel hier drinnen, dass er kaum Marius' Umrisse ausmachen konnte. Cem legte die Hand auf seine Stirn. Sie war schweissbedeckt. «Hey, Alter, sag was.»

Marius schwieg, lag regungslos im Heu.

Da hatten sie sich tief in die Scheisse geritten. Cem stand auf. Kein Handy, kein Licht, und die Nacht brach gerade erst an. Sie mussten hier raus, wollten sie nicht erfrieren. Cem rüttelte an der Holztür, zog, drückte und kickte dagegen. Aber er hatte den massiven Holzriegel gesehen, der aussen angebracht war. Dagegen kam er nicht an. Cem suchte die Wände nach einem möglichen Ausgang ab. Aussichtslos. Die Bretterwand trotzte seinen Fusstritten.

Ein leiser Laut liess ihn herumwirbeln. Er kniete sich neben Marius ins Heu und legte die Hand an seine Schulter. Marius zitterte heftig. «Mensch, sonst bist du doch auch nicht auf den Mund gefallen. Sag was.»

Marius drehte langsam den Kopf. Seine Lippen bebten. Cem beugte sich tiefer zu ihm hinunter, verstand aber keine Silbe von dem Gemurmel. Marius lallte, so, als sei seine Zunge festgewachsen.

«Mit solchen Sprüchen kannst du aber keine Damen aufreissen», sagte Cem. «Schon gut, ruh dich aus. Machen wir es uns gemütlich. Lila weiss, wo wir sind, mehr oder weniger, sie wird uns finden.» Cem deckte Marius mit Heu zu und legte sich neben ihn. Was blieb ihm auch anderes übrig. Es war schweinekalt. «Wir kennen uns kaum – und schon kuscheln wir uns im Heu aneinander. Toll. Das bleibt aber unter uns. Lila ist nämlich ein eifersüchtiges Mädchen.» Cem starrte an die schwarze Decke des Holzschuppens. «Jetzt, da du endlich die Klappe hältst, könnte ich dir was über mich erzählen.» Cem kontrollierte Marius' Puls an dessen Handgelenk. Das Herz raste nicht mehr ganz so schnell. Ein gutes Zeichen? «Weisst du, dass ich gelernter Koch bin? Meine Eltern hatten ein Restaurant in Zürich. Das ‹Arkadas›. Nach dem Tod meines Vaters habe ich es übernommen. Dann ging ich zur Polizeischule und habe das Restaurant meiner Cousine und ihrem Mann Emre anvertraut. Nahm kein gutes Ende. Tragische Geschichte. Türkisches Melodrama. Handelt von Liebe und Sünde. Am Ende gab es Tote.» Cem schwieg einen Moment, als die Ereignisse vom Januar wieder Kopfkino spielten. «Etwas

Gutes hatte das Drama. Ich hab Lila kennengelernt. Sie ist echt unglaublich, weisst du? Sie hat viel durchgemacht im Leben. Und was tut sie letzten Sommer? Sie rettet drei Mädchen aus den Fängen von Menschenhändlern. Einfach so. Und dann bringt sie die armen Dinger auch noch zu mir in die Wohnung. Das war ein Chaos, kann ich dir sagen. Lila hat das Herz eines Löwen.» Cem stützte sich auf seine Ellbogen. «Hey, warum hast du eigentlich keine Freundin? Die Frauen müssten doch regelrecht auf dich fliegen. Du bist gross, siehst ganz gut aus, bist ein Held, der sich für die unterdrückte Bevölkerung in Kriegsgebieten einsetzt … Was stimmt nicht mit dir? Sag jetzt nicht, du bist schwul. Okay, es ist schon verdächtig, wie wir uns da im Heu so aneinanderkuscheln, aber hey, ich bin ein Türke und den Frauen verfallen. Und meine Mutter würde –»

«Klappe.» Marius hustete und würgte offenbar trockenen Schleim die Kehle hinunter. «Du laberst Scheisse.»

«Hast du mir zugehört?» Cem setzte sich auf. «Alles okay?»

«Ich bin nicht taub und definitiv nicht schwul. Und deinen Lebenslauf kenne ich auswendig.» Marius versuchte, sich aufzusetzen. Es gelang ihm nicht. Er liess sich wieder ins Heu zurückfallen. «Aber ich muss dir zustimmen.»

«Ach ja? Und womit?» Cem zog Marius an den Schultern hoch. «Ein Baby sitzt besser auf seinem Hintern als du.»

«Das bekommt auch nicht von einer Hexe eine Spritze verabreicht. Sie hat mich hergelockt. Ihr Pferd stand draussen angebunden. Ich bin rein. Da hat sie mir die Spritze in den Oberarm gerammt.»

«Hast du sie gesehen?»

«Nicht wirklich. Es war zu dunkel. Sie hatte rote lange Haare. Dann bin ich zusammengesackt. Sie muss mir ein Muskelrelaxans verabreicht haben. Ich war wach, konnte alles sehen und hören, aber mich nicht bewegen. Sie hat mich in dem Heu verbuddelt und ist gegangen. Und? Wann kommen wir hier raus?»

«Keine Ahnung. Wir müssen auf Lila hoffen. Mein iPhone hat keine Batterie mehr.»

«Idiot.»

«Selbst. Wegen dir sind wir überhaupt hier.»
«Mein Plan hat funktioniert.»
«Das sehe ich. Kann ich dich jetzt loslassen, oder fällst du gleich wieder hin?»
«Ich hab mich wieder im Griff. Danke, Schwester Cem.»
Cem lachte und nahm seine Hand von Marius' Schulter. Der wackelte zwar noch etwas, blieb aber sitzen. «Womit habe ich eigentlich recht?», fragte Cem.
«Na, mit Lila. Sie ist toll.»
«Finger weg von ihr.»
Marius knetete seine Hände. «Die stellen keinen Unfug an, sind zu Eisklumpen gefroren. Wie spät ist es?»
«Hast du noch eine Verabredung, oder was? Es ist bereits dunkel, ich schätze, so etwa kurz nach sechs.»
«Wann holt uns Lila hier raus?»
«Keine Ahnung. Kann noch ein paar Stunden dauern.»
«Du hast nicht zufällig was zu essen dabei?», fragte Marius. «Oder Wasser?»
«Deine Sorgen möchte ich haben.»
«Mann, ich habe seit gestern Abend nichts mehr gegessen.»
«Selbst schuld.»

***

Lila tigerte in Cems Wohnung auf und ab. T-Bone folgte ihr auf Schritt und Tritt. Er fühlte ihre Angst. Selbst die Meerschweinchen stiessen zwischendurch warnende Pfiffe aus. Etwas stimmte nicht.

Eine weitere Runde durchs Wohnzimmer. Ein weiterer Griff zum Telefon. Weder Cem noch Marius antworteten. «Merde!» Lila schaute auf die digitale Uhr der Stereoanlage. Es war bald elf.

In der Küche warf sie einen Blick durchs Fenster. Die Luzerner Altstadt schlief. Es war eine eisige, dunkle Nacht. Sternenklar. An der Glasscheibe hatten sich Frostblumen gebildet. Cem und Marius müssten längst zurück sein. Es gab nur eine Erklärung, weshalb sie sich nicht meldeten: die Hexe! Etwas musste passiert sein, da oben im Meggerwald. Aber wo? Lila konnte unmöglich den ganzen Wald nach ihnen absuchen.

Sie ging zurück ins Wohnzimmer und griff erneut nach dem Telefon. Sollte sie Barbara anrufen? Aber wenn Cem und Marius bloss in einer Beiz abhingen, gäbe das ganz schön Ärger. Sie steckte das Telefon wieder weg.

T-Bone winselte und scharrte mit der Pfote auf dem Boden. Er musste raus.

Raus.

Lila ging ins Schlafzimmer, suchte im Schrank nach Cems wärmstem Pulli und zog ihn an. Dann schlüpfte sie in ihre Winterstiefel, zog sich Daunenjacke, Kappe und Handschuhe über und nahm T-Bones Leine. «Die Hexe kann mir den Buckel runterrutschen. Wir gehen in den Wald.» Lila schnappte sich Cems Schal und verliess die Wohnung.

In Adligenswil bog sie rechts ab und nahm die Landstrasse nach Udligenswil. Gut, dass sie Cems Alfa hatte. Sie fuhr durch die Winterlandschaft. Hier oben lag bedeutend mehr Schnee als unten in Luzern. Die Strasse war eisig, und sie musste die Kurven vorsichtig nehmen. Sie fuhr kaum dreissig und suchte die Gegend nach einem Anzeichen von Cem ab. Wo lag noch gleich das Schützenhaus?

Vor ihr tauchte rechts eine kleine Hütte auf. Ein Schiessstand.

Und da waren zwei Wagen parkiert. Der eine musste Marius' Audi sein. Der andere war definitiv Cems Dienstwagen.

Sie waren hier. Irgendwo.

Lila fuhr auf den Parkplatz.

Hatte Cem nicht von einem Teich gesprochen? Mist! Hätte sie ihr Handy dabei, könnte sie die Landkarte aufrufen. Aber so? In welcher Richtung lag hier ein Weiher? Sie stieg aus und holte T-Bone vom Rücksitz.

«Cem! Marius!» Ihre Rufe verloren sich in der Einsamkeit. Eine Wolke schob sich vor den Mond. Ein Kauz rief.

Unheimlich. Das hier war heute Nacht Hexengebiet.

T-Bone steckte seine Nase in die Höhe und schnüffelte. Ein Knurren fuhr aus seiner Kehle.

Lila zog an seinem Halsband. «Mach du mir nicht noch mehr Schiss. Mon Dieu! Wo sind die Jungs bloss?» Sie holte Cems Schal und eine Taschenlampe vom Rücksitz und hielt T-Bone den Schal vor die Nase. «Ich weiss, du bist ein verwöhnter Schosshund, der nie etwas gelernt hat. T-Bone, bitte, nur dieses eine Mal, such Cem. Finde ihn.»

Der Hund schnüffelte an Cems Schal und setzte sich hin. Er stellte die Ohren auf und starrte Lila an.

«Such! Such Cem. Na los.»

T-Bone winselte, schüttelte den Kopf, bis Sabber in alle Richtungen spritzte und leckte sich dann genüsslich die Lefzen ab.

«Du bist unmöglich!»

Plötzlich schoss T-Bone auf und stürmte los. Lila hatte Mühe, ihn an der Leine zu halten. Der Hund steuerte auf den bewaldeten Hang zu.

Cem hämmerte und klopfte gegen die Bretterwand. Er schwitzte trotz der Kälte. Seine Hände mussten bereits bluten, und bestimmt steckten Dutzende Holzsplitter in seiner Haut. Aber es half alles nichts. Keine Rettung. Und die brauchte er. Dringend.

Er kniete sich wieder neben Marius. Der lag zitternd und hustend im Heu. Er hatte Fieber und schwitzte stark. Das war nicht gut. Es war stündlich schlimmer geworden. Er hatte Durst und pinkelte ständig an die Bretterwand. Einmal hatte er sich übergeben, und er klagte über Bauchschmerzen. Sein Körper musste mittlerweile ausgetrocknet sein. Keine Ahnung, was ihm fehlte. Die Hexe musste ihn vergiftet haben. Lange würde Marius nicht mehr durchhalten. Cem hatte bereits seine Jacke über ihn gelegt. Es half kaum. Marius' Puls war unregelmässig. Er sprach kein Wort mehr und dämmerte immer wieder weg. Er stand kurz vor einem Kollaps.

Scheisse! Cem hatte diese Hexe unterschätzt. Sie war böse und fähig zu morden, wenn es sein musste.

Ein Geräusch liess ihn aufhorchen. War das ein Hund, der

da bellte? Wenn jetzt auch noch der Türst mit seinem Gefolge das Wagenmoos stürmte, dann gab er auf. Er ging zur Tür und hämmerte dagegen. «Hey! Hier sind wir! Wir brauchen Hilfe! Ist da jemand?»

Lila musste rennen, so heftig zog T-Bone an der Leine. Mit ihrer kleinen Taschenlampe konnte sie höchstens einige Meter vor sich ausleuchten, um wenigstens den gröbsten Baumwurzeln auszuweichen. Das war kein Wanderweg, das war eine Rutschpartie den bewaldeten Hang hoch.

Der Hund bellte.

«T-Bone, mach mal langsam, du unerzogener Kerl.» Sie waren aus dem Wald auf eine Lichtung hinausgetreten. Da lag der Weiher vor Lila. Hier musste sie richtig sein. Sie zog heftig an der Leine und brachte T-Bone zum Stehen. Sie horchte in die Nacht hinein. Alles still. Schon wollte sie wieder weitergehen, als sie ein dumpfes Poltern hörte. Und eine Stimme. Da rief jemand.

Nicht jemand.

«Cem!»

Lila musste nicht auf eine Antwort warten. T-Bone kannte den Weg. Er steuerte direkt auf eine kleine Holzhütte zu.

«Cem! Bist du da drin?» Sie blieb vor der Tür des Schuppens stehen. Ein dicker Balken verriegelte sie. Sie schob ihn beiseite und riss die Tür auf.

Cem sprang heraus und nahm sie in seine Arme. Er war eiskalt, trug nur einen Pulli. «Lila. Allah sei Dank.»

«Was ist passiert? Bist du okay? Wo ist Marius?»

Cem nahm ihr die Taschenlampe ab und führte sie zu dem Heuhaufen. «Mon Dieu! Was hat er?» Sie liess sich sofort neben ihn fallen. Cems Jacke lag auf ihm, aber Marius zitterte heftig. Er war leichenblass. Seine Augen waren geschlossen. Lila legte die Hand auf seine Stirn. «Er hat Fieber.»

Cem kniete sich neben sie. «Die Sträggele hat ihm eine Spritze verpasst und uns beide eingeschlossen. Dann erholte sich Marius, es ging ihm besser. Vor zwei Stunden musste er sich übergeben, und seither geht's bergab. Eine Vergiftung?»

Lila schaute Cem an. «Dir geht es gut? Keine Symptome?»
«Nein.»
«Warum hast du nicht angerufen?»
«Keine Batterie. Hast du ein Handy dabei?»
«Welches? Marius hat meines mitgenommen.»
«Scheisse! Er braucht Hilfe.»
«Hat er nichts gesagt? Wie er sich fühlt, warum ihm nicht gut ist?»
«Nein. Er hat nur dumme Sprüche gerissen. Wollte was zu essen, hatte Durst. Aber wir haben kein Wasser. Und ständig musste er pinkeln.»
«Er hat Fieber, ist ausgetrocknet. So schnell wütet keine Grippe, es sei denn … Cem, hol sofort Wasser. Ich habe bei der Jagdhütte einen Brunnen gesehen.»
«Du weisst, was ihm fehlt?»
«Vielleicht. Er könnte Diabetiker sein. Er braucht Flüssigkeit. Er ist komplett dehydriert und überzuckert. Und wir brauchen sofort den Notarzt.»
Diabetiker? Weshalb hatte Marius nichts gesagt? Cem rannte zu dem Brunnen. Das Wasser tröpfelte nur schwach aus dem Rohr. Vermutlich war es vereist. Er zog zwei Latexhandschuhe aus seiner Jeanstasche und füllte diese mit Wasser. Es dauerte eine Ewigkeit.
Als er zurückkam, hatte Lila Marius' Kopf in ihren Schoss gebettet. Cem reichte ihr einen gefüllten Latexhandschuh. Sie biss unten beim Zeigefinger ein kleines Loch hinein und flösste Marius das Wasser ein. Er nuckelte sofort daran wie ein kleines Kind an seinem Schoppen.
«Damit dürfte es ihm etwas besser gehen», sagte Lila. «Aber nicht für lange. Ich bleibe mit T-Bone hier. Hol du Hilfe.»
«Sicher? Die Hexe könnte noch –»
«Cem! Es geht hier um Leben und Tod. Und sollte die Sträggele auftauchen, werde ich ihr höchstpersönlich Feuer unter dem Arsch machen!»
Cem beugte sich zu ihr hinunter und drückte ihr einen Kuss auf die Lippen. «Du bist unglaublich, weisst du das?»

«Je sais. Und jetzt lauf.»

Kaum war Cem weg, kroch Angst durch Lilas Glieder. Marius lag halb tot in ihren Armen. Lila rechnete aus, dass es mindestens zwanzig Minuten dauern würde, bis die Ambulanz hier sein konnte. Zwanzig Minuten alleine im Wald mit der Hexe und einem kranken Marius. Wenn das mal gut ging. Sie gab Marius auch das Wasser aus dem zweiten Handschuh zu trinken. Er öffnete die Augen und starrte sie an, während er trank.

Sie rief T-Bone zu sich und befahl ihm, sich neben Marius zu legen. Sie musste ihn warm halten. Sie zog ihm ihre Wollmütze über und schmiegte sich, nachdem er fertig getrunken hatte, selbst eng an ihn. Ein seltsames Gefühl, neben einem anderen Mann zu liegen. Seit sie Cem kannte, hatte sie nie mehr einen Gedanken an einen anderen verschwendet. Bis sie gestern Morgen Marius kennengelernt hatte. Er war Cem sehr ähnlich. Und doch war etwas anders an ihm, Lila wusste nur nicht, was es war.

Sie nahm seine Wangen zwischen ihre Hände. Cem hatte die Taschenlampe mitgenommen, Lila konnte kaum Marius' Gesicht erkennen. «Die Zeit zum Schweigen ist noch nicht gekommen, bleib bei mir, ja?»

T-Bone winselte leise.

Lila fühlte, wie Marius seinen Kieferknochen bewegte. «Lila?»

Sie atmete erleichtert durch und kämpfte die Tränen zurück. «Was machst du denn für Sachen? Man lässt sich von einer Hexe doch keine Spritze verpassen.»

«Wo ist Cem?», fragte Marius mit schwacher Stimme.

«Holt den Doktor mit der Insulinspritze.»

«Du … kennst mein Geheimnis?»

«Hatte ich mit meiner Vermutung also recht. Warum machst du auch so eine Sache darum?»

«Weil ich ein Krüppel bin.» Marius versuchte, sich aufzusetzen.

Lila drückte ihn ins Heu zurück. T-Bone schob winselnd seinen Kopf unter Marius' Hand. «Quatsch. Nur weil du deine Insulinspritzen brauchst, bist du doch kein Krüppel.» Lila strich ihm über die Stirn. «Morgen bist du wieder topfit, wirst schon sehen.»

«Niemand weiss davon», sagte Marius. «Nur mein Arzt und die Apothekerin.» Marius zitterte heftig.

«Ganz ruhig.» Lila legte sich enger an ihn und bettete ihren Kopf auf seine Schulter. «Du schämst dich, weil du eine Krankheit hast?»

«Was denkst du, weshalb ich nicht mehr in die Kriegsgebiete reisen kann? Das ist die traurige Wahrheit.»

Für einige Minuten blieb es still. «Ich kenne auch eine traurige Geschichte», sagte Lila. «Und die ist nicht sehr alt. Willst du etwas über mich erfahren?» Sie fühlte, wie er den Arm um sie legte. Das machte Mut. «Letzten Sommer war ich bei Cem. Jemand hatte ihm eine DVD in den Briefkasten gesteckt. Wir haben sie uns zusammen angesehen.» Lila schwieg einen Moment. Es tat so weh. Sie fühlte, wie Marius' fiebrige Finger über ihr Haar strichen. «Ich war zu sehen auf der DVD, wie ich einen fetten, hässlichen Freier …»

«Lila.»

«Der Moment war schlimmer als alles, was ich je erlebt habe. Der schmutzige Film war schon ein paar Jahre alt. Und ja, Cem kannte meine Vergangenheit. Aber an jenem Abend sah ich die grenzenlose Enttäuschung in seinen Augen. Den Ekel. Die Abscheu.»

Lange war es still.

Marius' Finger wanderten zu ihrem Gesicht und strichen ihr die Tränen von den Wangen. «Das ist vorbei. Das war dein altes Leben. Du kannst es hinter dir lassen. Meine Krankheit werde ich bis zu meinem Tod mit mir tragen.»

Jetzt wusste Lila, was sie mit Marius verband. Sie waren beide von einem Schicksalsschlag gezeichnet, der wie eine Wolke einen Schatten auf ihr Leben warf. Eine Wolke, die sich nie verziehen würde. Marius hatte seine Krankheit, sie ihre Vergangenheit als Prostituierte. Und das war es auch, was sie beide von Cem unterschied. Cem lebte in der Sonne unter blauem Himmel.

FÜNFZEHN

«Heute Morgen hatte ich einen weiteren Termin für eine Wohnungsbesichtigung kurzfristig abgesagt.»

Barbara drehte sich der ohnehin schon angeschlagene Magen um, als Susanne Oggenfuss in ihr Büro platzte. Konnte die nicht bis Montag warten? Barbara würgte bittere Galle hinunter und lächelte. «Kaffee?»

Oggenfuss starrte auf die rote Kaffeemaschine auf Barbaras Tisch. «So eine will ich auch. Gehört die hier zur üblichen Büroausstattung?»

«Ein Geschenk von meinem Team», sagte Barbara und warf eine Kapsel in die Maschine.

Oggenfuss zog einen Stuhl an die Seite des Tisches, setzte sich und steckte ihre runde Hornbrille auf den Scheitel. «Haben Sie die Medienberichte gelesen?», fragte sie.

Barbara drehte den Monitor in Oggenfuss' Richtung. Online News. Bilder von Marius auf dem Schimmel. Aufgenommen mit einem Teleobjektiv. Marius war kaum zu erkennen, aber die Überschrift war klar genug:

Der Türst jagt die Sträggele.

Das nächste Foto zeigte den Schuppen im Wagenmoos. Eine gute Aufnahme. Düstere Abendstimmung, Nebelschwaden. Die Bildunterschrift:

Hier hielt die Sträggele den Türst und einen Ermittler der Luzerner Kriminalpolizei über Nacht gefangen.

«Die ganze Stadt macht sich über die Polizei lustig», sagte Oggenfuss.

«Cem hat uns nicht über Marius' Plan informiert», sagte Barbara und reichte Oggenfuss den Kaffee. «Er neigt zur Eigeninitiative.»

«Der Plan war gut», sagte Oggenfuss zu Barbaras Überraschung. «Ist nur leider in die Hose gegangen. Ich mag den türkischen Knaben. Er wagt etwas. Setzt sich ein. Zeigt Herz. Und hat Eier.»

Barbara stockte kurz der Atem. Wollte die Oggenfuss ihr Cem ausspannen?

«Wie gehen Sie in dem Fall weiter vor?», fragte Oggenfuss und liess Barbara keine Zeit, auf ihre Bemerkung über Cem zu reagieren.

Barbara stand auf und trat ans Fenster. Sie brauchte Abstand zur neuen Chefin. Noch bevor diese offiziell ihre Stelle antrat, bereute Barbara bereits, den Job nicht angenommen zu haben. Niemand konnte Wymann ersetzen, aber sie hätte ihn zumindest in Ehren halten können. Was hätte sie jetzt dafür gegeben, mit ihm über den Fall zu plaudern. Klar, sie hätte geplappert, und er hätte zugehört, schweigsam wie er war. Und in der Nacht wäre sie still und leise zu ihm gefahren. Kein Aufsehen, kein Tamtam. Nur sie und Rolf. Das war vorbei. «Es läuft bereits eine interne Untersuchung», sagte Barbara. «Jemand mit Insiderwissen muss der Presse Futter liefern.»

«Jemand von der Polizei», sagte Oggenfuss, «oder die Sträggele selbst.»

Barbara drehte sich zu ihr um. «Weshalb sollte sie das tun?»

Oggenfuss zog eine Akte aus ihrer Tasche. «Ich habe ein Profil der Sträggele erstellt. Gut, ich hatte etwas Hilfe von Dr. Waldvogel.»

«Sie kennen Dr. Waldvogel?»

«Ja. Nette Person.» Oggenfuss tippte mit ihren knochigen Fingern auf die Akte. «Diese Sträggele will uns etwas sagen. Sie will Aufmerksamkeit. Es sieht nach Rache aus, aber sie will mehr.»

«Mehr?» Barbara setzte sich wieder, zog die Akte zu sich und blätterte darin.

«Wir haben es mit einer Frau zwischen fünfundzwanzig und vierzig zu tun», sagte Oggenfuss. «Sie muss medizinische Kenntnisse haben. Sie lebt vermutlich ganz unauffällig. Ein Kindheitstrauma hat sich manifestiert. Es muss einen Auslöser gegeben haben. Eine Konfrontation mit ihrer Vergangenheit. Jetzt sprudelt alles zurück an die Oberfläche, und die Sträggele will Bestrafung. Sie hatte vermutlich Suchtprobleme, das lässt sich aus dem Engel im Männliturm schliessen. Die wirren Zeichnungen, die Schnapsflasche …»

«Mit meinem Lippenstiftabdruck darauf. Weshalb diese Flasche?»

Oggenfuss lehnte sich vor und sprach ganz leise. «Vielleicht kennen Sie die Sträggele. Vielleicht waren Sie der Auslöser? Schon darüber nachgedacht?»

Barbara schluckte leer. Der Gedanke war neu.

«Eben», sagte Oggenfuss und zog eine Zigarettenschachtel aus ihrer Tasche. «Sie sollten vorsichtig sein. Vielleicht sind Sie in Gefahr.»

«Quatsch. Christine Jakob war das Ziel. Erst hat die Sträggele sie betäubt und ihre Tochter entführt, und danach hat sie die arme Frau öffentlich als Wahnsinnige zur Schau gestellt. Ich glaube nicht, dass Christine Jakob diese Aktion von sich aus geplant hat. Sie wurde dazu gezwungen, mit welchen Methoden auch immer.»

«Da bin ich Ihrer Meinung», sagte Oggenfuss. «Christine ist die Verbindung zu der Sucht. Aber da gibt es mehr. Marie, zum Beispiel.»

«Der Engel im Zytturm?»

«Genau. Ich vermute, unsere Sträggele muss sexuelle Diskriminierung erlebt haben.»

«Und der Schlüssel dazu ist Karin Leu?»

Oggenfuss nickte. «Wir sollten sie nicht aus den Augen lassen.»

«Ich wollte ihr heute Morgen ohnehin einen Besuch abstatten», sagte Barbara. «Was ist mit den Wettsteins? Die Plüschtiere auf der Spreuerbrücke. Der tote Hund in der Wohnung.»

«Tierquälerei ist oft ein erstes Anzeichen einer psychischen Störung. Viele Serienkiller haben in ihrer Jugend mit dem Töten von Tieren angefangen.»

«Wir haben aber keinen Mord vorliegen», sagte Barbara.

«Kommt vielleicht noch.»

«Sprechen Sie von Helen Wettstein oder der Sträggele? Wer soll Tiere gequält haben und demnächst morden?»

«Das ist die Frage. Oft werden Opfer zu Tätern, ein gängiges Muster in der Kriminalpsychologie. Kinder werden missbraucht, später missbrauchen sie selbst Schwächere.»

«Und so wurde der Engel zur Hexe», sagte Barbara.

«Auf den Punkt gebracht. Die Kinderengel symbolisieren die Sträggele in ihrer eigenen Kindheit.»

In diesem Moment klopfte es an die offen stehende Tür. Lila räusperte sich. «Sie wollten mich sprechen?»

«Ja.» Barbara stand auf. «Kommen Sie rein. Das ist Frau Oggenfuss. Sie wird ab Neujahr Leib und Leben leiten.»

Lila trat energisch vor Oggenfuss und schüttelte ihr die Hand. «Schon von Ihnen gehört. Cem hat mir einen langen Einkaufszettel in die Hand gedrückt.»

«Gut», sagte Oggenfuss und musterte Lila aufmerksam. «Sie sind also die berühmte Lana Rot, alias Lilou, alias Lila. Auf Ihre Bekanntschaft war ich schon gespannt.»

«Oh, là, là, die neue Chefin macht Hausaufgaben», sagte Lila, ohne sich durch Oggenfuss' Direktheit aus dem Konzept bringen zu lassen. Sie griff nach einem Stuhl an der Wand, zog ihn an den Tisch und setzte sich.

Barbara entging nicht, dass sie Cems Winterpulli trug. Lilas schokobraunen Haare waren leicht zerzaust, und sie sah müde aus. Barbara machte ihr einen Kaffee, den brauchte sie sicher.

«Wie ich den Akten entnommen habe, haben Sie Cem bereits in so manchem Fall geholfen», sagte Oggenfuss. «Schon in Erwägung gezogen, für die Polizei zu arbeiten?»

Lila kopierte ihr Lächeln. «Die nehmen mich nicht. Ich bin eine Knastbraut. Grobe Körperverletzung. Das macht sich nicht gut in meinem Lebenslauf.»

«Habe davon gehört. Jetzt fahren Sie Lastwagen?» Oggenfuss zog ihre Brille auf die Nase und musterte Lila schonungslos. «Ein grosses Gerät für eine so zierliche Person.»

«Ich habe die Pferdestärken im Griff, keine Angst. Und ich drücke ja wieder die Schulbank, um endlich die Matura zu machen. Ich will Tierärztin werden wie mein Vater.»

«Das ist ja wunderbar», juchzte Oggenfuss übertrieben erfreut.

«Wir müssen nachher unbedingt aufs Dach eine rauchen. Ich lerne gerne interessante Menschen kennen.»

Barbara reichte Lila ihren Kaffee. Barbara hatte das Gefühl, dass ihr alles entglitt. War sie zum Kaffeekochen degradiert worden? Nur noch ein Schatten ihrer selbst. War mit Wymann auch ihre Selbstsicherheit gestorben? Unsicherheit war ein Gefühl, das Barbara bisher nicht kannte.

«Ich will mir das Rauchen abgewöhnen», sagte Lila. «Und ich bin hundemüde und muss ins Bett. Das war eine lange Nacht. Zudem ist T-Bone unten am Empfang und nagt an Rolands Stiefel, weil er noch nichts zu fressen bekommen hat.»

«Erzählen Sie mir, was gestern passiert ist», sagte Barbara und zog einen Notizblock heran, «dann können Sie gehen.»

«Ich habe Marius das Leben gerettet», sagte Lila und strahlte, «das ist passiert. Für einmal bin ich die Heldin und nicht der geschlagene Hund. Fühlt sich gut an.»

***

«Bis auf die lästige Erkältung wie neu geboren», sagte Marius und griff nach dem Käse auf dem Tablett. «Da schmeckt selbst Spitalfutter.»

«Gestern bist du fast abgekratzt.»

«Wäre nicht das erste Mal. Holländer sind zäh. Und Lila war eine Wucht. Das Mädchen hat Nerven.»

Cem boxte ihn in den Oberarm. «Hey, vergiss nicht, dass ich es war, der dich gefunden und über Stunden in dem Schuppen warm gehalten hat. Wegen dir kriege ich auch eine hässliche Erkältung.»

«Musstest du mit einem leeren iPhone ins Wagenmoos kommen?»

«Mach halblang. Ich hab den ganzen Tag gearbeitet und wusste nicht, dass ich am Abend noch eine Rettungsaktion im Meggerwald vor mir habe, sonst hätte ich das iPhone selbstverständlich aufgeladen. Und du? Was war mit deinen Handys?»

«Mann, als die Sträggele mich angerufen hat, verlangte sie,

dass ich meine beiden Handys gleich auf einen Baumstrunk lege, damit ich niemanden informieren kann. Dann sollte ich Blitz zurückbringen und eine Stunde später wieder im Wagenmoos sein. Sie wollte mich sprechen, hat sie gesagt. Ich habe mit ihr am Telefon geflirtet, aber sie hat mir die Story vom romantischen Liebeszauber in der Jagdhütte nicht so recht abgekauft.»

«Sie hat dich beobachtet», sagte Cem. «Und die Fotos von dir gemacht, die jetzt im Netz kursieren. Da gibt es kein Leck bei der Polizei. Die Hexe spielt mit uns.»

«Ich bin wie ein Idiot zu dir nach Hause gerast, um T-Bone abzugeben und Lilas Handy einzustecken.»

«Anfänger.»

«War deine Aktion besser? Warum hast du Barbara nicht informiert? Du hättest mich mit Blaulicht retten sollen, stattdessen kommst du mit einem leeren iPhone. Wenigstens eine Decke hättest du mitbringen können.»

«Und das Abendessen?»

«Mindestens. Mit Kerzenlicht.»

«Und Musik.»

«Und einer Flasche Château Latour für mich und einer Cola für dich.»

«Verrückter Kerl.»

«Bin ich», sagte Marius. «Cem, danke. Ich schulde dir echt was.»

«Ist schon gut.» Cem schnappte sich seine Jacke und die Schiebermütze, die auf dem Bett lagen. «Ich besuche noch kurz Christine Jakob und haue mich dann in die Pfanne. Ich schau am Abend nochmals rein.»

Im Korridor musste er sich erst orientieren. Wo lag Christine Jakob? Sein Handy meldete sich. Cem blickte aufs Display. Aygül. Cem runzelte die Stirn. Es war erst kurz nach acht Uhr an diesem Morgen. Und es waren Ferien. Seine türkische Familie zählte zu den Langschläfern. Er nahm den Anruf entgegen. «Cousinchen! So früh schon wach? Alles okay bei euch?»

«Nichts ist gut», sagte Aygül.

«Hast du dich mit meiner Mutter gestritten?», fragte er. Seit bald einem Jahr wohnte seine Mutter bei Aygül und den Kindern. Seit damals. Seit dem türkischen Melodrama. Eine schwierige Zeit. Aygül wartete noch auf den Gerichtstermin. Wenigstens durfte sie ihre Untersuchungshaft zu Hause unter Hausarrest absitzen.

«Deine Mutter ist wunderbar», sagte Aygül. «Aber den Kindern geht es nicht gut. Heute Morgen hat es an der Tür geklingelt. Niemand stand im Flur. Aber sie haben unsere Haustüre besprayt.»

«Wer?» Cem verstand nicht, wovon Aygül sprach.

«Das geht schon eine Weile so. Ein paar Kids aus der neuen Schule haben herausgefunden, dass Emre im Gefängnis sitzt. Jetzt hänseln sie meine Kinder deswegen. Bei Timur ist es am schlimmsten. Er wird gemobbt. Auch Elin leidet.»

Cem umklammerte sein iPhone, bis seine Knöchel weiss hervorstanden. Nicht schon wieder. Aygül und ihre Kinder hatten schon einmal die Wohnung und Schule gewechselt, um die Kids zu schützen. Und jetzt ging es von vorne los? «Was steht an deiner Tür?», fragte er.

«Mörderbrut», sagte Aygül. Sie schluchzte. «Ich kann es nicht abwaschen. Es geht nicht weg, Cem. Es geht nicht weg.»

Cem brauchte fünf Minuten, um Aygül zu beruhigen. Er versprach, sich etwas einfallen zu lassen. Aygül war eine starke Frau, aber ihre Kinder leiden zu sehen, ertrug sie nicht.

Nach dem Telefonat ging Cem nach draussen. Er brauchte dringend frische Luft, bevor er Christine Jakob besuchte. Noch eine Frau, die litt. Er lehnte sich neben der Drehtür des Hauptgebäudes an die Wand und unterdrückte ein Gähnen. Barbara hatte ihm bis am Nachmittag freigegeben. Er musste dringend ein paar Stunden Schlaf nachholen.

«Der Herr Kommissar?», fragte eine weibliche Stimme.

Cem blickte auf. Vor ihm stand eine Krankenschwester. «Oh, guten Morgen, Schwester … ähm …»

«Doris.» Sie reichte ihm die Hand. «Ich habe gehört, was passiert ist. Schlimm. Die arme Frau Jakob.»

«Arbeiten Sie nicht drüben im Kinderspital?», fragte Cem.

«Schon. Ich habe Schichtende und war noch kurz bei Frau Jakob. Erst die kleine Natascha und jetzt sie. Wer macht so was?»

«Wie geht es ihr?», fragte Cem. «Ich will mit ihr sprechen.»

«Sie sagt nichts, starrt nur vor sich hin. Das sind nicht die Medikamente oder die Drogen. Sie hat einen Schock.»

«Sagen Sie, hatten Sie eigentlich bei allen drei Mädchen Dienst? Kennen Sie alle unsere Engel?»

«Ja. Ich hatte diese Woche Nachtschicht.» Doris rieb sich die Wangen. «Und jetzt bin ich fix und fertig. Morgen habe ich endlich frei.»

«Sie arbeiten viele Stunden, was?» Cem betrachtete Doris genauer. Eine zierliche Person. Unauffällig. Freundlich.

«Zehn Stunden Nachtschicht», sagte sie. «Manchmal auch mehr, wie heute. Das geht ganz schön an die Substanz. Aber ich liebe meinen Job. Ein gutes Gefühl, wenn man Kindern helfen kann.»

«Kann ich verstehen. In welchem Zimmer liegt noch gleich Frau Jakob?»

Christine war wach. Sie sass in ihrem Bett und starrte geradeaus. Dunkle Ringe hatten sich unter ihren Augen gebildet. Sie hing am Tropf. Das Frühstückstablett stand unberührt neben ihr auf dem Nachttisch. Cem zog einen Stuhl heran und setzte sich. «Frau Jakob, wie geht es Ihnen?»

Entweder hörte sie ihn nicht, oder sie wollte nicht auf seine Stimme reagieren. Cem versuchte noch ein paarmal, ihre Aufmerksamkeit zu gewinnen. Erfolglos. Alle seine Worte versanken in ihrem lethargischen Blick.

Dr. Fuchs trat ins Zimmer. Sie grüsste Cem kurz und kontrollierte dann die Vitalwerte von Christine. «Alles bestens», sagte sie zu ihr. «Sie erholen sich gut. Versuchen Sie, etwas zu essen.» Dr. Fuchs tätschelte ihre Hand, die keine Reaktion zeigte. «Nein? Gut. Ich schaue später wieder vorbei. Wir werden Sie jetzt in Ruhe lassen.» Sie warf Cem einen eindeutigen Blick zu.

Er nickte. Zeit zu gehen. Doch dann hielt er inne und drehte sich nochmals zu Christine um. «Natascha schwieg, weil sie sich um Elsa Sorgen machte. Wen soll ich für Sie in Sicherheit bringen, Frau Jakob?»

Christine hob abrupt den Kopf. Sie starrte Cem mit klarem Blick an. Kein Wahnsinn in den Augen, nur Angst. Reine, pure Angst. Dann blinzelte sie und starrte wieder nach vorne.

Cem hatte genug erfahren. Im Flur wandte er sich an Dr. Fuchs. «Was fehlt ihr?»

Dr. Fuchs verschränkte die Arme vor der Brust. «Medizinisch gesehen geht es ihr wieder gut. Die Drogen sind raus aus ihrem Körper. Sie ist noch etwas schwach durch den Blutverlust, und sie zeigt Symptome eines Schocks.»

«Angstzustände?»

«Ja. Menschen in Todesangst reagieren unterschiedlich. Die einen wachsen über sich hinaus, die andern kapseln sich in eine eigene Welt ein, um die Realität auszublenden.»

Cem bedankte sich und ging zum Lift. In diesem Moment piepste sein iPhone. Eine SMS. Lila wartete unten am Empfang auf ihn.

Eine Minute später hielt er sie in den Armen. «Hey, Süsse, wie war das Gespräch mit Barbara?»

«Cool. Ich habe ihr meine Geschichte erzählt. Das war's. Und ich habe deine neue Chefin kennengelernt. Ich musste mit ihr auf dem Dach eine rauchen. Mann, hat die Fragen gestellt! Die ist voll vernarrt in dich, Cem Cengiz. Muss ich mir Sorgen machen?»

«Wegen der Oggenfuss? Die ist über fünfzig. Ein kleiner lächelnder Giftzwerg. Nicht mein Typ.»

Lila kniff Cem in den Hintern. «Nicht zu sehr einschmeicheln bei dem alten Drachen, ja?»

Cem drückte ihr einen Kuss auf die Lippen. «Gehen wir heim und hauen uns in die Federn. Ich brauche Schlaf. Dringend. Um zwei muss ich wieder im Büro sein.»

«Ja, gleich. Ich wollte nur kurz Marius besuchen.»

«Dem Holländer geht es gut. War vorhin bei ihm.»

«Nur fünf Minuten», bettelte Lila und zog einen Schmollmund. «Ich will meinen Heldenstatus so richtig auskosten.»

Cem lachte. «Geh, du verrücktes Mädchen, und zeig dem Holländer, wer die Hosen anhat. Aber hey, nicht böse sein, wenn ich schon heimgehe und mich unter die Decke kuschle.»

«Ich werde ganz leise auf Zehenspitzen ins Schlafzimmer schleichen, versprochen.»

***

Thomas Leu räumte rasch ein paar Schuhe beiseite, die auf dem Boden im Flur herumlagen. «Verzeihen Sie die Unordnung. Was mit Marie passiert ist, hat uns total durcheinandergebracht.»

Barbara trat ein. «Ein schönes Haus haben Sie.»

«Danke. Setzen Sie sich doch ins Wohnzimmer. Ich sehe kurz nach den Kindern.»

«Ist Ihre Frau nicht zu Hause?»

«Ähm, nein», sagte Thomas. «Karin muss sich abreagieren. Sie ist ins Fitnessstudio gefahren.»

«Sie arbeitet auch dort, richtig?», fragte Barbara.

«Ja. Sie gibt dreimal die Woche eine Lektion. Body Pump und Power Aerobic.»

«Das wär was für mich. Man wird nicht jünger. In welchem Studio ist sie?»

«Im Power GYM. Moment.» Thomas zog eine Schublade des Sideboards im Korridor auf und holte einen Flyer hervor. «Hier.»

Während Barbara im Wohnzimmer auf Thomas wartete, studierte sie den Flyer von Power GYM. Machte einen guten Eindruck. Sie sollte wirklich wieder mit Krafttraining anfangen. Seit Wymanns Tod hatte sie sich nicht mehr für Sport begeistern können. Die Folge waren Jeans, die zwickten. Früher, da trainierte sie mindestens viermal die Woche entweder im Fitnessstudio oder auf dem Bike. Sie steckte den Flyer in ihre Handtasche. Und stutzte. Nils Wettstein war doch auch so ein Fitnessfreak. Wäre es möglich, dass er und Karin im selben Studio trainierten? Sie musste das abklären, sobald sie zurück im Büro war.

«So», sagte Thomas, als er zurückkam. «Marie schläft, und Nikolas spielt mit seinen Murmeln. Worüber wollten Sie mit uns sprechen?» Er setzte sich Barbara gegenüber aufs Sofa und schaute sie an.

Ein gut aussehender Typ. Sein Blick war freundlich und direkt, die Spur Erotik in seinen Augen konnte er vor Barbara nicht verbergen. Hatte Thomas Leu gerade einen schlüpfrigen Gedanken, während seine Frau im Fitnessstudio schwitzte? Barbara fühlte, wie sich ihr Puls beschleunigte. «Haben Sie das von Frau Jakob gehört?»

«Das ist die Mutter des ersten Kindes, das entführt wurde, nicht? Ja. Schrecklich. Sie ist durchgedreht. Im Bahnhof. Es war ja überall in den Medien. Wie geht es ihr?»

«Sie erholt sich», sagte Barbara.

Thomas rutschte auf dem Polster nach vorne. «Stimmt es, dass Frau Jakob diese Sträggele ist? Hat sie Marie entführt?»

«Frau Jakob ist nicht die Sträggele.»

«Ach so.» Thomas schien wenig überrascht.

Oder täuschte sich Barbara? «Ich bin hier, weil ich Ihre Frau bitten wollte, auf sich aufzupassen.»

Thomas erstarrte. «Sie ist in Gefahr?»

«Es ist noch nicht vorbei, Herr Leu.»

***

Kevin stampfte über den Kiesweg. Er hatte genug. Den ganzen Morgen schon klapperte er die Höfe rund um Udligenswil ab. Eine schlaue Spur hatte er nicht. Er würde den Suchradius auf Adligenswil und Meggen ausweiten müssen. Das konnte Tage dauern. Einige Bauern waren nicht gerade gesprächig. Und da die Sträggele ihr Pferd schwarz angemalt hatte, was die Farbe an dem Baumstamm bewies, die Marius entdeckt hatte, war es fast unmöglich, den richtigen Gaul zu finden. Wohl hatte Kevin sich zuerst bei jenen Höfen umgesehen, die Marius gestern besucht hatte. Einer dieser Bauern muss die Sträggele auf Marius aufmerksam gemacht haben. Doch das waren allesamt Sturköpfe, einem Städter wie Kevin gegenüber misstrauisch. Die hielten dicht.

Kevin beschloss, zurück ins Wagenmoos zu fahren. Vor sich sah er jetzt den Holzschuppen, in welchem Cem und Marius letzte Nacht logiert hatten. Die Spusi war noch vor Ort und suchte nach Hinweisen. Metzger unterhielt sich gerade mit einem älteren Herrn mit Vollbart. Kevin trat zu ihnen.

Metzger klärte seine Stimmbänder. «Ähm, das ist Herr Bolliger. Er ist im Vorstand der Jagdgesellschaft Udligenswil.»

Kevin schüttelte ihm die Hand.

«Schon unglaublich, oder?», sagte Herr Bolliger. «Jetzt treibt die Hexe schon in unserem schönen Wagenmoos ihr Unwesen. Sehen Sie!» Er zeigte zum Weiher. Eine nicht geringe Anzahl Spaziergänger lungerte um das Gewässer herum. «Seit in den Medien ist, was letzte Nacht hier passiert ist, wird das Wagenmoos regelrecht belagert. In einer Buche da hinten, da hat so ein Idiot bereits Hexensymbole in den Stamm geritzt. Und am Morgen traf ich auf drei Frauen, welche die guten Waldgeister gerufen haben. Dieses Gebiet steht unter Naturschutz. Wenn das so weitergeht, vertreiben diese Leute die hier lebenden Tiere. Ich habe heute noch keinen einzigen Graureiher gesehen.»

Kevin unterhielt sich noch ein paar Minuten mit Herrn Bolliger, aber er schien keine relevanten Informationen zu besitzen. Dann nahm er Metzger zur Seite. «Wie sieht es aus? Spuren?»

«Ja, ja. Vom Pferd. Hufabdrücke. Allerdings von etwa vier verschiedenen Pferden. Das hier ist beliebtes Reitgelände. Wir gehen dem nach. Fingerabdrücke am Schuppen haben wir keine. Das raue Holz ist kein idealer Untergrund dafür, und vermutlich hat die Sträggele Handschuhe getragen. War ja auch kalt, letzte Nacht.»

«Was ist mit den Zeichen im Baumstamm, von denen Herr Bolliger gesprochen hat?», fragte Kevin.

«Die sind von einem Jugendlichen. Wir haben ihn erwischt, als wir hier ankamen.»

«Also keine Zeichen oder Artefakte wie bei den Engeln?»

«Nein», sagte Metzger. «Ich verstehe nur nicht, warum sie die beiden eingesperrt hat.»

Kevin rieb sich die kalten Hände. «Da habe ich auch keinen blassen Schimmer. Sie hat Marius hergelockt, auf ihn war sie vorbereitet. Aber nicht auf Cem. Sie muss improvisiert haben. Aber ihr Motiv ist mir schleierhaft. Sie konnte ja nicht wissen, dass der Akku seines Handys leer war. Also rechnete sie kaum damit, dass die beiden fast die ganze Nacht hier draussen verbringen würden. Weshalb der Aufwand und das Risiko? Abschreckung? Eine Mahnung, sie ernst zu nehmen? Eine andere Erklärung habe ich nicht.»

SECHZEHN

Karin trug Winterstiefel und einen beinahe knöchellangen Wintermantel. Kalter Schweiss bedeckte ihre Haut, und sie zitterte, als sie die Tür der Jesuitenkirche öffnete. Sie brauchte eine Minute, ehe sie den Mut fand, in Gottes Haus einzutreten.

Karin trat über die Schwelle. Sofort wurde sie von der lauen Kirchenluft umhüllt. Es roch nach Weihrauch und Farbe. Karin blickte hoch zur monumentalen Decke, die frisch restauriert war. Die Engel über ihr starrten sie an.

Karins Hand schwebte über dem Becken mit dem Weihwasser. Den Mut, ihren Finger einzutauchen, fand sie nicht. Sie ballte ihre Hand zu einer Faust und zog sie zurück. Noch ein paar Schritte, dann gab es kein Zurück mehr, denn sie war nicht alleine. Etwa ein Dutzend Leute sassen vereinzelt auf den Holzbänken in stiller Andacht. In den Seitengängen betrachteten einige Touristen die Wandmalereien. Und vorne, ganz vorne sah Karin die grosse Gestalt von Pfarrer Schlumpf. Er erwartete sie. Er starrte nach vorne zu dem Jesus am Kreuz. Bald würde er sie anstarren. Sie, den gefallenen Engel.

Karin musste sich an der Holzbank festhalten, um nicht hinzufallen. Sie hyperventilierte. Es gab nur diesen einen Weg, den Hauptgang bis nach vorne zu Jesus. Sie hatte keine Wahl. Sie musste Busse tun. Karin konnte nicht zulassen, dass Thomas und die Kinder für eine Tat bestraft wurden, die sie in ihrer Jugend getan hatte. Nein, sie musste diesen Bussgang auf sich nehmen. Sünde!

Die Kirchenglocken schlugen zwölf Uhr.

Karin öffnete die Knöpfe ihres Wintermantels.

***

Lila stand am Brunnen vor der Apotheke. War das eine gute Idee? Kaum. Aber sie brauchte Gewissheit. Es schien, als setzte sich ein Puzzle vor ihr zusammen, ein Puzzle, dessen fertiges Bild sie nicht sehen wollte.

Die Fassade der Suidterschen Apotheke mit ihrem Erker, dem spitzen Turmdach darüber und dem Bogen in der Ecke schien direkt aus dem 17. Jahrhundert ins Luzern von heute katapultiert worden zu sein. Passte alles zu einer Hexe. Was hatte Marius blauäugig plaudern müssen? Irgendwie fand Lila den Zugang zu seiner traurigen Seele. Sie hatte den ganzen Morgen bei ihm am Bett gesessen. Anfangs hatte er geflirtet, dann kamen die dummen Sprüche und charmantes Machogehabe. Eine Stunde später wurde er feinfühliger, ernster. Nach zwei Stunden an seinem Bett öffnete er sich Lila. Seelenstriptease.

Seit dem Ausbruch seiner Krankheit hatte er alle menschlichen Beziehungen gekappt. Er konnte es nicht ertragen, der Schwache zu sein. Zu Anfang hatte er sich geweigert, seine Krankheit anzunehmen, war trotz Warnung der Ärzte in den Irak gereist. Dumm nur, hatte eine Bombe seinen Rucksack mit den Insulinvorräten zerstört. Eigentlich hatte er an diesem Tag einer Witwe und ihren drei Kindern zur Flucht verhelfen wollen. Stattdessen mussten die Kids ihn an den Füssen drei Kilometer über sandigen Boden ziehen, um ein Lazarett der UNO zu erreichen. Er wäre fast gestorben. Aber er hatte überlebt. Nicht so der älteste Sohn. Moussa. Auf dem Heimweg mit seinen Geschwistern wurde er von einem Granatsplitter getroffen. Niemand brachte ihn in ein Lazarett. Sein Leichnam endete in einem Massengrab. Marius hatte Lila das Tattoo gezeigt. Das Tattoo über seinem Herzen. Der Name des Jungen in arabischer Schrift stand dort sowie Geburts- und Todesdatum. Moussa sei zumindest auf einem Grabstein verewigt, sagte Marius, auf einem Grabstein aus Fleisch und Blut. Marius' Augen wurden feucht. Seit diesem Tag, sagte er, seit seiner Rückkehr aus dem Irak, habe er Luzern nie mehr verlassen. Das war vier Jahre her. Und die Einzige, die seine Geschichte kannte, war die Apothekerin. Sie hatte damals, als Marius zurückkam, im Luzerner Spital gearbeitet. Sie war sein Engel. Sie hatte ihm den Mut geschenkt, ein neues Leben zu beginnen. Es lief kurz etwas zwischen ihnen, aber Marius wollte keine feste Bindung. Konnte nicht.

Lila atmete tief durch. Sie tauchte ihre Hand ins eisige Wasser des Brunnens. Marius hatte nicht zu Ende gedacht. Er glaubte, das zwischen ihm und der Apothekerin sei Freundschaft. Lila kannte die Frauen besser. Es gab Engel, die konnten mit Abweisung nicht umgehen. Solche Engel wurden zu Hexen. War sie nicht selbst zu einer Hexe mutiert, als sie ihren Ex entmannt hatte? Der Arsch hatte ihr kleines Würmchen umgebracht. Sie fasste sich an den Bauch. Lila war noch nie ein Engel gewesen, aber an jenem Tag verlor sie den letzten Tropfen Unschuld in ihrem Blut.

Und die Apothekerin?

Sie hatte sich Marius' angenommen, ihn geliebt und wurde verstossen. Wollte sie Rache? War die ganze Engelsinszenierung nur eine Show für Marius?

Lila musste es herausfinden.

Sie musste mit Chantal sprechen.

***

Die Sträggele hatte ihr Versteck gut gewählt. Sie kannte sich in Kirchen aus. Niemand würde hinter den Vorhang blicken. Nicht jetzt.

Karin Leu stand im Hauptgang bei der hintersten Bankreihe. Sie blickte hoch. Schien dem Klang der Glocken zu lauschen.

Acht – neun – zehn.

Die Sträggele hielt bereits die Kamera ihres Handys auf Karin gerichtet. Ein kurzer Film nur, aber er würde sich in den sozialen Netzwerken verbreiten wie das Höllenfeuer. Endlich. Genugtuung. Gerechtigkeit.

Elf – zwölf.

Die Kamera lief, zoomte auf Karin.

Karin zog den Wintermantel aus und legte ihn auf die Holzbank.

Sie trug Winterstiefel.

Nur Winterstiefel.

Die Sträggele zoomte näher. Sie war nicht zu übersehen, die Schrift in roter Farbe auf Karins nacktem Oberkörper.

Ein leiser Schrei lenkte die Aufmerksamkeit auf eine alte Dame, die sich erhoben hatte, um die Kirche zu verlassen. Sie starrte auf die entblösste Karin.

Ein Blitzlicht erhellte die Kirche. Einer der Touristen an der Seite schoss ein Bild.

Karin torkelte mit gesenktem Kopf den Gang entlang nach vorne. Sie war kreidebleich und zitterte.

Die Sträggele hielt den Fokus auf sie gerichtet, als Karin an den ersten Kirchengängern vorbeiging. Eine Frau bekreuzigte sich. Karin war schon fast vorne beim Altar. Die Sträggele hielt die Kamera auf Pfarrer Schlumpf gerichtet. Mit offenem Mund starrte er Karin an, wie sie splitternackt an ihm vorbei zum Altar schritt. Dort drehte sie sich um und blieb einfach stehen.

Die Sträggele zoomte auf die Zeilen auf Karins Brust. Mit Lippenstift in der Farbe Rouge Feu stand dort geschrieben:

Ich bin Gottes Hure.
Ich bin schuld.
Ich bin die Sträggele von Luzern.

***

Der Anruf riss Cem aus dem Schlaf. Benommen griff er nach seinem Handy.

«Komm sofort ins Büro», sagte Barbara.

«Es ist erst kurz nach zwölf. Gönn mir noch die eine Stunde Schlaf.» Er wälzte sich im Bett herum und griff mit der freien Hand ins leere Kopfkissen neben sich. Lila war nicht da! Sofort setzte er sich auf. «Ist etwas mit Lila?»

«Lila? Nein, warum?» Barbara zögerte einen Moment. «Nein. Es geht um Karin Leu. Sie hat in der Jesuitenkirche einen Striptease hingelegt. Geh ins Internet. Der Film wurde bereits in den ersten Minuten tausendfach geteilt.»

Cem stellte auf Lautsprecher um und suchte auf seinem Handy im Netz nach dem brisanten Filmchen. «Weshalb tut sie das? Hat man sie vernommen?»

«Der Arzt musste sie ruhigstellen», sagte Barbara. «Sie ist total neben der Spur.»

«Warte kurz», sagte Cem. Er hatte den Film gefunden und schaute sich die Bilder an. «Wow. Das gibt es doch nicht. In der Jesuitenkirche?»

«Ja. Ich fahre nachher gleich ins Spital. Kevin wartet auf dich im Büro. Ich brauche eure kreativen Köpfe. Ich will die Hexe hinter Gitter, bevor mir die Oggenfuss im neuen Jahr das Leben zur Hölle macht.»

«Alles klar.» Cem legte auf und wollte Lilas Nummer wählen, bis ihm einfiel, dass er ihr Handy ja in dem Schuppen im Wagenmoos zertrampelt hatte. Wo steckte sie bloss? Er rief das Luzerner Spital an und liess sich mit Marius verbinden. «Hey, Alter, ist Lila noch bei dir?»

«Sie ist vor zwei Stunden gegangen», sagte Marius.

«Was habt ihr den ganzen Morgen getrieben?», fragte Cem irritiert.

«Nur gequatscht.»

«Darüber sprechen wir später. Hat sie gesagt, wo sie hinwollte?»

«Na, zu dir.»

«Hier ist sie aber nie angekommen.»

***

Thomas Leu würde bald einen Glatzkopf haben, wenn er weiter so an seinen Haaren zog. Es hatte etwas Zwanghaftes an sich.

«Beruhigen Sie sich», sagte Barbara. «Ihrer Frau geht es gut. Sie ist nicht verletzt.»

«Nein? Sie ist geistesgestört!» Thomas schrie beinahe. «Sie läuft nackt durch eine Kirche, mit diesem … diesem schrecklichen Spruch auf ihrem Oberkörper.»

Gleich würde Barbara Frau Dr. Fuchs holen, damit sie Thomas Leu auch eine Beruhigungsspritze verpassen konnte.

Barbara hatte vorhin versucht, mit Karin zu reden. Keine Chance. Sie lag völlig weggetreten im Zimmer gleich neben dem von Christine Jakob. Waren beide dem Wahnsinn verfallen? Es schien so. Barbara musste wieder an das Buch denken, von dem Marius erzählt hatte: «Der Hexenhammer». Heute fanden die Menschen Beruhigung in der Wissenschaft, die viele Phänomene erklären konnte. Damals gab es nur den «Hexenhammer». Der war auch Wissenschaft – zu jener Zeit zumindest.

«Dann gehe ich mal», sagte Fredy.

Er hatte Karin Leu mit der Ambulanz hergebracht und darauf bestanden, noch mal nach ihr zu sehen. Barbara hatte ein paar Minuten mit ihm geplaudert. Guter Typ.

«Sagen Sie, wenn ich etwas tun kann. Der Fall geht auch mir nahe.»

«Sicher», sagte Barbara.

Von Thomas kam kein Wort. Er war in seiner eigenen Welt eingekapselt.

Pfarrer Schlumpf kam mit Becherkaffee zurück. Barbara hatte noch nicht ihren Frieden mit Schlumpf geschlossen, aber da musste sie jetzt durch. Dankend nahm sie ihm einen Kaffee ab.

«Neuigkeiten?», fragte Schlumpf.

«Dr. Fuchs und ein Psychiater sind noch bei ihr.» Barbara hatte vorhin schon mit Pfarrer Schlumpf unter vier Augen gesprochen. Sie hatte sich drei Mal seine Version von Karin Leus Auftritt in der Kirche erzählen lassen. Anscheinend hatte sie ihn am Morgen angerufen und wollte ihn dringend um zwölf Uhr in der Kirche treffen. Den Grund hatte sie nicht genannt. Barbara wusste, dass Schlumpf mehr über die Leus wusste, als er preisgab. Aber er berief sich auf das Beichtgeheimnis.

Thomas liess so etwas wie einen jämmerlichen Schluchzer fallen, und Schlumpf legte seinen langen Arm auf dessen Schulter. «Sagen Sie es der Polizei. Sie dürfen nicht länger schweigen.»

Barbara horchte auf. War Schlumpf doch kein böser Inquisitor? Konnte er ihr mit den Leus helfen?

Thomas zögerte, nickte dann aber und setzte sich auf einen Stuhl im Flur. Barbara nahm neben ihm Platz.

Er begann zu erzählen: «In der Nacht, in der Marie entführt wurde … Wir haben nicht die Wahrheit gesagt. Es gab einen Grund, weshalb wir das Haus verlassen haben.» Er langte in seine Jackentasche und zog einen arg zerknüllten Umschlag heraus. Er war dick. «Das haben wir an diesem Abend erhalten», sagte Thomas. «Es hat an der Tür geklopft. Doch da war niemand. Nur dieser Umschlag lag am Boden. Da sind Fotos drin. Bilder, die niemand sehen darf. Und ein Brief. Er ist von ihr.»

«Von der Sträggele?», fragte Barbara ungläubig und zog ein paar Latexhandschuhe aus ihrer Jackentasche. «Und das sagen Sie uns erst jetzt?» Sie nahm den Umschlag, öffnete ihn und zog den Inhalt heraus. Zuerst starrte sie auf die Bilder.

Dio mio! Ihr wurde einiges klar.

Vorsichtig faltete Barbara an den Ecken den Brief auf. Viel stand nicht drin. Die vier Sätze waren mit roter Farbe geschrieben, von Hand:

Ich weiss alles über dich.
Die Zeit der Strafe ist nah.
Nicht länger leidet die Unschuldige.
Schau doch mal in der Garage nach.

«Sie gingen zusammen in die Garage?», fragte Barbara.

«Ja. Und gaben der Hexe dabei die Gelegenheit, Marie zu entführen», sagte er.

Barbara wusste, dass in dem Terrassenhaus die Gemeinschaftsgarage unterirdisch lag. Das hatte der Sträggele genug Zeit verschafft, das Mädchen zu holen. «Was fanden Sie in der Garage?», fragte Barbara.

«Eine Puppe», sagte Thomas. «Eine nackte Barbiepuppe mit kurz geschnittenen Haaren.»

Barbara begriff sofort, dass diese Puppe Karin darstellte. «Das war alles?»

«Nein. Die Puppe lag am Boden, hinter dem Wagen. Umringt von neun weiteren Barbies und zwölf Kens, aber die waren alle angezogen.»

«Wo sind die Puppen jetzt?», fragte Barbara.

«Ich habe sie entsorgt.»

Barbara unterdrückte ein wütendes Schnauben. Was waren manche Menschen blöd! «Da hätten wichtige Spuren darauf sein können.»

«Verstehen Sie denn nicht?» Herr Leu schrie beinahe. «Ich arbeite auf einer Bank. Meine Kunden vertrauen mir. Was, wenn diese Bilder in die falschen Hände geraten? Wenn meine Arbeitskollegen und Kunden sie zu sehen bekommen? Oder wenn sie in Nikolas' Schule auftauchen? Oder bei unseren Eltern und Freunden? Das wäre das Ende.»

«Na, na, nicht gleich so dramatisch.» Barbara konnte ihn ja verstehen. Aber sie lebten nicht mehr im Mittelalter. Nochmals sah sie sich einige der Fotos an. Die Qualität war verblüffend gut. «Wo ist der Club?», fragte sie.

«In Deutschland, gleich nach der Grenze. Wir gehen einmal im Monat hin.»

Auf den Fotos herrschte ein heilloses Durcheinander von nackten Körperteilen. Gruppensex vom Feinsten. Obwohl alle Augenmasken trugen, erkannte Barbara sofort das Tattoo an Karins Oberarm. Es war auch auf dem Video in der Kirche gut zu sehen gewesen.

Die Leus waren ein Swinger-Pärchen.

«Hat sie danach etwas gefordert?», fragte Barbara. «Sie erpresst? Kontakt aufgenommen?»

«Nein», sagte Thomas. «Nicht mit mir. Sie musste Karin gedroht haben. Meine Frau zieht sich doch nicht einfach so in der Kirche aus.»

Ein guter Einfall. Was, wenn die Strägglele mit dem Leben der Kinder drohte, sollten Karin wie auch Christine ihre Forderungen nicht erfüllen? Erniedrigende Forderungen. Forderungen, die sie bestrafen sollten. Wofür? Für Taten aus der Vergangenheit?

***

Cem konnte sich nicht konzentrieren. Er sass zusammen mit Kevin im Büro. Vergeblich hatte er versucht, Lila zu erreichen. Keine Spur von ihr.

«Cem, komm runter», sagte Kevin. «Lila ist erst seit drei Stunden weg. Wahrscheinlich hatte sie Hunger und ist nach dem Mittagessen einkaufen gegangen. Frauen lieben Shopping.»

«Sie hat die ganze Nacht nicht geschlafen», sagte Cem. «Dann sitzt sie den ganzen Morgen neben Marius am Bett, und nachher löst sie sich in Luft auf?»

«Lila geht ihre eigenen Wege», sagte Kevin. «So ist sie eben. Du kannst sie nicht ständig beschützen und bewachen. Sie braucht einen Freund, keinen Bodyguard.»

«Du weisst schon, dass wir hier von Lila sprechen.»

Kevin schmiss Cem eine Dose Red Bull rüber. «Konzentrieren wir uns auf den Fall, sonst dreht nächstens Barbara durch. Sie ist nicht glücklich über unsere neue Chefin.»

«Was hältst du von ihr?»

Kevin seufzte. «An Wymann bin ich nie rangekommen. Er war reserviert, verschwiegen und nicht gerade locker drauf. Aber er war ein guter Boss. Fair. Ehrlich. Ich vermisse seine stoische Ruhe, die er ins Team gebracht hat.»

«Kommt Barbara über seinen Tod hinweg?», fragte Cem und öffnete die Dose.

«Ja, sicher. Barbara kommt darüber hinweg. Aber das dauert noch etwas.»

Es klopfte an die Tür, und Rita vom kriminaltechnischen Labor trat ein. «Sorry, Leute, wenn ich euch störe, aber ich habe da was.»

Rita schnappte sich einen Notizzettel von Cems Tisch und kritzelte zwei Worte darauf: «Fresh Moroccan».

Cem runzelte die Stirn. «Sag jetzt nicht, wir bekommen es auch noch mit Menschenhandel aus Nordafrika zu tun.»

«Was? Nein. Natürlich nicht.» Ritas Wangen wurden rot. «Das ist der Name der Lippenstiftfarbe an der Flasche, die im Männliturm lag. Frau Amatos Abdruck. ‹Fresh Moroccan› von MAC.»

«Das ist doch was», sagte Kevin. «Und mit der gleichen Farbe hat sich Karin Leu auf den Bauch geschrieben?»

«Nein», antwortete Rita. «Wir haben den Lippenstift bei ihr gefunden. Das war ‹Rouge Feu› von Yves Saint Laurent. Aber ich weiss noch etwas. Der Lippenstiftabdruck auf der Flasche ist nicht frisch, vermutlich mehrere Wochen alt.»

«Hmm …» Cem lehnte sich in seinem Stuhl zurück. «Ich gehe stark davon aus, dass Barbara mit der Sache nichts zu tun hat. Wenn unsere Sträggele allerdings an die Flasche kam, dann muss sie das Ganze schon länger geplant haben. Oder hat sie vor ein paar Wochen rein zufällig eine Wasserflasche im Abfall gefunden und diese mitgenommen?»

«Etwas viel Zufall», sagte Rita. «Vielleicht plant diese Sträggele das schon seit einiger Zeit. Sie konnte davon ausgehen, dass sie die Polizei am Hals hat. Hat sie deshalb extra von jemandem von uns Spuren mitgehen lassen? Um uns fehlzuleiten?»

«Wäre ganz schön gerissen», sagte Kevin.

«Das ist sie.» Cem stand auf und tigerte im Büro auf und ab. «Barbara passt perfekt ins Schema. Weiblich, rote lange Haare, Lebenskrise …»

«Wofür will sich die Sträggele rächen?», fragte Rita.

«Es muss in ihrer Vergangenheit liegen», sagte Cem. «Gehen wir die nochmals an. Laut der Oggenfuss ist sie zwischen fünfundzwanzig und vierzig Jahre alt, also etwa im Alter der Mütter unserer Engel. Sie entführt deren Kinder. Da sie der Meinung ist, dass Kinder unschuldig sind, tut sie ihnen nichts an, ausser dass sie damit die Familien in Panik versetzt. Dann sind die Mütter an der Reihe. Die sind in den Augen der Sträggele schuld und müssen betraft werden. Christine Jakob wegen Drogen und Alkohol, Karin Leu wegen sexueller Lüsternheit. Und Helen Wettstein? Ist sie die Nächste?»

«Die Kindergärtnerin?», fragte Kevin. «Hat sie in ihrer Jugend Tiere getötet? Kann ich mir nicht vorstellen.»

«Die Sträggele scheint das zu glauben», sagte Cem. «Du solltest Helens Jugendzeit überprüfen, Kevin.»

«Schon erledigt. Sie ist absolut sauber.»

«Aber wo ist die Verbindung?», fragte Rita. «Hat die Sträggele die Frauen zufällig ausgesucht?»

Cem blieb am Fenster stehen. «Glaub ich nicht. Die Sträggele ist zu besessen. Uns fehlt einfach der gemeinsame Nenner. Es gibt keine gemeinsamen Schulen, keine gemeinsamen Hobbys, nicht die gleichen Kirchen. Wir haben selbst die Kinderärzte herausgesucht. Nicht identisch.»

«Die Mütter und die Sträggele sind so etwa im gleichen Alter», sagte Kevin. «Wo kreuzen sich da die Wege in der Kindheit oder Jugend?»

«Mir fällt nichts mehr ein», sagte Cem.

«Und weshalb dieser Aufwand als Hexe?», fragte Rita. «Das Pferd, die Engelskinder, die Zeichen aus Blut, der ‹Hexenhammer›? Es ginge doch auch einfacher.»

«Du hast recht. Es muss eine Bedeutung haben», sagte Cem. «Vielleicht haben wir die falschen Fragen gestellt. Nicht wo und wann, sondern was lässt ein Kind derart leiden, dass es sich als Erwachsener rächen will?»

«Wenn es geschlagen wird», sagte Kevin, «von den Eltern missbraucht wird.»

«Gut.» Cem zeigte auf Rita. «Was noch?»

«Ein ähm, ein traumatisches Erlebnis. Ein Unfall? Und sie denkt, dass jemand die Schuld dafür tragen muss.»

«Gute Idee!» Cem setzte sich wieder. «Ein Unfall auf einem Spielplatz? Vielleicht waren ein paar Kinder dafür verantwortlich, dass die Sträggele verunfallte oder ihre Schwester oder ein Bruder.»

«Und Kinder kommen dafür nicht hinter Gitter», sagte Kevin. «Wäre ein mögliches Rachemotiv.»

«Weitere Ideen?», fragte Cem.

Die Luft war raus, da kam nichts mehr. Cem entliess Rita und griff nach seinem Handy. Er öffnete das Telefonprotokoll, um nochmals bei sich zu Hause anzurufen. Irgendwo musste Lila doch stecken.

Cem erstarrte. Verflucht! Daran hatte er nicht gedacht. Unter der Nummer von seinem Haustelefon stand im Protokoll Aygüls

Name. Er blickte auf. «Kevin, ich weiss, was wir übersehen haben!»

***

Helen sass auf dem Sofa und gab der kleinen Liliane den Schoppen. Noemi hockte am Boden und spielte mit einem Puzzle. «Und Sie denken, ich bin in Gefahr?», fragte Helen.

Barbara nickte. «Ihre Tochter wurde als drittes Kind entführt. Die Sträggele geht der Reihe nach vor. Sie wären demnach die Nächste.»

Nils schaltete sich ein. «Verfluchte Hexe. Wenn die es wagt, meiner Frau etwas anzutun …» Sein Gesicht lief rot an. Zu viel Testosteron und Adrenalin im Blut. Und wer weiss, welche anderen Substanzen ihm noch zu seinem stählernen Body verhalfen.

«Die Sträggele hat Frau Leu mit einem schmutzigen Geheimnis konfrontiert», sagte Barbara. «Gibt es bei Ihnen ein Geheimnis, das ich wissen sollte?»

Helen schüttelte den Kopf und wischte Liliane den Mund mit einem Tuch ab. Der Schoppen war leer.

«Diese Hexe zieht meine Familie nicht in den Dreck», schnaubte Nils und prustete laut Luft aus seinen Lungen. «Das lasse ich nicht zu.»

«Die Frau ist gerissen», sagte Barbara. «Wir sollten sie nicht unterschätzen. Jedenfalls habe ich veranlasst, dass Sie Personenschutz bekommen. Ein Beamter wird auf Sie aufpassen.»

«So weit kommt es noch», beschwerte sich Nils, «dass ein Bulle in meinen eigenen vier Wänden meine Familie belästigt. Kommt nicht in Frage.»

Barbara starrte ihn lange an. Sie wusste, dass ihr kühler Blick oft Wunder wirkte, doch diesen Bodybuilder konnte sie nicht beeindrucken. «Aufzwingen kann ich Ihnen unsere Hilfe nicht. Sind Sie wenigstens damit einverstanden, dass zwei Kollegen in Zivil unten auf der Strasse Wache halten?»

«Ich glaube schon», sagte Helen und schaute ihren Mann bittend an. «Diese Frau hat unseren kleinen Mickey umgebracht.»

«Mickey?»

«Unseren Terrier», sagte Helen. «Noemi vermisst ihn ganz schrecklich.»

Barbaras Telefon klingelte. «Sorry, da muss ich ran. – Cem? Ich bin gleich zurück im Büro.»

«Wir haben etwas», sagte Cem aufgeregt.

Barbara zog sich in den Flur zurück. «Schiess los.»

«Was, wenn unsere Sträggele in der Schule gemobbt wurde?»

«Die Frauen gingen nicht auf dieselbe Schule.»

«Das nicht. Aber was tut man mit Kindern, die arg gemobbt werden? Man wechselt die Schule.»

Cem hatte recht, das könnte ein Hinweis sein. «Dann vergleich die Namen aller Kinder, mit denen unsere drei Frauen je in die Schule gingen.»

«Schon geschehen. Einen halben Treffer haben wir, würd ich sagen. Christine Jakob wie auch Karin Leu gingen mit einer Carola Vogel zur Schule.»

«Helen Wettstein nicht?»

«Nein», sagte Cem. «Helen Wettstein ist ja auch ein paar Jahre jünger. Vielleicht kennt sie Carola Vogel durch die Arbeit, aus einem Verein, einem Sportclub, von einem Schullager?»

«Ich werde das gleich abklären», sagte Barbara. «Was wissen wir über diese Carola Vogel?»

«Wir kennen nur den Namen. Ihre Spur verliert sich nach der Schule. Das kann noch etwas dauern. Kevin ist dran.»

«Gute Arbeit, Cem.» Barbara legte auf und ging zurück ins Wohnzimmer. «Wir haben eine neue Spur», sagte sie und setzte sich neben Helen. «Kennen Sie eine Carola Vogel?»

«Ist sie die Hexe?», fragte Nils schneller, als seine Frau antworten konnte.

War das ein aufbrausender Typ. «Es ist nur eine Spur, nichts Konkretes.»

«Ja, sicher!»

Barbara ignorierte ihn und schaute Helen an. «Überlegen Sie. Haben Sie den Namen schon mal gehört?»

«Tut mir leid. Ich kenne keine Carola.»

Dann war das auch ein Leerlauf. Barbara stand auf. Zeit zu gehen.

Nils brachte sie zur Tür. «Die Überwachung vor dem Haus können Sie auch streichen, die brauchen wir nicht.»

***

«Wo zum Teufel steckst du?» Cem musste sich beherrschen, um nicht gleich ins Telefon zu brüllen. «Meine Nerven! Du kannst doch nicht einfach verschwinden.»

«Verschwinden?», fragte Lila am anderen Ende der Leitung. «Spinnst du? Ich habe was gegessen, mir war nicht nach Kochen. Und ich habe eine Freundin getroffen. Wir haben gequatscht. So vergeht die Zeit. Es ist gerade einmal vier Uhr. Merde, ich muss dir über meinen Tagesablauf doch keine Rechenschaft ablegen.»

Cem atmete tief durch. «Da läuft eine Hexe frei rum. Die ist gefährlich.»

«Mon Nounours, du hörst dich an wie ein mittelalterlicher Prediger.»

Cem langte sich an die Stirn. Sie hatte ja recht. In diesem Moment trat Eva in sein Büro. Glänzende fuchsiafarbene Lippen. Die brachten ihn ganz aus dem Konzept. «Sorry, Lila», sagte er versöhnlich. «Lass uns heute Abend darüber sprechen, ja?»

«Bon», sagte sie. «Ich liege schon in deinem Bett. Weck mich auf, wenn du kommst.»

Cem legte auf und steckte das Telefon weg.

«Ärger?», fragte Eva.

«Sorgen», korrigierte er. «Bist du auch bei der Besprechung dabei?»

«Es soll Neuigkeiten geben.»

«Allerdings», sagte Cem.

Man erwartete sie bereits. Barbara und Schnellmann sassen oben am Tisch, Susanne Oggenfuss an der Seite. Bättig diskutierte mit Kevin, und Metzger hatte Rita mitgebracht.

Die erste halbe Stunde verbrachten sie damit, die Fakten aufzuarbeiten. Cem erzählte von letzter Nacht. Metzger ergänzte die Ergebnisse der Spusi vom Wagenmoos. «Wir wissen ja jetzt, dass der Türst unser Marius van Roijen ist. Und ich vermute, dass die Sträggele selbst die Fotos gemacht hat, die bei den Zeitungen landeten. Sonst haben wir nichts Brauchbares.»

Barbara berichtete von dem Gespräch mit Thomas Leu. «Ich frage mich, woher die Sträggele wusste, dass die Leus Swingerpartys besuchten. Sie muss sie über einen längeren Zeitraum beobachtet haben.»

«Frau Köhler und Herr Cengiz haben zwei weitere wichtige Fakten aufgedeckt», leitete Schnellmann das Gespräch über. «Bitte Sie zuerst, Frau Köhler.»

Rita stand auf. Etwas verlegen. Sie war bei diesen Sitzungen meist nicht dabei. «Es geht um den Lippenstift an der Flasche.» Sie schaute Barbara an. «‹Fresh Moroccan› von MAC.»

Barbara hob erstaunt die Augenbrauen. «Sind Sie sicher?»

«Ja, schon», stotterte Rita verunsichert.

«Mist, verdammter!», fluchte Barbara. «Ich weiss, woher die Sträggele die Flasche hat.»

Cem glaubte, sich verhört zu haben. «Wie das?»

«Ich habe diesen Lippenstift nur einmal getragen. Ein einziges Mal», sagte Barbara. «Er war neu. Schöne Farbe. Aber er brachte Unglück. Deshalb habe ich ihn noch am Abend in den Abfall geschmissen.» Sie vergrub ihr Gesicht in ihrer Hand.

«Wann war das?», fragte Schnellmann vorsichtig.

Barbara zuckte zusammen. «An dem Tag, als Rolf starb.»

Stille im Raum.

Oggenfuss wagte als Erste eine weitere Frage. «Wo haben Sie aus der Wasserflasche getrunken?»

«Im Spital», sagte Barbara. «In Wymanns Zimmer. Ich habe getrunken, dann ging der Alarm seines Überwachungsmonitors los. Sie konnten ihn nicht mehr zurückholen.»

Cem schluckte schwer. Gab es passende Worte in solch einem Moment? «Das war im Oktober», sagte er leise. «So lange plant unsere Sträggele also schon ihre Tat.» Er fühlte mit Barbara. Alles kam wieder hoch.

«Herr Bättig», sagte Schnellmann, «überprüfen Sie, wer alles Zugang zu Wymanns Zimmer hatte.»

Bättig nickte.

Rita fuhr fort: «Wir haben den Laserpointer untersucht. Keine Fingerabdrücke. Ein Modell, das man sich im Internet bestellen kann. Der Verstärker auf der Spreuerbrücke ist nichts Besonderes. Das Wolfsgeheule gibt es im Netz. Wir haben die Auswertung der Kameras bei der Spreuerbrücke. Man sieht von der Sträggele nur einen schemenhaften Schatten. Weiter haben wir das Blut ausgewertet, von den Zeichen an der Wand. Es ist Hühnerblut.»

Schnellmann erkundigte sich nach dem Zustand der drei Frauen.

«Christine Jakob und Karin Leu schweigen», sagte Kevin. «Es geht ihnen körperlich gut, aber wir vermuten, dass man ihnen gedroht hat, sollten sie reden. Sie haben Angst vor der Sträggele.»

«Und Helen Wettstein wurde bisher nicht belästigt?», fragte Schnellmann.

«Nein. Und sie will keinen Personenschutz», sagte Barbara. «Ihr Mann, ein Boxer, will das selbst in die Hand nehmen.»

«Wir können sie nicht dazu zwingen», sagte Eva. «Was ist jetzt mit der Gemeinsamkeit, von der ihr am Telefon gesprochen habt?» Sie schaute Cem an.

Er stand auf. «Eine Carola Vogel ist die Verbindung. Christine Jakob und Karin Leu gingen mit ihr zur Schule. Christine besuchte mit ihr die vierte und fünfte Klasse im Felsberg. Carola Vogel wechselte während des fünften Schuljahres ins Schulhaus Würzenbach. Dort teilte sie die Klasse mit Karin Leu. Die Oberstufe begann Carola Vogel im Schulhaus Mariahilf.»

«Begann?», fragte Schnellmann.

Kevin übernahm das Wort. «Ihre Mutter, Rösli Vogel, verstarb. Geschwister gab es keine. Carola kam zu einer Tante nach Appenzell. Dort hat sie die Schule beendet und eine KV-Lehre begonnen, die sie aber vorzeitig abbrach. Dann verliert sich ihre Spur. Sie hat sich nie in Appenzell abgemeldet, ist einfach verschwunden. Ihre Ausweispapiere sind drei Jahre später abgelaufen und wurden nicht mehr erneuert. Leider ist diese Tante mittlerweile auch verstorben und scheint keine Angehörigen zu haben. Carolas Vater ist Deutscher, lebt seit Jahrzehnten in Übersee. Ich bin dabei, ihn ausfindig zu machen.»

«Haben wir ein Foto?», fragte Schnellmann.

«Da arbeite ich dran», sagte Kevin. «Wir wissen, dass Carola Vogel heute dreiunddreissig ist.»

«Ist sie denn wirklich unsere Sträggele?», fragte Eva.

«Es ist noch nicht bewiesen», sagte Cem, «aber sie ist die einzige Verbindung.»

«Ich habe überprüft», sagte Barbara, «ob Karin Leu und Nils Wettstein ins gleiche Fitnessstudio gehen. Dem ist nicht so.»

«Was ist mit den Lehrern von damals?», fragte Oggenfuss.

«Leider sind Schulferien», sagte Kevin. «Ich bin daran, sie ausfindig zu machen.»

«Sollte sie in der Schule gemobbt worden sein», sagte Cem, «und hätte deshalb das Schulhaus gewechselt, hätten wir zumindest ein Motiv. Und die zehn Barbies und zwölf Kens ergeben einen Sinn. Zweiundzwanzig, in etwa die Grösse einer Schulklasse.»

«Nehmen wir an», sagte Eva, «Carola Vogel ist unsere Sträggele. Und wir wissen, dass sie vor zwei Monaten im Luzerner Spital eine Glasflasche entwendet hat. Dann bedeutet das, dass sie unter neuem Namen nach Luzern zurückgekommen ist. Und mit hoher Wahrscheinlichkeit arbeitet sie im Spital. Das erklärt auch, wie sie an die Medikamente für die Kinder, die Drogen für Frau Jakob und an die Spritze für Marius kam.»

Cem stöhnte auf. «Das heisst, wir müssten alle weiblichen Angestellten durchleuchten: die Ärztinnen, Krankenschwestern, Pflegerinnen.»

«Vergiss nicht das Reinigungspersonal und die Angestellten der Küche», ergänzte Bättig.

«Können wir das nicht eingrenzen, indem wir herausfinden, wer ein Pferd besitzt?», fragte Eva.

«Das steht kaum in den Personalakten», sagte Kevin.

***

Die Holzscheite lagerten schon seit Wochen in der alten Scheune. Sie waren trocken und würden brennen wie Zunder. Die Sträggele zitterte, als sie den Kanister mit Benzin auf den Boden stellte. Viel Arbeit lag heute Nacht vor ihr. Sie schaute sich in der alten Scheune um. Ihre Kindheit lag hier, und ihre Kindheit würde hier morgen verbrennen. Sie konnte die Scheune nicht retten, aber das war gut so. In der Ecke war der Pferch, wo Grossvater seine Ziegen hielt. Und wo Korrigan gestanden hatte. Heute Morgen hatte der neue Besitzer die Stute abgeholt. Ihrem Pferd würde es im Entlebuch gut gehen. Die Tochter hatte sich so über ihr erstes eigenes Pferd gefreut. Und Merlin, ihren alten Schäferhund, hatte die Sträggele gleich mitverkauft. Sie konnte sich nicht mehr um die Tiere kümmern.

Sie atmete die kalte Luft ein. Noch immer haftete Korrigans Duft an den Wänden des Stalles. Sie würde ihr fehlen.

Damals, erinnerte sich die Sträggele, war sie hier glücklich gewesen. Doch dann starb Grossvater. Warum nur? Wie wäre ihre Kindheit verlaufen, wäre sie hier aufgewachsen? Aber ihre Mutter wollte die kleine Wohnung in der Stadt nicht aufgeben. Das Wohnhaus nebenan war mittlerweile zerfallen. Nur diese Scheune trotzte dem Leid und war so kaputt wie die Sträggele selbst. Sie konnte nicht mehr. Nicht mehr morgens aufstehen, nicht mehr zur Arbeit gehen, nicht mehr in die Zukunft schauen. Alles war wieder hochgekommen. Mit einem Paukenschlag war sie zurückkatapultiert worden, stürzten die Mauern ein, hinter welchen sie die letzten Jahre die Demütigung, den Schmerz und die Trauer ertragen hatte. Jetzt tobten ihre Gefühle wie wilde Pferde in einem Pferch. Sie mussten raus.

Morgen.

Morgen würde es vorbei sein. Morgen war sie frei.

Sie zog sich eine Wintermütze über und trug die ersten Holzscheite nach draussen. Gemäss Wetterbericht sollte es bis morgen Abend trocken bleiben.

Morgen.

Silvester. Der letzte Tag des Jahres. Morgen kam der Tod. Morgen würde sie den Tod ihrer Mutter rächen. Und die ganze

Stadt würde zusehen. Sie schaute hinüber zur alten Linde. Dort würde sie die Kamera anbringen. Dieses Feuer würde alles verändern. Danach würden die Menschen ihr Schicksal mit anderen Augen sehen. Sie hatte die Leute aufgewühlt.

Die Idee mit den Engeln war genial gewesen. Was ging den Menschen näher als das Schicksal von Kindern, blossgestellt in der Sensationspresse? Wie falsch diese Welt doch war. So viele unschuldige Kinder wurden gequält, gemobbt, psychischer Folter ausgesetzt. Interessierte sich die Allgemeinheit dafür? Jeder einzelne Schultag war für die Sträggele tausendmal schlimmer gewesen, als was Natascha, Marie und Noemi in ihrer Nacht als Engel erlebt hatten. Damals hatte sich kein Schwein für sie starkgemacht. Damals war ihr niemand beigestanden, als sie vergiftet und entblösst wurde und ihre Mutter den Tod fand. Niemand schrie nach Gerechtigkeit. Niemand interessierte sich für sie. Und heute?

Was taten die Luzerner und Luzernerinnen, nachdem sich die Presse auf die Story der Engel geworfen hatte? Sie schrien nach Rache, auf der Strasse, im Netz. Sie wollten die Hexe brennen sehen.

Gerechtigkeit war ein Witz! Etwas, das sie morgen selbst in die Hand nehmen musste. Futter für die Presse. Jeder würde ihren Namen kennen. Ihr Schicksal begreifen. Und Victimarius würde schon dafür sorgen, dass die Wahrheit auf den Tisch kam. Er war ein Glücksfall gewesen. Salome hatte ihr von ihm erzählt. Die Sträggele wusste, er würde sie nicht im Stich lassen, nicht, seit sie ihn im Spital getroffen hatte. Victimarius suchte nach der Wahrheit, und die war sie bereit, ihm zu zeigen. Sie würde ihm morgen schreiben. So, wie er ihr geschrieben hatte. Der Türst. Ein schöner Mann. Ein schöner Traum. Gut hatte ihr Alois von dem seltsamen Reiter erzählt, als sie ihm den letzten Sack Hafer vorbeigebracht hatte, den sie nicht mehr brauchte. Denn plötzlich war der Türst aus Fleisch und Blut und keine Phantasie mehr. Sie hatte schnell handeln und improvisieren müssen. Eine Bedrohung, die sich als Glücksfall herausgestellt hatte.

Sie seufzte traurig. Das war ihr letzter Ritt auf Korrigan gewesen. Victimarius auszuschalten war einfach gewesen. Er hatte sie unterschätzt. Ein Mann wie Victimarius würde sich nie in sie verlieben. Das war nur Theater gewesen. Täuschung. Das konnte sie auch, falsche Hinweise streuen. Während die Polizei abgelenkt war und über die Hinweise rätselte, hatte sie in Ruhe ihre Vorkehrungen treffen können.

Zufrieden stampfte die Sträggele zurück zur Scheune und holte die nächste Ladung Holzscheite. Sie schichtete sie draussen sorgfältig um den alten hölzernen Telefonmasten auf. Telefonkabel hingen schon seit Jahren keine mehr daran. Der Mast war perfekt. Sie wollte auch ihn mit blutigen Hexensymbolen bemalen. Und ganz oben würde sie eine Engelsfigur aufstellen. Einen Schutzengel. Denn sterben sollte niemand alleine.

***

Es war nach acht, als Cem nach Hause kam. Er schnupperte an den Rosen, bevor er seine Wohnungstür aufschloss. Im Wohnzimmer brannte Licht. Lila war wach. Kaum trat er ein, schlitterte ihm T-Bone auf dem Parkettlaminat begeistert entgegen. «Hey, Kumpel. Alles klar?» Cem hob den Blumenstrauss in die Höhe, sonst würden die Rosen T-Bones Begrüssungszeremonie nicht überleben. Auch Schneeball und Winnetou quiekten vergnügt in ihrem Käfig.

Einzig Lila hielt ihre Freude über sein Erscheinen unter Verschluss. Sie spähte vom Wohnzimmer aus in den Flur, ein neues Handy an ihr Ohr gedrückt. «Alors, er ist zurück. Ich mach Schluss. Salut.» Sie legte das Handy aufs Sideboard und kam Cem entgegen. «Blumen? T-Bone wäre eine Wurst lieber gewesen.»

«Hey.» Cem hielt ihr den Strauss entgegen. «Tut mir leid. Ich wollte am Telefon nicht überreagieren, aber ich habe mir Sorgen gemacht.»

Sie nahm ihm den Strauss ab. «Gib mir niemals das Gefühl, mich kontrollieren zu wollen. Ich werde nicht gerne eingeengt. Das nimmt mir die Luft zum Atmen, und ich krieg Panik.»

Cem verstand nur zu gut, was sie meinte. Er machte sich halt Sorgen. Er konnte doch seine Gefühle nicht einfach ausschalten. Er beschloss, für einmal die Klappe zu halten, nahm stattdessen Lila in die Arme und zog sie an sich. «Nicht böse sein.»

Sie schmollte noch ein paar Sekunden, legte dann aber kurz ihren Kopf an seine Schulter. «Bin ich ja nicht.» Sie trat einen Schritt zurück. «Die brauchen Wasser.» Sie ging in die Küche. Cem folgte ihr. Selbst in einem weissen T-Shirt und in seiner Pyjamahose sah Lila hinreissend aus.

«Wollen wir ausgehen?», fragte er. «Wie wäre es mit Kino?»

«Cem, ich habe kaum geschlafen.» Sie füllte einen Krug mit Wasser. «Ich bin hundemüde. Ich haue mich gleich wieder ins Bett.»

Er lehnte sich an den Türrahmen. «Da komme ich mit.»

«Musst du nicht.»

Cem runzelte die Stirn. War das seine Lila? Sie war so unnahbar. Hatte das mit dem Anruf zu tun? «Alles okay? Wer war das am Telefon?»

Sie wirbelte herum. «Siehst du! Schon wieder.»

«Was denn?»

«Mich bevormunden. Mich kontrollieren. Ich habe ein Recht auf meine Privatsphäre.»

«Mensch! Ich will doch nur wissen, was oder wer dich so verstimmt hat. Ist das zu viel verlangt? Ich dachte, in einer Beziehung ist man offen und ehrlich, ohne Geheimnisse.»

Sie kam auf ihn zu, den Kopf erhoben. «Es war Marius. Zufrieden? Halte mir deine Standpauke.»

«Weswegen?»

«Ach, vergiss es.» Sie schnaubte laut, verzog sich ins Wohnzimmer und schraubte die Lautstärke des Fernsehers hoch.

Cem lehnte sich an die Küchenkombination und atmete tief durch. Was war ihr denn über die Leber gelaufen?

Cem öffnete die Schranktür über dem Herd und holte eine Tafel Schokolade hervor. Damit bewaffnet wagte er sich ins Wohnzimmer. Er setzte sich neben Lila, öffnete die Verpackung und hielt ihr die Schokolade hin. «Mit Nüssen und Weinbeeren», sagte er.

«Ich habe bei meinen Eltern schon ein Kilo zugelegt. Die haben mich gemästet wie eine Weihnachtsgans.»

«Komm schon», Cem brach ein Stück ab. «Hier, zergeht auf der Zunge und hebt die Laune.»

Sie schaute ihn schief an, griff nach der ganzen restlichen Tafel und biss hinein.

«So schlimm?», fragte Cem.

Lila seufzte und liess sich ins Polster zurückfallen. «Ich weiss auch nicht, was los ist.»

Cem griff nach der Fernbedienung und schraubte die Lautstärke runter. «Was ist passiert?»

«Ich war doch heute Morgen bei Marius.»

«Und?» Cem hatte das Gefühl, dass alle Alarmglocken in seinem Kopf Sturm schlugen.

«Wir haben uns lange unterhalten. Er hat mir viel von sich erzählt, von seinen Einsätzen in den Kriegsgebieten, seiner Krankheit, seinem Leben jetzt. Und ich habe ihm alles über mich erzählt. Alles.»

Cem hob überrascht eine Augenbraue. Eigentlich traute Lila niemandem. Fast niemandem. Sie war skeptisch Fremden gegenüber. Cem hatte mehrere Wochen gebraucht, bis sie sich ihm anvertraut hatte. «Du kennst Marius erst seit drei Tagen», sagte er vorsichtig.

Lila ging nicht darauf ein. «Er hat mir von Chantal erzählt», sagte sie stattdessen. «Seiner besten Freundin. Er hatte kurz was mit ihr, aber da läuft nichts mehr.»

«Und weshalb ist das interessant?»

«Chantal ist Apothekerin.»

Apothekerin? Natürlich! Sein Team hatte an Ärztinnen, Pflegerinnen, Krankenschwestern gedacht, auch an das Putzpersonal. Aber die Apothekerinnen hatten sie vergessen. «Das Kantonsspital hat eine eigene Apotheke», sagte er mehr zu sich selbst.

«Oui. Und Chantal hat früher dort gearbeitet. Genauer gesagt, sie hat dort gearbeitet, als Marius das erste Mal wegen Diabetes eingeliefert wurde. Von da kennen sie sich.»

«Könnte sie unsere Sträggele sein? Oder arbeitet sie gar mit Marius zusammen?»

«Nein, Marius weiss von nichts. So gut kann mir niemand ins Gesicht lügen. Aber Chantal könnte unsere Täterin sein. War so ein Gedanke von mir. Frauen tun viel, wenn ihre Liebe verschmäht wird. Überleg mal. Sie bringt die Engel in die Museggtürme, weil sie weiss, dass man von Marius' Wohnung direkt auf die Museggmauer sieht. Und sie weiss, dass er sich mit dem Mittelalter und den Hexen befasst.»

«Du denkst, sie tut das, um sich an Marius zu rächen?»

Lila nickte. «Oder um seine Aufmerksamkeit zu gewinnen.»

«Ich weiss nicht.» Cem lehnte sich im Sofa zurück. «Ich dachte eher, die Sträggele will sich an denjenigen rächen, die sie früher in der Schule gemobbt haben. Wir sind bei unseren Ermittlungen auf einen Namen gestossen.» Cem erzählte Lila von seiner Vermutung.

«Hast du Marius gefragt, ob er diese Carola Vogel kennt?», fragte sie nach.

«Ich glaub nicht, dass Marius etwas damit zu tun hat», sagte Cem. «Hast du schon gehört, was Karin Leu heute in der Jesuitenkirche gemacht hat?» Cem holte sein iPhone hervor und zeigte Lila das Video.

«Merde!», fluchte Lila leise. «Wann war das genau? Wer hat gefilmt?»

«Es muss die Sträggele gewesen sein. Punkt zwölf war es.»

Lila stand auf. «Cem, ich habe dir noch nicht alles erzählt.»

Mensch, nicht schon wieder eine Dummheit, die Lila angestellt hatte.

«Ich war heute um zwölf bei der Suidterschen Apotheke. Ich wollte mit Chantal sprechen. Aber sie war heute Mittag eine Viertelstunde früher in die Pause gegangen. Ich habe dann auf sie gewartet. Sie kam um halb eins zurück.»

«Du hast dich mit dieser Chantal getroffen und mir nichts gesagt?» Cem langte sich an den Kopf. «Mädchen, warum kannst du diese heimlichen Aktionen nicht lassen, hm? Chantal könnte gefährlich sein.»

Lila zuckte mit den Schultern. «Wir sind etwas trinken gegangen und haben über Marius gesprochen. Ich hatte allerdings nicht das Gefühl, dass sie ihm als Freund noch gross nachtrauert.»

«Also hast du deine Theorie von der rachsüchtigen Ex wieder verworfen?»

«Jetzt nicht mehr. Sie war genau zu dem Zeitpunkt verschwunden, als diese Karin Leu in der Kirche strippte.»

SIEBZEHN

«Echt jetzt? Ich habe einen Chauffeur? Das muss das schlechte Gewissen sein.»

«Nur eine präventive Sicherheitsmassnahme. Es läuft eine Hexe frei herum.» Cem steckte lässig die Hände in die Hosentaschen. «Alles klar, Kumpel?»

Marius schnappte sich seine Jacke vom Spitalbett. «Nichts wie raus hier.»

Draussen vor der Drehtür wartete Lila. Sie hatte nicht mit hochkommen wollen. Cem entging nicht, dass sie nervös war. Er betrachtete Marius' Profil. Das Grinsen war zu breit. Ungehemmt nahm er Lila in die Arme und drückte ihr drei Küsse zur Begrüssung auf die Wangen.

«Ihr hättet mich nicht abholen müssen», sagte Marius. «Es sind von hier zu Fuss keine zehn Minuten zu meiner Wohnung.»

«Mein Alfa steht im Parkhaus», sagte Cem. «Es ist Samstag, ich habe frei – irgendwie –, und zudem ist heute der 31. Dezember. Wie wäre es mit einem letzten Frühstück im alten Jahr?»

«Du zahlst», sagte Marius.

«Sicher», sagte Cem und klopfte ihm auf die Schulter. «Und du kriegst zuckerfreie Konfi auf ein Vollkornmutschli.»

Marius boxte ihm mit dem Ellbogen in die Rippen. «Mache dich nie über einen Krüppel lustig.»

«Quatsch!», mischte sich Lila ein. «Du bist doch kein Krüppel, nur weil dein Blut zuckersüss ist.»

Marius beugte sich zu ihr hinunter. «Das ist das schönste Kompliment, das ich seit Langem bekommen habe. Danke.»

Täuschte sich Cem, oder wurde Lila rot? Seine Lila in Verlegenheit wegen eines anderen Mannes? Er schluckte den bitteren Gedanken runter und rückte seine Schiebermütze zurecht. Heute war nicht der richtige Tag für Eifersuchtsspielchen.

Lila hatte sich rasch wieder unter Kontrolle und hakte sich

zwischen Cem und Marius unter. «Ich brauche jetzt dringend einen Cappuccino. Gehen wir.»

Sie ergatterten ein Bistrotischchen in der Café-Bar Salü beim Helvetiaplatz. Es war Lilas Lieblingscafé. Natürlich. Es besass diesen Pariser Charme, dem sich Lila nicht entziehen konnte. Weshalb wunderte es Cem nicht, dass Marius den Garçon persönlich kannte?

Lila löffelte den Schaum ihres Café au lait, und Cem griff nach einem Croissant.

«Seid ihr mit den Ermittlungen weiter?», fragte Marius, nur einen Espresso vor sich stehen.

«Wir kennen zumindest den Namen der Sträggele», sagte Cem.

«Und das sagst du mir erst jetzt?» Marius zog die Augenbrauen zusammen. «Wer ist sie?»

«Na ja», relativierte Cem, «wir gehen stark davon aus, dass sie Carola Vogel heisst. Nur wissen wir leider nicht, wer sie ist oder wo sie sich aufhält.»

«Sagt mir nichts, der Name.»

«Kevin arbeitet daran. Er wird sie finden. Wir denken, dass sie heute unter einem anderen Namen hier lebt. Vermutlich kennen wir sie sogar. Sie muss in einem medizinischen Beruf arbeiten.»

«Wie kommt ihr auf ihren Namen?», fragte Marius.

«Das ist Gegenstand laufender Ermittlungen, über die wird nicht getratscht, sorry, Mann.»

«Ach komm, für die Luzerner Polizei habe ich mich von einer Hexe vergiften lassen. Da kann ich Offenheit erwarten.»

«Du übertreibst.»

«Ich komme gerade vom Spital …»

Cem atmete tief durch. Marius hatte recht, er hat sich für diesen Fall geopfert. «Okay, aber nichts davon geht an die Presse.» Er erzählte, was sie über Carola Vogel wussten.

«Aber zu Helen Wettstein hat sie keinen Bezug?», fragte Marius, nachdem Cem geendet hatte.

«Da arbeiten wir noch dran.» Cem zögerte. «Hast du das von Frau Leu gehört?»

«Ihre Entkleidung in der Kirche? Gesehen hab ich es, nicht gehört.» Marius wirkte ernst, er starrte in seinen Espresso.

Cem wollte die nächste Frage nicht stellen, aber es musste sein. «Wie gut kennst du Chantal Klöppel?»

Marius' Kopf schnellte hoch, seine Augen fixierten Cem, nur für eine Sekunde, dann starrte er Lila an.

Cem entging nicht, dass sie mit ihren Lippen ein «Sorry» formte.

«Was wollt ihr von Chantal?», fragte Marius. So kalt hatte Cem seine Stimme noch nie gehört. Er war echt sauer.

«Sie war gestern um die Mittagszeit verschwunden», sagte Cem. «Zu dem Zeitpunkt, als Karin Leu in der Kirche war. Ist es persönlich, Marius?», fragte Cem. «Wie sehr hast du sie verletzt, als du ihr den Laufpass gegeben hast?»

«Das geht dich nichts an!»

«Doch. Wenn Chantal unsere Sträggele ist, schon.»

«Ist sie nicht.»

«Wieso nicht?»

«Vertrau mir einfach, okay, und lass Chantal verdammt noch mal in Ruhe.»

«Du weisst, das kann ich nicht.»

Marius stand auf. Die Stuhlbeine schleiften kreischend über den Plattenboden. Sein Blick richtete sich auf Lila. «Weshalb mache ich immer wieder den gleichen Fehler und denke, es gibt Menschen auf diesem verschissenen Planeten, denen man sich anvertrauen kann.» Er stürmte aus dem Café, die Tür laut hinter sich zuknallend.

«Cem!», rief Lila aus. «Merde! Musstest du das Thema so unsensibel angehen?»

«Was?», fragte Cem. «Ich bin Polizist, und die Wahrheit zu finden, ist nicht immer schön.»

Lila schlug mit der flachen Hand auf den Tisch. «Du hast ja keine Ahnung, was das Wort ‹Vertrauen› für jemanden wie uns bedeutet.»

«Jemand wie uns?»

«Ja, Cem. Jemand wie uns. Jemand, der unter einer dunklen Wolke steht.»

Cem langte sich an den Kopf. Was ging hier gerade ab? Lila stand auf. «Wo willst du hin?», fragte er.

«Ich kann Marius nicht im Regen stehen lassen. Aber das verstehst du ja nicht.»

Bumm! Wieder knallte die Bistrotür. Mist, verdammter!

***

Der letzte Tag. Konnte sie das wirklich durchziehen? Sie fror. Sie hasste die Kälte. Was war mit der Hitze? Nicht daran denken. Die Sträggele griff nach dem Fotoalbum, das auf einer Strohballe lag. Sie hatte es von zu Hause mitgebracht. Den ganzen Abend hatte sie gestern darin geblättert, bis sie schliesslich mit dem Fotoalbum auf dem Bauch eingeschlafen war. Aber sie hatte sich entschieden. Sie schlug die dritte Seite auf und löste vorsichtig das vergilbte Foto vom Papier. Tränen standen ihr in den Augen. Das war ihr glücklichster Tag gewesen. Und ihr schlimmster. Ihr dreizehnter Geburtstag. Sie strich mit dem Daumen über die untere Ecke des Fotos. Es war hier auf dem Hof aufgenommen worden. Grossvater war schon lange tot, aber die Sträggele hatte sich gewünscht, ihren Geburtstag auf dem jetzt verlassenen Hof zu feiern. Es war der zehnte Juli gewesen. Der letzte Morgen in der Schule war überstanden. Sommerferien. Mami war mit ihr am Mittag zum Hof gefahren. Sie hatte einen Picknickkorb dabei. Und ihr Geschenk stand vor dem Haus.

Nach dem Picknick sass Mami noch eine Weile auf der Sitzbank vor dem bereits verwitterten Wohnhaus. Gekrümmt und leidend. An diesem Tag ging es ihr ganz gut, besser als sonst. Sie hatte für das Foto sogar den Kopf gehoben und in die Kamera gelächelt, als die Sträggele abgedrückt hatte. Mamis Hand lag dabei auf dem Sattel des neuen, rot glänzenden Velos. Ihr Hund sass daneben und hechelte in der Hitze. Es sah aus, als lächle ihr kleiner Liebling.

Dann war Mami wieder runter in die Stadt gefahren. Die Sträggele wollte den Nachmittag mit ihrem Hund auf dem Hof bleiben und das neue Velo ausprobieren.

Die Sträggele wischte sich energisch die Tränen von den Wangen. Das war es gewesen, das letzte Hecheln ihres Hundes, Mamis letztes Lächeln, ein Velo, das sie nur einmal gefahren war. Es stand noch heute im Keller.

Sie steckte das Foto und den Brief, den sie geschrieben hatte, in ein Couvert, adressiert an Marius van Roijen. Er würde ihre Geschichte respektvoll niederschreiben.

Heute war also die letzte Nacht. Alleine konnte die Sträggele das nicht durchziehen. Sie brauchte Hilfe. Sie brauchte den Türst.

Sie hätte ihn auch damals gebraucht. Es gab ihn nicht. Nicht damals, nicht heute. Aber die Sträggele war nicht mehr das Opfer. Und sie wartete nicht länger auf den Türst. Sie hatte ihn sich geholt. Es war so einfach.

Sie zog den Laptop auf ihre Knie und loggte sich unter dem Namen «der Türst» in verschiedenen sozialen Netzwerken ein.

Der Stimme des Türst würden die Menschen folgen.

***

Barbara stand vor der Wohnungstür der Wettsteins. Die Unruhe in ihr war diesen Morgen einfach zu stark. Es konnte nicht sein, dass die Sträggele Helen übergehen würde. Sonst ergab es keinen Sinn, weshalb sie die kleine Noemi auf der Spreuerbrücke ausgesetzt hatte.

Barbara klingelte erfolglos. Ihr wurde nicht geöffnet. Sie blickte auf die Armbanduhr. Es war kurz nach neun. Sie hämmerte energisch gegen die Tür. «Frau Wettstein? Machen Sie auf. Ich bin es, Frau Amato.»

Nichts.

Barbara wollte schon gehen, als die Nachbarstür aufging und eine ältere Dame den Kopf ins Treppenhaus streckte. «Was wollen Sie?», fragte sie misstrauisch.

Barbara zeigte ihren Ausweis. «Wissen Sie, wo die Wettsteins sind?»

Die Frau öffnete die Tür ganz. Erst jetzt bemerkte Barbara, dass sie die kleine Liliane auf dem Arm hielt und Noemi an ihrem Rockzipfel hing. «Helen musste kurz weg», sagte die Nachbarin. «Ich schaue nach den Kleinen. Ich habe selbst keine Enkel.»

Barbara strich dem Baby über die Wange. «Und wo ist Herr Wettstein?»

«Im Fitnessstudio. Wie jeden Samstagmorgen.»

«Und Sie wissen nicht, wo Helen hinwollte?»

Die Frau verneinte.

Barbara reichte ihr ihre Karte. Sie solle sie sofort anrufen, wenn Helen zurück sei. Die Nachbarin gab ihr Versprechen, und Barbara eilte die Stufen hinunter zu ihrem Wagen. Wie hiess gleich das Fitnesscenter, in dem Nils trainierte?

***

«Was ihr jungen Leute so alles aus dem elektronischen Datenfluss herauslesen könnt. Ich bin beeindruckt.» Oggenfuss tätschelte Kevin den Rücken.

Er liess sich nichts anmerken. Wymann hatte ihm nie den Rücken getätschelt.

Bättig, der im Büro auf Cems Stuhl sass, grinste breit. Wie hatte sich die Personalabteilung nur für die Oggenfuss entscheiden können, fragte sich Kevin. Mit Barbara hatten sie schon eine Vorgesetzte, die sie bemutterte. Jetzt bekamen sie noch dieses Giftzwerg-Mütterchen. Das musste Krieg geben. Kevins Herz zog sich zusammen. Er vermisste Wymann. Wie musste es da erst Barbara ergehen?

Wenigstens wurde Kevin dadurch entschädigt, dass Oggenfuss zu Bättig hinüberging und mit ihrem Zeigefinger auf seine Wange zielte. «Grinsen darf bei mir nur, wer Leistung bringt. Was haben Sie für mich?»

Bättig zog den Kopf weg. Obwohl er sass, war er fast auf Augenhöhe mit Oggenfuss. Er wollte gerade protestieren, als sie warnend den Zeigefinger hob. «Gut überlegen, was Sie jetzt sagen wollen, wir werden noch lange Zeit zusammenarbeiten.» Sie blickte zur Tür. «Herr Cengiz! Haben Sie heute nicht frei?»

Cem stürmte ins Büro, scheuchte Bättig von seinem Stuhl und warf sich hinein. «Ich brauche Arbeit, bezahlt oder unbezahlt. Aber ich will heute diese verdammte Hexe schnappen und das Jahr neu starten, hexenfrei.»

«Das nenne ich Tatendrang», sagte Oggenfuss.

«Was Neues über Carola Vogel?», fragte Cem und schaute Kevin an.

«So einiges. Sie wuchs im Wesemlinquartier auf. Ihr Vater, Max Vogel, war Deutscher. Er verliess die Schweiz, als Carola noch ein Baby war. Anscheinend ging er nach Südamerika. Ihre Mutter, Rösli Vogel, war krank, lebte von der Invalidenrente. Sie starb an Carolas dreizehntem Geburtstag.»

«Carola Vogel besitzt die Doppelbürgerschaft?», fragte Cem.

«Richtig. Deshalb musste sie ihre Schweizer Papiere nicht erneuern. Wir haben bei der deutschen Bundesbehörde bereits einen Antrag gestellt. Aber es ist Samstag. Bis die Informationen hier sind, kann es dauern.»

«Habt ihr im Spital nachgefragt, ob dort eine Carola Vogel arbeitet?», fragte Cem.

«Negativ», sagte Kevin. «Aber ich habe ein Foto von Carola.» Er reichte Cem einen Ausdruck. «Ein Klassenfoto, sechste Klasse. Da war sie elf.»

«Wow, miese Qualität.» Kevin hatte das Mädchen eingekreist, das vorne am Boden kniete. Auffällig war die Nase. Sie hatte eine stark gebogene Nase, eine Hexennase. Über ihrer rechten Augenbraue lag ein dunkles Muttermal. Sie sah etwas verwahrlost aus. Der dünne Pulli war zu klein, die Ärmel reichten ihr nicht einmal bis zu den Handgelenken. Auf dem rechten Arm hatte sie ebenfalls ein auffälliges Muttermal.

«Kommt Ihnen das Gesicht bekannt vor?», fragte Oggenfuss.

Cem verneinte.

«Kein Wunder wurde so ein Mädchen in der Klasse gemobbt», sagte Kevin. «Der typische Aussenseiter.» Er tippte mit seinem

Kugelschreiber auf ein weiteres Mädchen. «Das hier ist Karin Leu. Aufgebrezelt und selbstsicher lächelnd. Sie muss das begehrteste Mädchen der Klasse gewesen sein. Und da ist noch etwas. Die Klasse zählt zweiundzwanzig Kinder: neun Barbies, zwölf Kens – und die Sträggele.»

«Gut recherchiert», sagte Oggenfuss.

Kevin fuhr fort, bevor sie ihm wieder den Rücken tätschelte: «Ich bin dabei, die Lehrer von damals zu finden, um zu erfahren, was in den Klassen vorgefallen ist.»

«Hey, Kevin, kannst du im System auch nach einer Chantal Klöppel suchen? Sie arbeitet in der Suidterschen Apotheke.

Kevin tippte einige Sekunden auf der Tastatur herum. «Es liegt nichts gegen eine Chantal Klöppel vor.»

«Mist, verdammter!» Cem schlug mit der Faust auf den Tisch. «Ich fahre trotzdem gleich zur Apotheke.»

«Hoho, immer ruhig mit den wilden Pferden», sagte Oggenfuss. «Wollen Sie uns nicht über diese Chantal aufklären, Herr Cengiz?»

In diesem Moment klingelte das Telefon. Kevin ging ran, lauschte eine Weile, machte ein paar kurze Bemerkungen, bedankte sich und legte auf. Er strahlte. «Carola Vogel ist unsere Sträggele. Das war Wicca Meier-Spring am Telefon.»

«Die Dame vom Hexenmuseum im Aargau?», fragte Cem.

«Genau. Ich habe ihr das Klassenfoto geschickt. Ihr und ein paar anderen, die mit Carola Vogel in Kontakt sein könnten. Es war einen Versuch wert. Und hat sich offenbar gelohnt. Wicca Meier-Spring hat Carola Vogel erkannt. Sie war vor ein paar Wochen bei ihr im Museum. Und zwar ausgerechnet an dem Tag, als auch Helen Wettstein dort war.»

«Sie kann sich daran erinnern?», fragte Cem.

«Ja. Carola Vogel hat Wicca Meier-Spring über den ‹Hexenhammer› ausgefragt. Ein Exemplar liegt im Museum in einer Vitrine. Als Helen Wettstein den Raum betrat, hat Carola Vogel sie darauf angesprochen, ob sie schon einmal von diesem schrecklichen Buch gehört habe. Es schien ungezwungen, ein zufälliges Gespräch. Die drei Frauen haben sich kurz darüber unterhalten, wie ungerecht das Frauenbild im Mittelalter war. Dann trennten sich ihre Wege.»

«Damit haben wir die Verbindung der beiden», sagte Cem.

«Na ja», sagte Kevin, «die beiden Frauen waren gleichzeitig dort, aber nicht miteinander. Es schien so, als kannten sie sich nicht. Und noch etwas. Frau Meier-Spring hat unsere Carola nicht am Gesicht wiedererkannt, sondern an dem auffälligen sternförmigen Muttermal am Unterarm. Carola muss sich die Nase operiert haben, die sei ganz normal gewesen, auch das Muttermal am Kopf habe sie nicht mehr, meinte Frau Meier-Spring. Und ihre Haare waren braun.»

«Na toll», sagte Cem. «Zurück auf Anfang. Wir haben einen Namen, den die Sträggele nicht mehr benutzt, und ein Gesicht, das nicht mehr ihres ist, und entweder läuft sie mit gefärbten Haaren herum, oder sie trägt eine Perücke.»

«Ich kann Frau Meier-Spring herbestellen und ein Phantombild von Carola Vogel erstellen lassen. Und ich werde Barbara sagen, sie soll sich nochmals mit Helen Wettstein über ihren Besuch im Hexenmuseum unterhalten.»

«Machen Sie das», sagte Oggenfuss. «Herr Cengiz, Sie dürfen mich mitnehmen. Ich brauche noch eine Packung Aspirin aus der Apotheke. Und unterwegs erzählen Sie mir von dieser Chantal Klöppel. Und es schadet ja nichts, wenn wir uns ihren Unterarm einmal ansehen.»

***

Das Fitnesscenter war ein Reinfall gewesen. Keine Spur von Nils Wettstein. Was stimmte hier nicht, wunderte sich Barbara. Sie hatte mehrmals versucht, die Wettsteins auf ihren Handys zu erreichen. Ohne Erfolg. In diesem Moment klingelte ihres. Sie kannte die Nummer nicht und ging ran. Es war die Nachbarin. Helen war zurück.

Barbara fuhr sofort hin.

Helen Wettstein öffnete die Tür.

«Ich habe mir Sorgen gemacht», sagte Barbara ohne Umschweife. «Ihr Mann sollte Sie nicht alleine lassen. Wo ist er überhaupt?»

«Weg», sagte Helen, «er will am Nachmittag wieder zurück sein. Kaffee?»

Fünf Minuten später sassen sie auf dem Sofa. Die Kinder spielten am Boden. «Und Sie sind sich sicher, dass Ihnen der Name Carola Vogel nichts sagt?», fragte Barbara.

«Ja», sagte Helen.

Barbara musterte die Frau einen Moment. Sie war schön. Jugendlich mit hellgrünen Augen, die perfekt zu ihrem roten Haar passten. Sie hatte Güte in ihrem Ausdruck, die Barbara besänftigte. «Wie haben Sie und Ihr Mann sich kennengelernt?», fragte Barbara. Ein Haudegen wie Nils passte wenig zu der sanften Helen.

«Er war mein Ritter.» Ihre Augen strahlten. «Er hat mich gerettet. Fast wie im Märchen. Und daraufhin habe ich sein Leben gerettet.»

Barbara konnte sich Helen gut als Prinzessin vorstellen. Doch Nils, der tollkühne Ritter? Warum nicht. Die Schöne und das Biest, passte irgendwie. Wo es Hexen gab, konnten auch Helden und Prinzessinen leben.

«Es war vor sieben Jahren», erzählte Helen. «Im August. Beim Lido. Nachts um zwei Uhr. Ich hatte mit meinem damaligen Freund Schluss gemacht. Er hat es nicht gut aufgenommen. Ich wollte von ihm weg, aber er hat mich verfolgt, mich geschlagen. Ein Arschloch war das!» Sie griff nach einem Kissen und drückte es sich auf den Bauch. «Ich lag am Boden, gleich neben der Strasse. Da kam ein Wagen angerast. Mit Höllentempo. Mein Ex verpasste mir gerade einen Kick in den Bauch. Plötzlich bremste der Wagen und setzte zurück. Nils sprang vom Fahrersitz. Er hat meinen Ex verprügelt, bis der blutend am Boden lag. Und da kam schon die Polizei mit Blaulicht.»

«So schnell?»

«Sie waren hinter Nils her. Er war auf der Flucht, wegen Sachbeschädigung und Körperverletzung. Es gab eine Schlägerei in einem Club. Sie haben ihn verhaftet. Er kam dann auf Bewährung frei.»

«Und da haben Sie sich in ihn verliebt?»

«Ich wäre wahrscheinlich tot, hätte er mich nicht gerettet. Nils wäre der Polizei entkommen, aber er hat wegen mir seine Verhaftung in Kauf genommen. Da wusste ich, dass hinter dieser harten Fassade ein guter Mensch steckt. Er hatte eine schwierige Kindheit. Sein Vater war jähzornig und deswegen oft arbeitslos. Seine Wut hat er an der Mutter ausgelassen. Es gab viel Streit in der Familie. Nils hat sich mit Fäusten durch seine Jugend gekämpft, seine Mutter oft verteidigt und dafür Prügel kassiert.»

«Ihnen und den Kindern gegenüber ist er nicht gewalttätig?»

«Nein. Er hat sich geändert. Wirklich. Das Training hilft ihm. Was er aber nie verloren hat, ist sein Beschützerinstinkt. Da übertreibt er manchmal. Doch das ist in Ordnung. Ich liebe ihn so, wie er ist.»

Barbara musste leer schlucken. Diese zwei Menschen hatten ihre Liebe gefunden, ganz egal, wie schwer das Leben war und wie ihre Vergangenheit aussah. Und sie? Für sie gab es keine Zukunft mit Wymann. Warum war sie nie zu ihm gestanden? Weshalb war ihr der verdammte Job wichtiger gewesen als ihr Liebesleben?

In diesem Moment klingelte Barbaras Handy. Sie ging ran.

Es war Kevin. Er erzählte ihr von Wicca Meier-Springs Aussage. Helen hatte sie belogen!

Sie bedankte sich bei Kevin und steckte das Handy weg.

«Erzählen Sie mir nochmals genau, was Sie im November im Hexenmuseum im Aargau gesucht haben?»

«Im Hexenmuseum? Hab ich doch schon gesagt. Es war nur ein Besuch, so wie man ein Museum eben besucht. Im Briefkasten lag ein Flyer und ein Gratiseintritt. Es hat mich interessiert. Und einmal die Woche habe ich meinen freien Nachmittag, da nimmt meine Mutter die Mädchen. Warum ist das so wichtig?»

«Weil Sie sich dort mit Carola Vogel unterhalten haben.»

***

Thomas Leu sass auf der hintersten Bank in der Jesuitenkirche. Er grub seine Fingerkuppen in die Handflächen. Hier war es geschehen, hier hatte seine Frau sich ausgezogen. Sie sprach noch immer nicht darüber.

Er hörte, wie hinter ihm die Tür geöffnet wurde. Ein eisiger Wind blies durch den Hauptgang. Schritte.

Thomas blickte auf. Er kannte den Mann nicht, aber er wusste, wer er war. Er rutschte ein Stück zur Seite, als der andere sich zu ihm setzte. «Wie geht es Ihrer Frau?», fragte Thomas.

«Sie sitzt vor dem Fernseher und sagt kein Wort. Ist Ihre schon zu Hause?»

«Nein. Noch im Spital.»

Schweigen.

«Was tun wir jetzt?», fragte der andere.

«Eine Hexe jagen.»

Sie sassen ein paar Minuten still nebeneinander. Thomas blickte immer wieder auf seine Armbanduhr. Es war kurz nach elf.

Pfarrer Schlumpf schritt in seiner ganzen Grösse vom Altar her durch den Hauptgang auf sie zu.

Thomas und Gabriel standen auf. Schlumpf führte sie in einen Nebenraum. «Hier sind wir ungestört», sagte er. «Und ich habe Neuigkeiten. Sie kursieren im Netz. Ich habe eine Mail erhalten. Heute Nacht fassen wir die Hexe, die Ihre Frauen und Kinder quält und von ihren Seelen Besitz ergriffen hat.»

Thomas suchte Halt an der Wand. Ein kalter Schauer lief ihm über den Rücken.

«Wie?», fragte Gabriel.

«Ich weiss, wo die Hexe sich heute Nacht aufhalten wird. Wir gehen hin.»

«Woher haben Sie die Information?», fragte Thomas.

«Wir haben einen Freund, der uns hilft.»

«Wer ist er?»

Schlumpf richtete sich zur vollen Grösse auf. «Es ist der Türst.»

***

Es war wie ein Déjà-vu. Kevin sass in der warmen Stube von Frau Krüger. Wieder eine Tasse Kaffee. Diesmal war das Porzellan mit Sonnenblumen verziert. Nur noch diesen Tag musste er durchhalten, dann hatte er Ferien. Flitterwochen. Oh Mann, die brauchte er. Er war frisch verheiratet und hatte seine Gabi kaum zu Gesicht bekommen, alles nur wegen dieser Weihnachtshexe.

Vor dem Mittag hatte er Frau Meinhard besucht. Sie war mittlerweile pensioniert. Frau Meinhard war die Lehrerin von Christine Jakob gewesen. Fünfte Klasse. Und sie konnte sich gut an Carola Vogel erinnern. Ein verschupftes Kind, hatte sie gesagt. Ihre Familie hatte kaum Geld. Die Mutter war krank, ihr Körper verkrüppelt. Sie ging am Stock mit gekrümmtem Rücken. Die Kinder hätten Carola immer damit aufgezogen, dass sie die Tochter einer Hexe sei. Hinzu kamen Carolas extreme Hakennase und das Muttermal im Gesicht. Sie war klug, aber das half wenig. Die Kinder hätten sie ausgestossen. Und Christine sei am schlimmsten gewesen. Einmal sei Carola nach der Pause betrunken und benebelt zurück in die Klasse gekommen. Frau Meinhard hatte sofort einen Arzt kommen lassen. Offenbar hatte Carola viel Alkohol im Blut. Es gab jedenfalls Riesenprobleme für Carola und ihre Mutter. Im Vertrauen hatte ihm Frau Meinhard zugeflüstert, sie habe immer vermutet, dass Carola unschuldig war und Christine hinter diesem Streich steckte.

Jetzt, kurz nach Mittag, sass Kevin auf dem Sofa von Frau Krüger, der Lehrerin von Carola im Würzenbachschulhaus. Dort hatte Carola den Rest der fünften und die sechste Klasse besucht.

«Sie war ungepflegt, kam oft zu spät», sagte Frau Krüger. «Ich habe damals die Behörden informiert, aber das dauerte so seine Zeit, bis die etwas unternahmen.»

«Was ist mit Karin? Wie war sie?», fragte Kevin.

«Karin? Sie war das beliebteste Mädchen. Nicht sonderlich intelligent, aber gerissen.»

«Ist zwischen den beiden etwas vorgefallen?»

«Na ja, beweisen konnten wir es nie. Da gab es einen Vorfall. Die Kinder hatten am Morgen eine Doppelstunde Turnen. Nach der Pause ist Carola nicht zum Unterricht erschienen. Wir haben sie gesucht, die ganze Klasse. Und gefunden. Sie lief nackt durch den Schulhauskorridor. Sie hat behauptet, man habe ihr die Kleider gestohlen. Als ich in der Mädchenumkleide nachschaute, lagen die Kleider dort.»

«Was denken Sie, war Carola geistig verwirrt, oder hat man ihr einen Streich gespielt?»

Frau Krüger brauchte nicht lange zu überlegen. «Zweites trifft zu.»

***

Als Cem am Nachmittag zurück ins Büro kam, war niemand vom Team da. Er sass etwas unschlüssig herum. Der Hinweis mit Chantal hatte ihm ausser einem Anschiss nichts gebracht. Sie hatte kein Muttermal am Unterarm und ein Alibi für gestern Mittag geliefert. Sie war bei ihren Eltern gewesen, zusammen mit der halben Verwandtschaft aus Frauenfeld, die über die Feiertage angereist war.

Wieder auf Anfang. Cem holte die Fallakte hervor und stöberte darin herum, nicht genau wissend, wonach er suchte. Ihm rutschte das Foto mit dem kleinen Totenschädel in die Hand. Der Totenschädel gab ihm nach wie vor ein Rätsel auf. Weshalb hatte Christine ihm diesen Totenschädel in die Jackentasche gesteckt? Das ergab keinen Sinn. Wie es keinen Sinn ergab, dass die Sträggele zusammen mit Helen im Hexenmuseum war – ohne Helen zu kennen, nur ein zufälliges Gespräch? Oder um eine falsche Fährte zu legen? Könnte es sein, dass der Totenschädel nicht von Christine war, sondern dass die Sträggele ihn in Cems Tasche getan hatte? Dann würde das bedeuten, dass sie in jener Nacht im Spital gearbeitet hatte. Schwester Doris hatte Nachtschicht. Warum hatte er nicht früher daran gedacht! Cem wollte sie gerade im System überprüfen, als sein Telefon klingelte. Es war Marius. «Hey», nahm Cem den Anruf entgegen. «Wo bist du?»

«Zu Hause. Hör zu. Versöhnen können wir uns später. Ich habe wichtige Neuigkeiten. Ich schicke dir per Mail gleich einen

Link. Der Türst ist erwacht. Er ist überall auf den sozialen Netzwerken zu finden. Er ruft zur Hexenjagd auf. Heute Nacht soll die Sträggele brennen.»

«Mist!» Cem öffnete den Link und las laut vor: *«Heute Abend findet die Sträggele auf dem Scheiterhaufen den Tod, denn die Rache ist mein! Unter der Linde, wo Lestat begraben liegt, wird der Gerechtigkeit Genüge getan. Zur siebten Stunde wird der Ort des Todes verkündet.»*

«Das Finale», sagte Marius.

«Und wo steht diese Linde? Und wer ist Lestat?», fragte Cem.

«Mensch. Lestat, der Vampir. Kennt doch jeder.»

«Sorry, ich kenne leider keine Vampire.»

«Anne Rice hat mehrere Bücher über Lestat geschrieben. ‹Interview with a Vampire› wurde verfilmt, 1994, mit Tom Cruise als Lestat.»

«Shit, dann brennt heute Nacht die Hexe auf dem Scheiterhaufen und erweckt einen Vampir zum Leben?»

«Übertreib nicht. Sicher ist nur, dass der Türst und halb Luzern anwesend sein werden. Willkommen zurück im dunklen Mittelalter.»

«Marius, du musst mir einen Gefallen tun. Nimm Lila und bring sie raus aus Luzern. Ich will nicht, dass sie mit reingezogen wird. Sie hat so ein Talent, im falschen Moment am falschen Ort zu sein.»

«Ich verpasse doch nicht das Finale», sagte Marius.

«Das wirst du. Lila hat dir das Leben gerettet. Jetzt will ich, dass du alles dafür tust, dass sie nicht in Gefahr gerät.»

Schweigen.

«Einverstanden», sagte Marius schliesslich. «Aber überzeuge du Lila selbst von deinem Plan.»

Das Telefon wurde weitergereicht.

«Cem! Was soll das? Ich bin kein kleines Mädchen, das einen Babysitter braucht.»

Sie war in Marius' Wohnung? Cem holte tief Luft. «Doch. Heute Nacht ist das so. Es wird das einzige Mal sein, dass ich dich bevormunde. Du gehst mit Marius raus aus der Stadt.»

In diesem Moment trat Eva ins Büro. Cem winkte sie heran und verabschiedete sich rasch von Lila, bevor sie ihn in eine Diskussion verwickeln konnte.

«Hast du es gehört?», fragte Eva.

«Du sprichst von dem Scheiterhaufen auf dem Grab eines Vampirs?»

«Genau. Hast du heute Abend schon was vor?»

«Ich schaue mir eine öffentliche Hinrichtung an», sagte Cem.

«Toll! Da komm ich mit.» So locker Eva auch versuchte zu scherzen, Cem fühlte ihre Anspannung.

«Hey, wir werden das verhindern. Wird schon schiefgehen», sagte er.

«Hast du eine Ahnung, wer dieser Türst sein könnte?»

«Nein. Wir haben uns bisher auf die Frauen fixiert … Mensch!» Cem griff zum Telefon und rief Barbara an. Er erkundigte sich nach Nils.

Barbara wusste nicht, wo er war, und auch seine Frau Helen konnte ihnen nicht weiterhelfen.

Cems Hirnzellen arbeiteten auf Hochtouren. Er legte den Hörer hin, ignorierte Evas fragenden Blick und zog die Computertastatur heran. Er brauchte drei Minuten, bis er die Info hatte, die er brauchte. Er stellte das Telefon auf Lautsprecher um. «Bingo! Ich habe die Verbindung der Sträggele zu Helen. Es ist nicht Helen. Es ist Nils! Er ging mit Carola Vogel auf die Oberstufe.»

«Dio mio!», rief Barbara aus. «Und Nils ist verschwunden, weil …»

«… weil er der Türst ist», sagte Cem aufgeregt, «und die Sträggele ihn hat. Oder umgekehrt …»

***

«Du spinnst!», rief Nils. «Damals wie heute.»

«Du hast meinen Hund getötet, du Mörder.»

«Dein Köter hat mich angefallen, schon vergessen?»

«Er wollte mich nur verteidigen. Weshalb bist du auf den Hof gekommen?»

«Du hast die Sporttasche vergessen. Ich wollte sie dir am Nachmittag heimbringen, aber du warst nicht zu Hause. Deine Mutter hat mir gesagt, du seist noch auf dem Hof deines Grossvaters. Ich war neugierig und bin mit meinem Velo zu dir gefahren.»

«Wozu? Um mich zu quälen? Du hast mir Angst gemacht.»

Nils starrte Carola an. Sie war äusserlich nicht wiederzuerkennen, gäbe es da nicht den Fleck auf ihrem Arm. Die Hakennase war weg, auch das Muttermal im Gesicht. Ihre Haare hatte sie braun gefärbt.

«Das ist idiotisch», sagte er. «Ich hab dir nie etwas getan. Wir haben das ganze Schuljahr über nie miteinander gesprochen. Du hattest von Anfang an eine negative Einstellung gegen mich.»

«Du hast mich am ersten Schultag ausgelacht. Du hast mich Sträggele genannt!»

«Am ersten Schultag haben dich alle ausgelacht. Du warst damals nicht gerade eine Schönheit. Und freundlich hast du auch nicht dreingeblickt. Aber ich habe dich danach in Ruhe gelassen.»

«Ja, weil ich dir aus dem Weg gegangen bin.»

«Denkst du, ich habe nicht mitbekommen, dass du die Verstossene der Klasse warst? Wie dich die anderen – nicht ich – gemobbt und gequält haben?»

«Du hast mir nie geholfen.»

«Sorry. Aber wir waren Kinder. Hätte ich mich auf deine Seite gestellt, dann hätten mich die anderen auch ausgelacht. Die Schulzeit ist hart, ist nun mal so. Deshalb bin ich damals zu dir gekommen, um Frieden zu schliessen. Es waren Sommerferien …»

«… und die anderen Kinder nicht dabei? Du bist so ein Feigling. Hast du dir deshalb die Muskeln zugelegt? Sollen sie mir Angst machen?»

«Wovon sprichst du? Mann, ich bin zu dir gekommen, weil ich es wiedergutmachen wollte, okay? Aber du hast so geschrien, als du mich gesehen hast, dass der blöde Köter mich angefallen hat. Mit gefletschten Zähnen ist er mir an die Wade. Ich wollte ihn nur abschütteln. Ist dumm gelaufen. Es war ein Unfall.»

«Du hast ihn ermordet!»

Nils schnappte nach Luft. Sie konnte das nicht ernst meinen.

«Meine Mutter ist an diesem Abend gestorben», sagte Carola. «Ich habe ihr das von Lestat erzählt, und dann hat ihr Herz aufgehört zu schlagen.»

«Daran bin ich nicht schuld», sagte Nils. «Und so schlimm das auch für dich gewesen sein muss, das gab dir nicht das Recht, meine Familie zu bedrohen. Noemi hätte sterben können! Und unser Hund – hm? –, den hast du umgebracht. Das war kein Unfall. Das war bestialisch!»

«Willst du deshalb die Rache?», fragte Carola. «Willst du mich deshalb töten?»

Nils starrte sie an. Carola Vogel hatte einen Vogel. Gemeingefährlich war sie. Sie stand vor ihm in diesem Engelskleid und streckte die Arme aus. Die Handschelle lag satt um ihr rechtes Handgelenk und baumelte hin und her. «Willst du mich auf dem Scheiterhaufen brennen sehen?», fragte sie mit zittriger Stimme. «Wie eine Hexe? Ich bin doch keine Hexe. Ich bin unschuldig. Warum glaubt mir denn niemand?»

ACHTZEHN

Schnellmann hatte eilig eine Teamsitzung einberufen. Alle waren hier. Barbara und Kevin, Bättig, Metzger, Dr. Waldvogel und auch Susanne Oggenfuss. Eva sass neben Cem. Er konnte kaum ruhig auf seinem Stuhl sitzen und schaute immer wieder auf die Armbanduhr. Es war bereits fünf Uhr. Noch zwei Stunden bis zum Scheiterhaufenfinale. Die Zeit lief ihnen davon.

Kevin nahm den Kugelschreiber aus dem Mund. «Herr Kuster, der Oberstufenlehrer von Nils und Carola, sagte, das sei damals ein echtes Drama gewesen. Carola musste für ein paar Wochen in eine psychiatrische Klinik. Offenbar wurde ihr Hund getötet, und am gleichen Abend starb ihre Mutter an Herzversagen. Und das an ihrem dreizehnten Geburtstag. Sie hat sich davon nicht mehr erholt. Später zog sie zu ihrer Tante nach Appenzell.»

«Kann uns die Klinik nichts über Carola Vogel sagen?», fragte Bättig.

«Schon», antwortete Kevin, «aber ohne richterlichen Beschluss rücken die keine Akten raus. Eva arbeitet daran.»

«Ja. Den bekommen wir aber kaum in den nächsten zwei Stunden», bestätigte sie.

«Was hat Nils Wettstein mit dem Tod von Frau Vogel zu tun?», fragte Schnellmann. «Der Zusammenhang fehlt mir.»

Kevin antwortete: «Herr Kuster meinte, dass Carola Nils beschuldigte, den Hund getötet zu haben. In den Polizeiakten finde ich aber keinen Eintrag.»

«Und heute Nacht führt die Sträggele mit Nils den Totentanz auf», sagte Cem. «Öffentlich. Sie will ihn auf einem Scheiterhaufen brennen sehen. Es passt alles zusammen. Nils' Tochter, Noemi, fanden wir auf der Spreuerbrücke, umgeben von toten Kuscheltieren. Und dann der tote Terrier. Das ist die Rache der Sträggele.»

«Was wissen wir über Nils Wettstein?», fragte Schnellmann. «Ist er ein Psychopath, ein Sadist?»

Barbara antwortete: «Er neigte zu Gewalt. Aber ich denke, seine düstere Ader hat er gut unter Kontrolle. Dank Helen.»

«Wir wissen nach wie vor nichts über die heutige Identität von Carola Vogel», sagte Oggenfuss, «ausser, dass sie keine Apothekerin ist.» Sie schaute Cem über den Rand ihrer runden Brille an.

Kevin griff ein. «Ich mache den deutschen Behörden Druck, aber in den nächsten zwei Stunden erwarte ich keine Antwort. Heute ist Silvester.»

«Wicca Meier-Spring sollte in einer Stunde hier sein für das Phantombild», sagte Cem.

«Geht das nicht schneller?», fragte Schnellmann.

«Nein», antwortete Kevin. «Sie war heute in Deutschland und steckt jetzt im Abendverkehr fest.»

«Hat jemand eine Idee, was das mit dem Vampir soll?», fragte Schnellmann.

«Der Hund», sagte Eva.

Alle schauten sie erstaunt an.

«Die Idee kam mir eben. Kinder und Jugendliche ziehen sich bei Problemen gerne in Phantasiewelten zurück, andere verfallen Filmstars oder Boygroups. Carola wurde in der Schule als Hexe gemobbt, sie hat sich für die Phantasiewelt entschieden. Da liegt es nahe, dass sie ihrem Hund einen geheimnisvollen Namen gab. Sie hat den Hund nach einem Vampir benannt.»

Barbaras Handy klingelte und bewahrte Cem vor einer öffentlichen Reaktion auf Evas Bemerkung. Während Barbara telefonierte, nutzten die anderen die kurze Pause zum Durchatmen. Cem neigte sich Eva zu und flüsterte ihr ins Ohr: «Gute These.»

«Mein Hund hiess Peter Pan.»

«Das erklärt einiges.»

«Das war Helen», sagte Barbara und legte das Telefon weg. «Nils besitzt eine Waffe. Eine Pistole. Nicht registriert. Die ist weg.»

«Scheisse», rutschte es Cem raus.

«Die Fahndung nach ihm läuft», sagte Bättig, «aber sein Handy ist schon seit heute Morgen ausgeschaltet. Wir können es nicht orten.»

«Oberste Priorität hat die Identität der Sträggele», sagte Schnellmann. «Kennen wir die, finden wir sie – und Nils Wettstein gleich dazu.»

«Ich stöbere nochmals in ihrer Vergangenheit», sagte Kevin. «Vielleicht hilft uns Carolas Vater weiter – wenn ich ihn denn finde.»

«Die Engel», sagte Cem. «Könnten die uns einen Hinweis liefern? Ich frage mich, warum sich Carola so viele Umstände gemacht hat? Sie hätte Christine, Karin und Nils direkt bestrafen können. Weshalb der Aufwand mit den Kindern?»

«Um die Aufmerksamkeit der Öffentlichkeit zu gewinnen», sagte Dr. Waldvogel. «Sie war das einsame, traurige, erniedrigte Kind, das kein Gehör gefunden hat. Jetzt will sie das ändern. Sie sieht sich als Engel, als unschuldigen Engel. Deshalb hat sie den Mädchen auch nicht wirklich etwas angetan. Aber damit konnte sie die Eltern bestrafen. Heute kämpft sie als Racheengel für die Gerechtigkeit. Sie sieht sich selbst nicht als Sträggele, nur wir tun das – genau wie damals in der Schule ihre Mitschüler. Diese ganze Inszenierung ist der Hilferuf einer Frau, die kurz davorsteht, komplett durchzudrehen.»

«Was hat das ausgelöst?», fragte Eva. «Carola scheint doch bisher unauffällig gelebt zu haben.»

«Ein erneutes traumatisches Erlebnis», sagte Dr. Waldvogel.

Schweigen. Alle suchten sie in ihren Köpfen nach der Antwort. Sie kam nicht.

«Wo ist denn der schöne Marius?», fragte Oggenfuss.

«Ich habe ihn aus der Stadt geschickt», sagte Cem.

Barbara schaute ihn überrascht an.

«Schade», sagte Oggenfuss. «Er war kreativ und geistreich. Er hätte dieses Schweigen gebrochen.»

«Schweigen», murmelte Cem. Er musste unweigerlich an das Bild in Marius' Wohnung denken. Man schwieg aus Scham, aus Angst … «Christine und Karin schweigen über das, was sie getan haben. Warum? Womit hat ihnen die Sträggele gedroht? Und was, wenn ich dieses Schweigen brechen kann?»

«Was wollen Sie unternehmen?», fragte Schnellmann.

«Wir haben die Frauen noch nicht mit Carola Vogel konfrontiert, nur informiert. Ich möchte nochmals mit ihnen sprechen. Sie haben die Antworten, die wir brauchen.»

«Und wie wollen Sie das anstellen?», fragte Schnellmann. «Viel Zeit haben wir nicht.»

«Im ‹Hexenhammer› steht es drin», sagte Cem. *«Wenn er nämlich erforschen will, ob die Hexe in die Hexenkunst der Verschwiegenheit gehüllt sei, beachte er, ob sie weinen kann, wenn sie vor ihm steht oder er sie der Folter aussetzt.»*

***

Psychische Folter. Seit fünf Minuten schon bearbeitete er Christine Jakob. Cem trat näher vor sie. Sie zitterte. Er hasste es und fühlte sich wie ein Inquisitor. Cem musste ihr Schweigen brechen, ganz gleich, mit welchem Fluch die Sträggele sie belegt hatte. Kevin war draussen im Flur mit Gabriel und Natascha. Er musste die beiden von dem Verhör fernhalten.

«Sie haben Carola damals mit Alkohol abgefüllt, nicht? Ein Spass war das. Carola, das perfekte Opfer.»

«Hören Sie auf», jammerte Christine. «Wir waren Kinder. Kinder tun so was.»

«Sie haben Carolas Leben zerstört, sie gequält, psychisch gefoltert, unter Drogen gesetzt. Das nennt man auch Körperverletzung.» Cem trat näher an Christine heran.

Sie wich zurück, bis die Wand ihre Flucht stoppte. Tränen schossen ihr in die Augen. Der Beweis, dass sie keine Hexe war? Sie wimmerte kläglich.

«Mobbing der schlimmsten Art», sagte Cem. «Terror, reiner Psychoterror. Hat es Spass gemacht?»

«Aufhören.» Sie hielt sich mit den Händen die Ohren zu.

«Haben Sie aufgehört? Carolas Mutter war schwer krank. Können Sie sich jetzt vorstellen, wie die Mutter sich gefühlt haben muss? Machtlos, nicht fähig, ihrer Tochter zu helfen. So, wie Sie Natascha nicht helfen konnten. Wie fühlt sich eine Mutter, wenn sie mit ansehen zu muss, wie ihre Tochter gequält wird?»

«Nein! Es waren nur Streiche. Kinderstreiche.»

«Nur?» Cem atmete schwer und stützte seine Hand an der Wand ab, direkt neben Christines Kopf. «Wer hat Carola geholfen? Niemand. Sie war alleine. Schutzlos. Das perfekte Opfer einer teuflischen Tat.»

«Nein! Ich wollte das nicht.» Christine rutschte der Wand entlang hinab auf den Boden, zog die Knie an und weinte heftig.

Cem ging ebenfalls in die Knie. «Sie wollen, dass es aufhört? Bitte schön. Sie bekommen heute die Chance, die Carola damals nicht hatte. Reden Sie sich von Ihren Sünden frei. Erzählen Sie mir, was ich wissen muss. Wie hat Carola Sie in den Bahnhof gelockt? Wer ist Carola heute?»

«Sie hat gesagt, wenn ich rede, bringt sie Natascha um.»

«Tut sie nicht», sagte Cem. «Carola rächt sich an denen, die sie gequält haben, nicht an unschuldigen Kindern.»

«Sie hat Natascha entführt.»

«Aber sie nicht verletzt», sagte Cem. «Und jetzt reden Sie, oder ich werde Sie die nächsten Wochen weiter quälen. Versprochen. Das wird die reinste Inquisition.»

«Gabriel war mit Natascha im Shoppingcenter», sprudelte es aus Christine heraus. «Carola ist ihnen gefolgt, hat sie gefilmt und mir das Video aufs Handy geschickt. An diesem Morgen habe ich ein Paket erhalten. Mit den Anweisungen, was ich zu tun habe. Sollte ich mich weigern, würden Gabriel und Natascha sterben. Sie hat mir verboten zu reden. Ich solle einen Schockzustand vortäuschen und dürfe erst im neuen Jahr wieder sprechen. Dann sei es ihr egal.»

Cem legte eine Hand auf Christines Schulter. «Gut gemacht. Und wer ist Carola heute?»

«Ich weiss es nicht. Ich habe sie nicht gesehen. Da war nur das Paket.»

«Was war drin?»

«T-Shirt, Rotstift, der Dolch, die Gazebinde, eine Flasche Absinth – und die Pille.»

Cem wusste instinktiv, dass Christine die Wahrheit sagte. Hier kam er nicht weiter. Er stand auf, zögerte plötzlich. «Eines verstehe ich nicht. Weshalb haben Sie mir den Totenschädel in die Jackentasche getan? War das auch eine Anweisung der Sträggele?»

Christine blickte auf. «Welcher Totenschädel?»

«Den gleichen, den wir bei Ihnen am Armband im Schlafzimmer gefunden haben.»

***

Eva sass in Barbaras Büro. «Wann hat Nils realisiert, wer die Sträggele ist?», fragte sie.

«Ich war bei ihnen, habe Helen gefragt, ob sie eine Carola Vogel kennt. Da muss Nils sofort begriffen haben, dass er gemeint war, als seine Tochter entführt wurde, nicht Helen. Wir sind immer davon ausgegangen, dass das eine Frauensache ist. Wir lagen falsch.»

«Und Nils mit seinem hitzigen Temperament wollte sich gleich bei Carola persönlich rächen. Er wusste, wo er sie finden würde.»

«Lestats Grab», sagte Barbara und strich sich die roten Haare aus dem Gesicht.

«Glaubst du nicht, dass Carola damit hätte rechnen müssen, dass er ihre Identität herausfindet und dorthin kommt?»

Barbara trommelte mit den Fingern auf die Tischplatte. «Dio mio! Du denkst, sie hat ihn dorthin gelockt? War das von Anfang an ihr Plan?»

Eva nickte. «Christine und Karin sollten nur bestraft werden. Einen Denkzettel erhalten. Aber Nils hat Carolas Mutter auf dem Gewissen. Er soll brennen.»

Barbara griff zum Telefon. «Das gibt garantiert Tote. – Kevin, sag, dass du was für mich hast.»

«Wicca Meier-Spring ist vor zehn Minuten eingetroffen. Sie arbeitet an dem Phantombild.» Kevin war unten im Labor und steckte sein Handy zurück in die Hosentasche, nachdem Barbara aufgelegt hatte.

Rita sass am Computer. «Hier, ein Foto der Mutter», sagte sie. «Arme Frau. Sieh dir das an.»

Kevin starrte auf das Bild. «Wie eine Hexe. Kein Wunder quälten die Kids Carola. Weisst du, was der Mutter fehlte?»

«Kyphose. Sie hatte einen Buckel. Dazu die krumme Nase, drei Muttermale im Gesicht und rote Haare. Da ist man verflucht. Eine Hexe wie aus einem Bilderbuch.»

«Und die Tochter hat einige Gene von ihr geerbt. Sie wohnten in der Stadt, im Wesemlinquarier. Das passt nicht. Ich brauche ein Feld, einen Hügel, einen Hof mit einer Linde. Rita, geh nochmals zurück auf Türsts Profil in den sozialen Netzwerken.» Kevin starrte auf den Monitor. «Noch immer nur der eine Eintrag. Wie spät ist es?»

«Gleich sieben. In ein paar Minuten sollten wir wissen, wo die Linde steht, so hat es der Türst prophezeit.»

«Nur begreife ich nicht, wer dieser Türst sein soll.»

«Vielleicht hat Carola Vogel einen Freund?»

Kevins Handy klingelte erneut. «Cem, was Neues?»

«Ich weiss, wer Carola Vogel ist! Und ich kenne den Auslöser für ihre Tat. Es passt alles zusammen. Mensch, wir waren so was von blind. Du musst sofort die Fahndung einleiten.»

Kevin fühlte seinen Puls rasen. Endlich. «Und? Wer ist die Sträggele von Luzern?»

***

Marius war hin- und hergerissen. Einerseits war es ein gutes Gefühl, mit der unvergleichlichen Lila Rot auf dem Beifahrersitz die Stadt zu verlassen, andererseits kochte er innerlich, weil er das Scheiterhaufen-Finale verpassen würde. Wäre ein tolle Story geworden.

Lila erging es nicht anders. Sie schmollte wie ein kleines Kind, wütend auf Cem.

Marius schaltete einen Gang hoch. Er fuhr am Vierwaldstättersee entlang Richtung Küssnacht. Vor ihm strahlte die Rigi im Mondlicht. Es war eine kalte, klare Nacht. Silvester. Dies könnte ein toller, romantischer Abend werden, gäbe es da nicht die Sträggele – und Cem. Als Journalist kannte Marius nur bedingt Skrupel. Aber er mochte Cem. Und ihm die Freundin auszuspannen lag nicht drin. Er schielte hinüber zu Lila. Sie trug eine weisse Lederjacke, verbleichte Jeans und pinkfarbene Moonboots. Ihre Mütze lag auf dem Armaturenbrett. Sie hatte darauf bestanden, in die Höhe zu fahren. In der Natur könne sie ihren Frust besser hinausschreien, hatte sie gesagt. Es kriselte ganz schön zwischen ihr und Cem. Aber das war nicht sein Fehler.

Ein Klingelton kündigte eine Mail auf Marius' neuem Handy an. Es war genau sieben Uhr. Er schaute aufs Display.

Eine Mail vom Türst!

«Das gibt's doch nicht.» Marius trat hart auf die Bremse, riss das Steuer nach rechts und brachte den Wagen auf dem Trottoir am Seeufer zum Stehen.

«Hey, willst du uns umbringen?»

Der Wagen, der hinter ihnen gefahren war, hupte aufgebracht.

Marius öffnete sofort die Mail. «Jetzt wird's schräg», sagte er, las die Zeilen und drückte auf einen angehängten Link: ein Video. Livecam.

Die Sträggele, in einem weissen Engelskleid ohne Flügel.

Sie stand auf dem Scheiterhaufen. Gefesselt an einen Masten.

«Die kenn ich doch! Das ist also unsere Sträggele. Sorry, Lila, das wird nichts mit einem romantischen Silvester auf der Rigi.» Er drückte ihr sein Handy in die Hand. «Lust, eine Hexe vom Scheiterhaufen zu retten?» Marius legte den ersten Gang ein, wendete und fuhr zurück Richtung Meggen.

***

Pfarrer Schlumpf trat aus der Jesuitenkirche. Mein Gott. Was hatte er getan? Er torkelte zum Ufer der Reuss. War er nicht für alle Menschen verantwortlich? Auch für diejenigen, die sich auf Abwege begaben? Schlumpf war tiefreligiös, und er verabscheute die Menschen, die Gott den Rücken zuwandten. Aber es war auch eines der Gebote, nicht zu töten. Und heute Nacht würde eine Frau als Hexe auf dem Scheiterhaufen brennen. So weit hätte es nicht kommen dürfen.

In diesem Moment klingelte sein Telefon.

Es war Thomas Leu. «Haben Sie die Mail auch erhalten?», fragte er aufgeregt.

«Ja», sagte Schlumpf.

«Gabriel Jakob hat mich soeben angerufen. Er fährt direkt hin. Wo sind Sie?»

«Jesuitenkirche.»

«Gut. Ich bin gleich bei Ihnen und nehme Sie mit.» Thomas legte auf, bevor Schlumpf etwas erwidern konnte. Für die nächsten Minuten versank er im stillen Gebet und gedachte all der Frauen, die als Hexen im Feuer den Tod fanden, damals wie heute.

***

Cem trat in Barbaras Büro und versuchte, die stickige Luft zu ignorieren. Eva und Oggenfuss sassen am Tisch. Barbara tigerte auf und ab. Kevin und Bättig bearbeiteten den Computer, und Schnellmann telefonierte lautstark.

«Und, schon eine Spur?», fragte Cem und trat zwischen Kevin und Bättig.

«Die Fahndung läuft», sagte Kevin. Er hielt Cem eine Computerzeichnung hin. «Das Phantombild von Wicca Meier-Spring. Sie ist es. Du hattest recht.»

«Ja, hatte ich.» Cem schaute auf seine Armbanduhr. Es war nach sieben. «Nichts Neues? Der Türst wollte sich doch um sieben wieder melden.»

«Nichts», sagte Bättig.

«Mist.» Cem richtete sich auf, zog seine Schiebermütze vom Kopf und knallte sie auf Barbaras Arbeitstisch. Er wechselte einen etwas zu intensiven Blick mit Eva. Wenn das hier vorbei war, und das war es heute Nacht, so oder so, musste er mit ihr reden. Sie brauchten klare Verhältnisse. Was nicht so einfach war, wenn sein Testosteronwert in ihrer Nähe bedenklich stieg.

«Wie war es bei den Jakobs?», fragte Barbara.

«Ich habe Christine ganz schön ans Limit getrieben», sagte Cem. «Und als ich ging, war ihr Mann schon weg. Er wollte noch etwas besorgen, hat Natascha erklärt. Vielleicht sollten wir eine Streife hinschicken, die nach den beiden sieht?»

«Klar.» Barbara gab Kevin ein Zeichen, der gleich zum Hörer griff.

«Wie haben Sie das Geheimnis aus Frau Jakob herausgelockt?», fragte Oggenfuss.

«Oh, heiliger Strohsack!», rief Kevin dazwischen. «Leute, schaut euch das an.»

Alle stürmten zum Monitor. Der Türst hatte soeben den Link zu einer Liveübertragung ins Netz gestellt.

Der Boden war gezuckert mit einer feinen Schicht Schnee. Ein Scheinwerfer erleuchtete einen Scheiterhaufen. Und ganz oben, an einen Holzmasten gefesselt, stand das Opfer, das heute Nacht brennen sollte.

Die Sträggele!

NEUNZEHN

Marius raste die Strasse hoch und kam mehrmals auf dem verschneiten Asphalt ins Rutschen. Lila klammerte sich am Armaturenbrett fest. T-Bone, der hinten auf der Rückbank angebunden war, wurde in den Kurven hin und her geworfen.

«Willst du uns umbringen?», schrie Lila.

«Hast du die Livebilder der Webcam nicht gesehen?», sagte Marius. «Die Sträggele steht bereits auf dem Scheiterhaufen. Wenn wir zu spät kommen, wird sie brennen.»

«Warum sollte der Türst das tun?», fragte Lila. «Und wer ist er überhaupt?»

«Ich tippe auf Nils Wettstein», sagte Marius und trat zu hart auf die Bremse. Der Wagen drehte sich um seine eigene Achse.

Lila wurde gegen Marius' Schulter geworfen. «Wow, wir sind hier nicht an einer Rallye.»

«Da oben, das Licht. Das muss es sein.» Marius legte den Rückwärtsgang ein und fuhr einige Meter zurück. Dann bog er links in einen Feldweg ein. Sie befanden sich irgendwo zwischen Adligenswil und Udligenswil. «Mist, nächstes Mal lege ich mir einen 4x4 zu.»

Auf der Rückbank winselte T-Bone. Lila versuchte, ihn zu beruhigen und zog ihr Handy aus der Handtasche.

Marius konzentrierte sich auf den Weg. Im Licht der Scheinwerfer wand sich die enge Strasse gefährlich steil den Hang hoch. Deutlich waren Reifenspuren zu sehen. Hier war vor nicht allzu langer Zeit ein Wagen hochgefahren. Sie waren auf der richtigen Spur.

«Merde, ich hätte Cem anrufen sollen, als wir noch unten beim See waren. Ich habe hier keinen Empfang.»

«Wenn wir oben sind, sollte es gehen», sagte Marius, wenn sie denn heil oben ankamen. Mehr als Schneckentempo ging nicht.

«Und was tun wir dann?», fragte Lila.

«Die Hexe vom Scheiterhaufen holen und möglichst Nils aus

dem Weg gehen. Er ist Boxer. Gegen seinen stahlharten Körper ziehe ich vermutlich den Kürzeren.»

«Vielleicht kann ich ihn mit den Waffen einer Frau in Schach halten», sagte Lila.

Marius riskierte einen kurzen Blick zu ihr hinüber. «Deine reizenden Waffen spare du dir für einen anderen auf.»

«So?»

«Ich habe Cem versprochen, auf dich aufzupassen. Du bleibst im Wagen.»

«Ha! Jetzt willst auch du mich bevormunden? Ist das eine Verschwörung gegen mich? Ihr behandelt mich wie ein Porzellanpüppchen.»

«Wir mögen dich halt.»

«Wir?»

Marius überliess ihr das letzte Wort und fuhr schweigend weiter. Das Licht wurde stärker. Das musste der Scheinwerfer sein, der den Scheiterhaufen für die Webcam ausleuchtete.

Die Sträggele verzog den Mund. Die Handschellen schnitten hinter ihrem Rücken hart und kalt in ihr Fleisch. Ihre Finger waren bereits taub. Sie stand mit dem Rücken am alten Telefonmast. Unter ihren Füssen wackelten die Holzscheite, die sie fast zwei Meter hoch aufgestapelt und die Lücken mit Stroh ausgefüllt hatte.

Ihr war kalt. Viel zu kalt. Und sie hatte schreckliche Angst.

Sie blinzelte. Der Scheinwerfer strahlte ihr direkt ins Gesicht. Sie wusste, dass die Webcam, die sie an der Linde angebracht hatte, jetzt Livebilder ins Netz speiste. Alle würden es sehen, die ganze Welt. Mein Gott, was habe ich getan? Sie blickte hoch. Über ihr schwebte der kleine Engel. Die Unschuld. Das Reine. Sie selbst war weit von diesem Weg abgekommen, ein gefallener Engel. Eine Hexe. Hexen waren verdammt. Sie starrte auf ihre nackten Füsse. Noch brannte das Feuer nicht. Noch fror sie.

Sie hörte ein Geräusch. Motoren. Die ersten Schaulustigen waren hier.

«Da ist sie!», rief Lila und sprang aus dem Wagen, noch bevor Marius ihn ganz zum Stehen gebracht hatte.

«Lila, warte!» Marius würgte den Motor ab und riss die Autotür auf. Cem würde ihn umbringen. Lila war bereits beim Scheiterhaufen. Marius roch das Benzin. Verflucht auch. Die Holzscheite und das Stroh mussten darin gebadet haben. Ein Funke, und der Scheiterhaufen würde lodern wie Zunder. Lila schien das nicht zu kümmern. Sie kletterte auf den Scheiterhaufen zu der Sträggele.

Marius schaute sich um. Wo war der Türst? Es war zu still hier oben. Der Kerl musste etwas geplant haben. Oder weshalb band er die Sträggele an den Mast, mit einer Kamera auf sie gerichtet? Und wo zum Teufel blieb die Polizei? Die mussten die Bilder doch auch sehen? Marius griff zum Telefon. Der Empfang war mies, aber es sollte gehen.

«Verfluchter Holländer», nahm Cem seinen Anruf entgegen. «Weshalb sehe ich da gerade Lila auf dem Scheiterhaufen stehen? Wo seid ihr, verdammt?»

«Du siehst die Bilder der Webcam?», fragte Marius verwirrt. «Wo bist du?»

«Na, im Büro, wo sonst?»

«Hast du die Mail mit der Adresse nicht erhalten?»

«Welche Mail?»

Die Polizei wusste nichts von diesem alten Hof.

Marius erklärte, wo sie sich befanden, und leitete die Mail an Cem weiter.

«Sind schon unterwegs», keuchte Cem ins Telefon. «Und Marius, hol verdammt noch mal Lila vom Scheiterhaufen runter.»

Marius steckte das Handy weg und eilte zu ihr. Der beissende Geruch von Benzin war kaum zu ertragen. Er streckte die Hand nach Lila aus, die verzweifelt an den Handschellen der Sträggele rüttelte.

Plötzlich war da ein Geräusch. Marius wirbelte herum.

***

Cem rannte mit Barbara und Kevin zum Wagen. Schnellmann hatte bereits Grossalarm ausgelöst. Bättig hatte sich Oggenfuss unterordnen müssen. Sie ernannte ihn zu ihrem Chauffeur. Zusammen mit Eva nahmen sie einen zweiten Wagen.

Cem kochte innerlich. Marius hatte sein Versprechen gebrochen. Lila war in Gefahr. Schon wieder. Tausend Fragen wirbelten ihm durch den Kopf, als er die Tür des Dienstwagens aufriss. War Nils von Anfang an der Drahtzieher gewesen? Aber Marius hatte doch gesagt, die Sträggele, die ihn angerufen hatte, sei eine Frau gewesen. Und sie hatte ein gutes Motiv. Aber wenn sie sich an Christine, Karin und Nils rächen wollte, weshalb stand sie jetzt auf dem Scheiterhaufen und nicht Nils? War ihr Plan schiefgelaufen? Hatte sie Nils unterschätzt? Es gab zu viele Lücken. Tatsache war, dass Lila und Marius in Gefahr waren. Sie waren nicht allein mit der Sträggele dort oben. Cem hatte deutlich am Telefon gehört, dass sich ein Auto näherte. Dann war die Verbindung abgerissen.

Barbara setzte sich auf den Beifahrersitz, Kevin auf die Rückbank. Cem platzierte das Blaulicht auf dem Autodach und startete den Motor. Kevin tippte mit einer Hand auf dem Bildschirm seines Tablets herum, mit der anderen hielt er sich sein Handy ans Ohr.

«Was siehst du?», rief Cem und gab Gas. «Klettert Lila noch immer auf dem Scheiterhaufen rum? Ist Nils zu sehen?»

«Marius und Lila sind beide auf dem Scheiterhaufen bei der Sträggele», sagte Kevin. «Von Nils nichts zu sehen.»

«Scheisse!», fluchte Cem. «Versuch weiterhin, Marius oder Lila zu erreichen.»

«Bin schon dabei», sagte Kevin.

***

«Gleich zwei Wagen. Wir bekommen Besuch», sagte Marius. Er stand neben Lila auf dem Scheiterhaufen. «Wer immer das ist, die sind gleich hier. Runter von hier. Das Holz ist voller Benzin.»

«Lass mich raten – Anweisung von Cem», sagte Lila.

«Von mir», sagte Marius. Er setzte seinen durchdringendsten Blick ein, bis sie schliesslich nachgab und runterstieg. Er wandte sich der Sträggele zu, zog seine Jacke aus und legte sie ihr über die Schultern. Sie würde sich zu Tode frieren. «Vor zwei Tagen hast du mich im Wagenmoos fast umgebracht. Heute bin ich hier, um dich zu retten. Ist das nicht lieb?»

Die Sträggele blickte zu ihm auf. Tränen in ihren Augen. Sie war eine so unscheinbare Person. Nicht hübsch, nicht hässlich. Braune schulterlange Haare, dunkle Augen. So ein Typ «Mädchen von nebenan», dem man täglich begegnen konnte und doch nie Notiz von ihm nahm. Hatte sie deshalb ihre Identität so gut verbergen können? «Du kannst mich nicht retten, Victimarius», sagte sie. «Er wird mich verbrennen.»

«Woher kennst du diesen Namen?»

«Salome hat mir von dir erzählt.»

«Ihr kennt euch?»

«Ich bin eine Kundin, mehr nicht.»

Marius schaute sich um. «Eine Ahnung, wo der Türst ist?»

«Er hat sich versteckt, als er euch kommen sah.»

«Und das hier?» Marius zeigte auf den Scheiterhaufen, die Kamera und den Scheinwerfer. «Hat er das alles inszeniert?»

Die Sträggele nickte. «Er hat mich hergelockt.»

Marius sah sich die Handschellen an. Da war nichts zu machen. «Gut. Ganz ruhig bleiben. Die Polizei ist unterwegs. Eine Ahnung, wer die sein könnten?» Er blickte zu den Wagen, die bald auf der Höhe waren.

«Zeugen», sagte die Sträggele. Sie zitterte leicht.

Marius legte ihr kurz die Hand auf die Schulter. «Bin gleich zurück.» Er kletterte vom Scheiterhaufen hinunter und trat neben Lila, die T-Bone aus dem Wagen geholt hatte. «Ist das unsere einzige Waffe?», flüsterte er ihr ins Ohr.

«Warum musstest du auch dein Maschinengewehr und die Handgranaten zu Hause lassen?»

«Mir war in dieser Silvesternacht mehr nach romantischem Dinner und buntem Feuerwerk.»

Lila warf den Kopf herum und starrte zu ihm hoch. «Romantik

hat's in meinem Leben noch nie gegeben. Nur Action und Katastrophen.»

«Wird Zeit, das zu ändern», sagte Marius, «wenn du denn Hilfe von einem Krüppel annimmst.»

Sie trat etwas enger neben ihn. T-Bone knurrte leise. Offenbar spürte er die Spannung, die in der Luft lag.

Die beiden Wagen parkierten auf dem Platz.

Vom Beifahrersitz des Audis stieg ein grosser älterer Mann mit weissem Haar und buschigem Bart aus. Marius kannte ihn nicht, sehr wohl aber den Fahrer. «Das ist Thomas Leu», flüsterte er Lila zu. «Und wetten, im Wagen dahinter ist Gabriel Jakob.»

«Dann sind ja alle hier», sagte Lila.

«Ist das die Hexe, die meine Frau erniedrigt und meine Tochter betäubt hat?», rief Thomas, während er auf die Sträggele zustürmte. «Jetzt wird sie gegrillt, das Miststück!»

«Hoppla, schön sachte», sagte Marius und stellte sich Thomas in den Weg. Dessen Gesicht hatte einen bedenklich roten Farbton angenommen.

Gabriel eilte seinem Leidensgenossen sofort zur Seite. «Die Hexe hat beinahe meine Tochter und meine Frau ermordet», sagte er, etwas gefasster, aber nicht weniger wütend.

Marius hob schlichtend die Hände. «Ist ja gut. Die Sträggele ist an den Masten gefesselt, sie geht nirgendwo hin. Und die Polizei ist informiert, die sind jeden Augenblick hier. Die regeln das.»

«Ach ja?», sagte Thomas und stampfte mit den Füssen auf den gefrorenen Boden. «Polizei? Wo war sie, als meine Frau gezwungen wurde, in die Kirche … Scheiss auf die Polizei! Die stecken die Hexe nur für ein paar Monate in ein Irrenhaus, und dann ist sie wieder frei.»

«Und wir müssen uns weiterhin Sorgen um unsere Familien machen», ergänzte Gabriel.

«Anna Göldin war die letzte Hexe, die in der Schweiz getötet wurde», sagte Marius, «und dabei bleibt es. Oder wollen Sie den Scheiterhaufen anzünden und die Geschichte umschreiben?»

Marius hörte, wie T-Bone an der Leine knurrte. Lila beobachtete ihn aufmerksam. Wenn die beiden wütenden Familienväter auf die Sträggele losstürmen wollten, konnte Marius nicht beide aufhalten. Nur ein Funke, mehr brauchte es nicht, um den Scheiterhaufen und alles um ihn herum in ein loderndes Inferno zu verwandeln. Scheisse auch, warum hatte er nicht gleich Cem informiert?

Der Bärtige kam auf Marius zu. Ein Mann, der pure Autorität ausstrahlte. So eine Art Gandalf, einzig der Zauberstab fehlte. Wenn noch Elben und Orks aus dem Wald stürmten, war alles perfekt.

«Ich bin Pfarrer Schlumpf», sagte Gandalf und stellte sich neben Marius.

«Wow», sagte Marius gedehnt. «Klar, die Kirche war bei Hexenverbrennungen immer anwesend.»

«Ich ignoriere für einmal Ihre Bemerkung», sagte Schlumpf. «Sie haben recht. Selbstjustiz ist falsch. Egal, wie wütend wir auf diese Frau sind. Die Kirche toleriert keine Hexenverbrennungen mehr, und Mord ist nach wie vor eine Todsünde. Wir bleiben also ruhig und warten auf die Polizei.»

Marius atmete erleichtert auf: Gandalf hatte ein Machtwort gesprochen.

Ein Machtwort, das nicht bis zu Gabriel durchdrang. Er stürmte los, rechts an Marius vorbei.

***

«Die Livebilder verbreiten sich wie ein Lauffeuer im Netz», sagte Kevin. «Wahnsinn. Und jetzt hat der Türst auch noch die Koordinaten ins Netz gestellt. Das gibt eine öffentliche Hinrichtung.»

Cems Handy klingelte. Er schaltete es über die Freisprechanlage des Wagens. «Eva, was gibt's?», fragte er. «Fahr ich euch zu schnell?»

«Mit meinem Stadtflitzer wären wir schneller», sagte sie und versuchte, sich die Anspannung nicht anmerken zu lassen. «Oberstaatsanwalt Kernen hat mich eben angerufen. Offenbar hat er Beziehungen zu den deutschen Behörden spielen lassen. Ein Freund aus einem Tennisclub oder so. Jedenfalls hat er inoffizielle Informationen über Carola Vogel erhalten.»

Cem fuhr am Verkehrshaus vorbei. «Schiess los.»

«Mit neunzehn zog Carola Vogel nach München. Sie begann eine Ausbildung in einer IT-Firma. Sie bekam Probleme mit einem Stalker. Er hat sie tätlich angegriffen. Daraufhin genehmigten die Behörden, dass sie ihren Namen wechselte. Sie stellten ihr einen neuen Pass aus.»

«Oh, Hühnerkacke», meldete sich Kevin vom Rücksitz.

«Was?», riefen Cem und Barbara gleichzeitig.

«Da sind Gabriel Jakob und Thomas Leu! Und dieser Pfarrer. Sie verhandeln gerade mit Marius vor dem Scheiterhaufen. Das kann nicht –»

«Wo ist Lila?», rief Cem und drückte das Gaspedal durch. Er fuhr die Strasse hoch Richtung Adligenswil. Mist, sie brauchten noch fünf Minuten.

«Lila steht etwas abseits und – Scheisse! Gabriel Jakob stürmt auf die Sträggele los. Da! Marius hat ihn. Sie liegen beide am Boden. Mist! Woher hat Thomas Leu das verdammte Feuerzeug? Der will den Scheiterhaufen abfackeln.»

***

Marius kannte sich mit Explosionen aus. Er war schon zu oft nah an einer Bombe gewesen. Lichtblitz – Knall – Hitze. Sollte er überleben, würde Cem ihn umbringen, garantiert. Er hatte ein Versprechen gegeben, und jetzt war Lila in Lebensgefahr. Und Marius konnte nichts mehr tun.

Er vergrub den Kopf unter seinen Armen.

Und wartete.

Die Sträggele schrie in Todesangst.

Aber es folgte kein grelles Licht, kein Knall, keine Hitze.

Vorsichtig blickte er auf.

Marius hatte nicht mit der Reaktionsfähigkeit von Gandalf gerechnet. Pfarrer Schlumpf hatte Thomas überrumpelt und hielt seine Hand mit dem Feuerzeug fest. «Lassen Sie das, Thomas. Wir fliegen hier sonst alle in die Luft. Das Holz ist getränkt mit Benzin, riechen Sie das nicht?» Er riss Thomas das

Feuerzeug aus der Hand. «In Gottes Namen, wollen Sie uns alle umbringen?»

Thomas' Stimme überschlug sich. «Diese Hexe hat mein Kind entführt und meine Frau öffentlich erniedrigt.»

«Und Karin?», schrie die Sträggele so laut, dass alle unweigerlich die Luft anhielten. «Sie hat mir nach dem Turnunterricht die Kleider geklaut. Ich musste nackt durch das ganze Schulhausareal rennen. An diesem Tag wäre ich am liebsten gestorben!»

Thomas sackte auf den Boden.

Gabriel wand sich aus Marius' Griff. Sie standen auf. «Und was hast du meiner Frau angetan?»

«Sie für ihre Tat bestraft. Und es war so leicht», antwortete die Sträggele. «Christine ist so berechenbar, immer der gleiche Tagesablauf. Ich fand schnell heraus, dass sie einen Reserveschlüssel unter dem Keramikvogel im Garten versteckt. Und jeden Morgen trinkt sie ihren Grüntee. Seit Oktober trinkt sie Grüntee mit Gras und merkt es nicht. Und am Heiligen Abend bin ich schon früh in euer Haus. Ich habe heimlich K.-o.-Tropfen in Christines Kaffee getan. Dann ist sie mir schön brav ins Schlafzimmer gefolgt, wo ich ihr den Alkohol eingeflösst habe.»

«Du bist eine Bestie», schrie Gabriel.

«Ich?» Die Sträggele lachte böse. «Wer hat mich in der Schule mit Alkohol abgefüllt und mir Drogen in den Kuchen getan? Ich wurde von der Schule verwiesen! Und immer haben sie über mich gelacht, die Kinder. War es meine Schuld, dass meine Mutter krank war? Dass wir rote Haare in der Familie haben? Dass meine Nase krumm war und ich ein Muttermal im Gesicht hatte? Könnt ihr euch vorstellen, was das für ein Fluch war? Hexe, so haben mich die Kinder genannt – und Sträggele.»

Es wurde still auf dem alten Hof.

Nicht für lange.

«Wer ist das?», fragte Lila und zeigte auf die Lichter, die den Hang hochfuhren.

Marius ging zu ihr. «Keine Ahnung.»

«Das ist der Mob», sagte Schlumpf. «Der Türst hat die Koordinaten im Internet bekanntgegeben.»

«Schaulustige», flüsterte Lila. «Wie im Mittelalter? Die wollen eine Hexe brennen sehen!»

Schlumpf nickte.

Lila klammerte sich an Marius' Arm. «Wo bleibt Cem?»

«Können wir die Sträggele nicht runterholen?», fragte Schlumpf.

«Wir haben keinen Schlüssel für die Handschellen», sagte Marius.

Der erste Wagen stoppte auf dem Platz. Drei junge Männer und eine Frau stiegen aus, die Handys bereits gezückt. «Das ist ja geil!», jauchzte der eine. «Voll krass. Das ist die verdammte Hexe, die kleine Kinder quält.»

«Zündet sie an!», forderte sein Kumpel.

Schlumpf übernahm sofort die Kontrolle, hielt die Schaulustigen auf Distanz.

Schon brauste der nächste Wagen heran. Ein Pärchen stieg aus. Die Frau bekreuzigte sich, der Mann schleuderte der Sträggele ein paar unschöne Worte an den Kopf.

«Da kommen noch zwei Wagen», flüsterte Lila leise in Marius' Ohr. «Was machen wir denn jetzt? Wenn die durchdrehen, ist es aus.»

Marius beugte sich zu Lila hinunter. «Mich würde interessieren, wo Nils Wettstein steckt. Er muss die Koordinaten ins Netz gestellt haben. Der veranstaltet doch nicht diesen Zirkus und verpasst die Show.» Marius beobachtete, wie Schlumpf die Schaulustigen zusammen mit Gabriel und Thomas ein gutes Stück vom Scheiterhaufen entfernt zusammentrieb. Der Hirte und seine Schafe, passte doch, der Vergleich, oder Gandalf und die Orks, ginge auch.

«Da, hörst du? Endlich!»

Marius folgte Lilas ausgestreckter Hand. Tatsächlich, die Kavallerie kam mit Blaulicht. Wurde auch Zeit. Er atmete durch. Katastrophe abgewendet.

Doch noch vor der Polizei erreichten zwei andere Wagen den Hof. Aus dem vorderen stiegen vier junge Typen. Im zweiten Wagen sass nur eine Frau.

Marius erkannte sie sofort. Die roten Haare verrieten sie. Helen Wettstein. «Was sucht die denn hier?», sagte er lauter als beabsichtigt. Sofort ging er zu ihr. Sie wollte bereits zum Scheiterhaufen stürmen.

«Ist sie das?» Helens Stimme zitterte. «Ist das die Frau, die meine Tochter entführt und unseren Hund getötet hat?»

Marius versuchte, sie zu beruhigen, aber er drang nicht zu ihr durch.

«Wo ist mein Mann?», fragte Helen aufgeregt. «Wo ist Nils?»

«Easy, okay?», sagte Marius. «Die Polizei ist hier, sehen Sie. Es wird sich alles aufklären.» Marius beobachtete, wie drei Wagen der Polizei auf den Hof fuhren.

Cem übernahm sofort die Leitung und überging Barbara – und Oggenfuss. Das hier war sein Fall und Lila wieder einmal mittendrin. Er wies einen uniformierten Kollegen vom Sicherheitsdienst an, Schlumpf zu helfen und die Schaulustigen auf Distanz zu halten. Barbara schickte er zu der Strägggele an den Scheiterhaufen. Kevin sollte sich um Lila kümmern, und Bättig und der andere Kollege sollten den Hof nach Nils absuchen.

Eva stand neben ihm und starrte die Strägggele an. «Sie ist so unscheinbar», sagte Eva im Flüsterton.

«Hey, versuch der Webcam den Stecker zu ziehen», sagte Cem. «Wir brauchen hier keine Liveübertragung.» Eva nickte, und Cem marschierte zu Marius, der bei Helen stand.

«Reichlich spät», sagte Marius.

«Darüber reden wir später», konterte Cem gereizt. «Lagebericht.»

«Die Strägggele ist auf dem Scheiterhaufen, in Handschellen. Wir kriegen sie nicht auf. Das ganze Holz ist mit Benzin getränkt.» Marius nickte hinüber zu der kleinen Menschengruppe. «Die Stimmung ist aufgeladen.» Die jungen Männer riefen der Strägggele immer wieder beleidigende Worte zu. Sie waren enttäuscht, dass nichts weiter passierte.

«Wo ist Nils Wettstein?», fragte Cem.

«Nicht gesehen.»

«Was ist mit meinem Mann?», fragte Helen. «Wo ist er? Was hat die Hexe mit ihm gemacht?»

«Beruhigen Sie sich», sagte Cem. «Sieht eher so aus, als ob Ihr Mann die Sträggele auf den Scheiterhaufen verbannt hat.»

«Nils ist kein Mörder», sagte Helen und wischte sich energisch Tränen aus den Augen. «Du Miststück hast meine Noemi entführt!», schrie sie der Sträggele entgegen.

Diese blickte sich hektisch um. Sie ignorierte die Worte, die Barbara ihr beruhigend zusprach. Täuschte sich Cem, oder sah er blanken Horror in ihren Augen? Eigentlich müsste sie jetzt entspannt sein. Die Polizei war hier.

Cem atmete die kalte Nachtluft ein, Luft, getränkt mit Benzin. Wieder beobachtete er die Sträggele. Erst jetzt bemerkte er den kleinen Engel ganz oben am Mast. Wie ein Schutzengel thronte er da. Weshalb? Weshalb war da ein Schutzengel? Cems Sinne waren hellwach. Er fühlte, wie die Nackenhaare sich sträubten. Die Sträggele starrte ihn an. Der Blick einer Wahnsinnigen? Oder der Blick einer Frau, die dem Tod ins Auge sah? Da war es wieder, sein Bauchgefühl, das zu oft recht hatte. Es war noch nicht zu Ende.

«Mörder!», schrie sie plötzlich. «Nils ist ein Mörder! Er hat meinen Hund umgebracht. Er hat meine Mutter getötet. Und jetzt will er mich töten. Er ist ein Monster! Er zerstört Leben!»

«Nein», keuchte Helen. «Sie lügt. Hexe!»

Die Schaulustigen johlten und schlugen ein rhythmisches «Hexe, Hexe!» an.

Wir sind hier bei keinem Fussballspiel, dachte Cem geschockt. Er starrte zu Lila hinüber. Sie und Kevin standen viel zu nah an dem Scheiterhaufen. Einen Moment abgelenkt, achtete er nicht auf Helen.

Helen rannte los.

Cem und Marius konnten nicht rechtzeitig reagieren. Wenn eine Frau ihre Familie bedroht sah, wuchsen ihre Kräfte ins Unermessliche. Sie würde der Sträggele die Augen auskratzen.

Barbara war es, die blitzschnell reagierte, vom Scheiterhaufen hinuntersprang und Helen abfing.

Bei Allah, was für ein Bild. Tiefe Winternacht, der Scheiterhaufen vom Scheinwerfer hell erleuchtet, eine Hexe an den Mast gefesselt und zwei rothaarige Frauen, die davor wie wilde Furien kämpften, von den Schaulustigen lautstark angefeuert. Helen war überraschend stark, und Barbara kassierte eine Ohrfeige und einen Magentritt, bevor sie Helen unter Kontrolle hatte, ihr die Arme auf den Rücken drehte und sie zu Boden drückte. Kevin eilte ihr zu Hilfe.

Die Sträggele schrie hysterisch.

Nicht gut. Schlumpf und der uniformierte Kollege brauchten sofort Verstärkung. Lange konnten sie die Männer nicht mehr in Schach halten.

Bättig kam aus dem Stall gerannt. Mit einem Kopfnicken schickte Cem ihn sofort zu den Schaulustigen hinüber. Auch Oggenfuss eilte zur Verstärkung hin. Die jungen Männer gierten regelrecht nach Blut.

Barbara legte Helen unterdessen Handschellen an.

Die Sträggele schrie noch immer. Cem sah, wie Lila zu ihr eilte. «Mädchen, Mensch! Marius, hol Lila von dem Scheiterhaufen runter. Wir müssen ruhig bleiben, Verstärkung ist jeden Moment hier.»

«Alles klar, Mann.» Marius rannte zu Lila, während Barbara Helen abführte.

Gut, dachte Cem, alles wieder unter Kontrolle. Er schaute sich um. Wo war Eva? Sie sollte der Kamera den Saft abdrehen. Cem blickte nach rechts zu der Linde. Von Eva war nichts zu sehen. Bitte nicht. Ein schreckliches Déjà-vu kroch in ihm hoch: Eva, brutal verprügelt, und er war nicht da, um ihr zu helfen. Cem fühle, wie Adrenalin seinen Körper durchfuhr. Er rief ihren Namen. Keine Antwort.

Und dann sah er den Schatten. Er kam hinter dem Scheiterhaufen hervor.

Torkelnd. Wutentbrannt. Die Hände zu Fäusten geballt.

Der Türst.

Nils!

Er starrte Barbara hinterher, die gerade seine Frau zum Streifenwagen führte.

Das war nicht gut.

Das war eine Katastrophe.

Marius und Lila waren viel zu nah dran und sahen Nils nicht.

Cem rannte los. «Marius! Bring Lila weg! Schnell!»

Marius wirbelte herum, und sofort schien er zu begreifen, was los war. Er packte Lila um die Taille, hob sie hoch und zog sie runter vom Scheiterhaufen.

Cem stürmte auf Nils los. Er zog seine Waffe.

Was half die? Nils hielt seine bereits in der Hand. Reichte ein Schuss, den Scheiterhaufen zu entzünden? Nils wurde langsamer, ignorierte Cem und drehte sich zu der Sträggele um. Er starrte zu ihr hoch.

Sie weinte und zitterte am ganzen Körper.

«Du willst meine Familie zerstören?», keuchte Nils.

«Waffe fallen lassen», rief Cem, blieb zwei Meter vor Nils stehen und zielte auf dessen Brust.

Nils ignorierte seine Warnung. «Du Hexe!»

«Du Mörder!», schrie sie zurück. «Du wirst hinter Gitter kommen für das, was du getan hast.» Sie zerrte an ihren Handschellen, aber die Hände waren hinter ihrem Rücken an den Mast gekettet, da gab es kein Entkommen. «Du Monster», schluchzte sie. «Ihr alle! Ihr habt mein Leben zerstört! Was habe ich euch getan? Ich war ein Kind! Ein unschuldiges Kind mit einer kranken Mutter und kaum genug Geld für ein anständiges Essen. Und ihr habt über mich gelacht! Mich gequält, erniedrigt, und es hat euch Spass gemacht.» Sie schnappte nach Luft. «Ihr wollt eine Hexe brennen sehen? Nein! Hier wird ein unschuldiger Engel geopfert! Das ist die Wahrheit.»

«Lügnerin!», brüllte Nils und stürmte zu der Sträggele auf den Scheiterhaufen.

Verflucht. Cem steckte seine Pistole in den Hosenbund und rannte hinterher.

Nils streckte seine Hände aus, packte die Sträggele am Hals. Sie würgte und keuchte. «Du elendes Luder», schrie er.

Cem packte Nils an der Jacke und zerrte ihn zurück. «Genug!»

Nils wirbelte herum, ein gutes Stück grösser als Cem und

mit mindestens der doppelten Muskelmasse bepackt. Aber seine Bewegung war zu harsch gewesen. Die Holzscheite wackelten unter seinem Gewicht. Er verlor die Balance und krallte sich an Cem fest. Zusammen stürzten sie, rollten über die Holzscheite nach unten und landeten auf dem verschneiten Boden. Cem wollte sich sofort aufrappeln, aber Nils lag auf ihm, drückte ihn nieder und schnürte ihm mit seinem Unterarm die Luft ab.

Scheisse, dachte Cem, und alle schauen zu. Er drehte sich leicht zur Seite und brachte mit aller Kraft sein Knie hoch. Er verfehlte das Ziel, aber Nils rollte trotzdem von ihm runter und stand auf. Er torkelte rückwärts. Sein Gesicht im flackernden Licht zu einer entsetzten Fratze verzerrt.

Was zum Teufel …

Das panische Schreien der Strággele frass sich bis zu Cems Innerstem durch.

Er war zu benommen von dem Sturz. Nils' Gewicht hatte ihm die Luft aus den Lungen gepresst. Was war passiert?

«Cem!» Das war Evas Stimme, dämmerte es ihm. «Cem, weg da! Feuer!»

Er fühlte, wie sie an seinem Arm zog.

Feuer?

Der Scheiterhaufen!

Sie waren zu nah dran! Er sprang auf, und mit Evas Hilfe hechtete und stolperte er zurück.

Die Nacht wurde zum Tag.

Loderndes Inferno.

Todesschreie.

Die Hexe brannte.

Silvester. Feuerwerk über dem Vierwaldstättersee. Happy New Year.

Cem vergrub sein Gesicht in den Händen. Er sass auf der Rückbank des Ambulanzwagens. Fredy verarztete seinen Unterarm. «Nur eine leichte Brandwunde. Da bleiben keine Narben zurück.»

«Na, alles klar?» Eva streckte den Kopf herein.

Cem tätschelte auf die Bank neben sich. «Komm rein.»
Fredy grinste und verdrückte sich.

«Das habe ich nicht verdient», sagte Cem bedrückt.

«Was?», fragte Eva sanft.

«Dass du mir das Leben rettest.»

Sie atmete tief durch. «Doch, das war nötig. Jetzt fühle ich mich wieder gut. Das erste Mal seit Monaten. Ich fühle mich wieder stark und fähig, schwierige Situationen zu meistern. Vielleicht brauchte ich diese Portion Heldentum, um endlich heilen zu können.» Sie lächelte und stupste ihn mit der Schulter an. «Du siehst schrecklich aus.»

«Oh, danke für das Kompliment. Wie geht es den anderen?»

«Gut. Alle wohlauf. – Bis auf den Schock. So schnell verdaut man das nicht, einen Menschen brennen zu sehen.»

«So ein grausames Ende hat Schwester Anita nicht verdient», sagte Cem. «Arme Seele.»

«Ich weiss, was der Auslöser für ihre Tat war», sagte Eva. «Ich habe vorhin mit Oberstaatsanwalt Kernen telefoniert, der ein Gespräch mit Dr. Reimers hatte. Nach dem Vorfall mit dem Stalker zog Anita Burch, mit ihrem neuen Namen, nach Frankfurt und machte dort eine Ausbildung zur Krankenschwester. Vor fünf Jahren kam sie zurück in die Schweiz, arbeitete erst in Zug und ist seit drei Jahren am Luzerner Spital.»

«Okay. Und was war der Auslöser?», fragte Cem.

«Es gab einen Vorfall Anfang Oktober. Eine Dreizehnjährige hatte sich die Pulsadern aufgeschnitten. Selbstmordversuch. Sie kam ins Spital. Als Grund gab sie Mobbing in der Schule an. Die Kleine war am Ende. Zwar erholte sie sich und wurde wieder entlassen, aber schon am nächsten Tag stürzte sie sich vom Dach ihrer Schule in den Tod.»

«Ich habe davon gehört», sagte Cem. «Was hat das mit Anita zu tun?»

«Sie hat sich laut Dr. Reimers intensiv um das Mädchen gekümmert. Ihr Tod hat sie sehr mitgenommen.»

«Wir verstehen jetzt auch, warum», sagte Cem traurig. «Und kurz darauf ist Anita im Parkhaus auf Christine getroffen, die

Frau, die ihr die Schule zur Hölle gemacht hatte. Und sie musste mit ansehen, wie Christine ihre Tochter beschimpfte. Alles kam wieder hoch, und sie wollte nur noch Rache. Sie hat einen cleveren Plan geschmiedet. Bei der Arbeit im Spital traf sie auf Barbara. Der Schuss auf Wymann war in den Medien, Anita wusste, dass Barbara Polizistin war. Und Barbara hatte rote Haare, die perfekte Ablenkung. Ein genialer Streich, der Anita Zeit verschaffte, weil wir falschen Spuren nachjagten.»

«Anita hätte einen Freund gebraucht», sagte Eva. «Dann wäre es nie so weit gekommen.»

Cem schluckte schwer. War das eine Andeutung? «Wir hätten es verhindern können.»

«Wie denn?», fragte Eva.

«Weiss nicht. Ich hätte Nils vorher stoppen müssen. Jetzt muss er für den Mord an Anita hinter Gitter.»

«Genau das wollte sie.»

Cem schaute Eva verwirrt an.

«Sie wollte, dass er für den Tod ihrer Mutter bestraft wird», sagte Eva. «Obwohl ihr Tod Schicksal war. Schnellmann hatte ein Gespräch mit dem Arzt, der den Totenschein unterschrieben hatte. Frau Vogel war eine sehr kranke Frau, auch ihr Herz war schwach. Anita wollte nie glauben, dass ihre Mutter eines natürlichen Todes starb. Sie brauchte einen Schuldigen. Sie wollte Nils hinter Gitter sehen. Doch Anita wusste, dass das unmöglich war. Aber sie konnte ihn für den Mord an ihr hinter Gitter bringen, mit vielen Menschen als Zeugen.»

«Hä?» Cem brummte der Schädel. Wovon sprach Eva?

«Es war alles inszeniert, Cem. Nils war nicht der Täter, nur ein weiteres Opfer. Anita hat ihn betäubt, leicht nur. Er lag hinter dem Scheiterhaufen in dem kleinen Heuschober. Anita hat sich selbst an den Scheiterhaufen gefesselt. Das war Selbstmord, Cem. Wie das Mädchen, das vom Dach gesprungen ist. Anita hat nicht mehr weiterleben wollen. Das Mobbing hat ihre Seele zerstört. Nur sollten auch diejenigen büssen, die ihr das angetan haben. Und die ganze Öffentlichkeit sollte davon erfahren.»

«Willst du damit sagen …»

«Ja, Cem, ich hab's gesehen. Ich war hinter dem Scheiterhaufen, bin dem Kabel der Webcam gefolgt. Ich habe gesehen, wie Anita ein Feuerzeug aus dem Gürtel ihres Engelskleides zog.»

«Sie hat das Feuer entfacht?»

Eva nickte und legte Cem eine Hand auf den Oberschenkel. «Es gab nie einen Türst. Anita hat die Nachricht über ihre Hinrichtung selbst ins Netz gestellt.»

«Mobbing, Hexenjagd ...»

«Es kommt auf dasselbe raus, Cem. Wir sind heute nicht besser, als wir es früher waren.»

Sie schwiegen einen Moment.

Lila brach es. «Wie geht's meinem sexy Bullen?», fragte sie und kletterte in den Ambulanzwagen.

Eva zog sofort die Hand zurück, aber Lila hatte die Geste gesehen. Oh Mann, nicht gut.

Cem wechselte einen Blick mit Marius, der Lila begleitete. Marius schien irritiert. Was dachte er gerade?

«Tja, ich lass euch dann mal alleine», sagte Eva und verliess den Wagen. Sie hakte sich bei Marius unter. «Schauen wir nach Barbara, ja?»

Lila schwieg einen Moment. «Die arme Frau», sagte sie dann. «Schätze, ich muss mich bei Eva bedanken. Sie hat dir das Leben gerettet.»

Cem drehte sich zu Lila um. «Dito. Ohne Marius –»

«Schhht.» Sie legte Cem den Zeigefinger auf die Lippen. «Irgendwie wird irgendwann alles gut.»

«Bei unserem Lebensstil?»

«Vielleicht kommt ja alles anders, n'est-ce pas?»

Ohne lange nachzudenken, nahm er Lila in die Arme.

ZWANZIG

Was für ein erster Arbeitstag im neuen Jahr, dachte Cem, als er abends um sieben die Polizeizentrale verliess. Auf seinem Tisch stapelte sich der Papierkram zu dem Fall der Sträggele, der zu erledigen war.

Heute war auch der erste offizielle Arbeitstag von Susanne Oggenfuss gewesen. Sie hatte sich gleich so richtig ins Zeug gelegt und den Tarif durchgegeben. Zwischen ihr und Barbara waren die Fetzen geflogen. Selbst Cems Börek konnten die Lage nicht entschärfen. Kevin hatte es gut. Der war heute mit seiner Gabi in die Flitterwochen nach Neuseeland geflogen.

Cem trat in den Schnee hinaus. Seit Silvester schneite es fast ununterbrochen. Als ob der Himmel über den Tod der Hexe weinte. Cem tat es. Heimlich.

Er zog den Reissverschluss seiner Jacke hoch und machte sich auf den Heimweg. Instinktiv griff er nach seinem Telefon. Lila hatte noch immer nicht zurückgerufen. Seltsam. Seit der Silvesternacht war sie anders. Er hatte sie kaum gesehen. Sie schlief in ihrer eigenen Wohnung in Nebikon, obwohl sie noch Ferien hatte. Sie war distanziert, irgendwie fremd. Lag das an Evas Berührung? Die war doch nur freundschaftlich gewesen. Oder lag der Grund woanders? Cem hatte eine düstere Vorahnung. Er verdrängte sie.

Ein Wagen hielt neben ihm.

Marius stieg aus.

«Hey, hast du mir aufgelauert?», fragte Cem. «Alles okay?» Ihm entging nicht der betrübte Blick in Marius' Augen.

«Ja. Ich wollte mich nur verabschieden.»

«Gehst du weg?», fragte Cem. «Ist es Victimarius in Luzern ohne eine Hexe zu langweilig geworden?»

«Victimarius hat versagt. Er konnte Marius nicht retten. Ich habe tatsächlich gehofft, Victimarius könnte mit Zauberei mein altes Leben zurückrufen.»

«Du hast mir noch nicht verraten, was der Name bedeutet. Marius, das Opfer, der bedauernswerte Krüppel?»

«Nein, Victimarius bedeutet Opferdiener.»

Cem fühlte einen Moment mit Marius mit. «Hey, die letzten Tage hast du als Victimarius gezaubert. Du hast den Kinderengeln und ihren Familien geholfen.»

«Nicht der Hexe. Sie war das wahre Opfer. Ein Mobbingopfer.»

«Wir sind keine Superhelden», sagte Cem und klopfte Marius auf die Schulter. «Ich habe deinen Bericht in der Zeitung gelesen. Der war gut.»

«Der war nicht schwer zu schreiben. Anita hat in dem Brief an mich ihr ganzes Leben und Leiden niedergeschrieben.»

«Ihr Familienfoto hast du zurückbehalten.»

«Es wäre respektlos gewesen, die letzten glücklichen Stunden in ihrem Leben mit der Öffentlichkeit zu teilen. – Wenn es denn je glückliche Stunden in ihrem Leben gab.»

«Du bist ganz in Ordnung für einen Journalisten.»

«Klar doch, wir Journalisten sind die Besten.»

«Ha! Die Bullen stehen aber über euch.»

Marius zwinkerte ihm zu. «Nicht neidisch sein, weil der Journalist schneller am Tatort war und das Mädchen gerettet hat.»

«Angeber.»

Marius musste lachen. «Unsere kleinen Streitgefechte werde ich vermissen. Ich fahre noch heute nach Lampedusa. Nur für ein paar Wochen. Ich muss raus aus dieser Stadt.»

«Lampedusa?»

«Es kommen viele Flüchtlinge an», sagte Marius. «Und bei diesem Wetter … Sie brauchen Hilfe. Und Lampedusa ist nicht der Irak oder Afghanistan. Lampedusa kann mein Arzt verantworten.» Wie aus dem Nichts nahm Marius Cem in die Arme und klopfte ihm etwas heftiger als nötig auf den Rücken. «Du bist ein wahrer Freund geworden. Ich hoffe, daran wird sich nichts ändern.»

«Weshalb sollte es?», wunderte sich Cem, aber er begriff schnell, als Lila vom Beifahrersitz des Wagens stieg. Er löste sich von Marius' Umarmung und trat einen Schritt zurück.

Zögernd kam Lila auf ihn zu. Sie brauchte nichts zu sagen. Sie schaute ihn nur an, mit ihren grossen braunen Augen.

Cem starrte zwischen Marius und Lila hin und her. «Das ist jetzt nicht euer Ernst, oder?»

«Je suis desolée», sagte Lila leise und griff nach Marius' Hand.

Cem wurde der Boden unter den Füssen weggezogen. Er stolperte einen Schritt zurück. «Ihr habt mich hintergangen! Wie lange läuft das schon?»

«Da ist nichts passiert, Cem», sagte Marius. «Aber wir –»

«Halt die Klappe!»

«Cem.» Lila trat vor und legte ihre Hand auf seinen Oberarm.

Er schüttelte sie ab.

«Verschwindet! So wollt ihr es doch.»

Lila wies Marius an, im Wagen zu warten.

Er nickte. «Sorry, Mann. Es war so nicht geplant. Es ist einfach passiert. Victimarius konnte mich nicht retten, Lila schon.»

«Hau ab.»

Lila wartete, bis Marius im Wagen sass und packte dann Cem am Ärmel der Jacke. «Cem, mach jetzt keinen Aufstand. Das mit uns wäre nie gut gegangen. Ich liebe dich, Cem, echt, aber –»

«Ihn liebst du offensichtlich mehr. Dann geh schon. Lass mich in Ruhe. Und baue nicht ständig Scheisse. Ich will nicht nach Italien fahren müssen, um euch vor der Mafia zu retten.»

Sie wischte sich eine Träne von den Wangen. «Es wäre nie gut gegangen, Cem. Wegen der Wolke.»

«Welche Wolke?», fragte er verwirrt. Seine Wut war einer riesigen Leere gewichen, die keine Gefühle zuliess.

«Eines Tages werde ich es dir erklären. Du musst nur wissen … bei dir zu Hause scheint die Sonne. Versprochen.» Sie drückte ihm einen Kuss auf die Wange und rannte zum Wagen.

Weg waren sie. Seine besten Freunde. Diese Verräter.

***

Barbara stand lange vor dem kleinen Becken, ihr Finger schwebte über dem Weihwasser, als hätte er Angst, sich darin zu verbrennen.

Alles ist gut, redete sich Barbara ein. Rolf ist bei den Engeln, und ich bleibe noch etwas hier. Die Wut war verebbt, die Trauer blieb. Damit konnte sie vorerst leben. Und Frieden mit Gott schliessen? Es musste gehen. Sie brauchte Gott. Dringend. Oggenfuss war der personifizierte Teufel. So ein rechthaberisches Weib auch. Ohne Cem hätte es heute in der Polizeizentrale einen Mord gegeben.

Kurzum tauchte Barbara den Finger ins Weihwasser und bekreuzigte sich.

«Es sind nicht nur die Sünder, die in der Beichte die Vergebung finden», sagte eine tiefe Stimme hinter ihr.

«Pfarrer Schlumpf!»

«Hätte die Sträggele sich jemandem anvertraut, wäre es vielleicht nie so weit gekommen.»

«Sie hätte der Kirche ihren Plan beichten sollen?», fragte Barbara.

«Sie hätte schon als Kind Schutz in der Kirche finden können. Gott hilft den Opfern wie auch den Sündern.»

Barbara überlegte einen Moment. Sie mochte Schlumpf nicht sonderlich, aber sie musste reden. «Kann man wütend auf Gott sein? Wütend auf die Engel, die ihre Arbeit nicht getan haben?»

«Sie sprechen vom Tod des Polizisten im Oktober? Ich habe darüber in der Zeitung gelesen. Sie waren dabei, als er erschossen wurde.»

«Ja, war ich. Ich konnte ihn nicht retten. Und der Schutzengel hat versagt.»

«Nein, der Schutzegel war da, Frau Amato. Die Kugel hätte Sie beide treffen können.»

«Das ist nicht fair», sagte sie fast wie ein trotziges Kind.

«Man kann das Leben und den Tod nicht immer verstehen. Manchmal muss man es hinnehmen und Gottes Plan vertrauen.»

«So spricht nur ein Pfarrer.»

«Das ist meine Überzeugung. Und meine Berufung.»

Barbara biss sich auf die Lippen. Sie zögerte einen Augenblick, sagte dann: «Ich habe gesündigt. Ich habe eine grosse Liebe verleugnet. Und jetzt ist es zu spät, diesen Fehler gutzumachen.»

«Es ist nie zu spät», sagte Schlumpf.

Barbara starrte auf ihren Finger. Ein Tropfen Weihwasser klammerte sich daran fest. «Dann wird es jetzt wohl Zeit, die Beichte abzulegen», sagte sie leise.

***

Cem hockte auf seinem Sofa und starrte auf den Fernseher. Die Bilder, die vor ihm tanzten, ergaben keinen Sinn. Nichts ergab einen Sinn. Sein neuer bester Freund war eben mit seiner Freundin nach Italien durchgebrannt. Scheisse! Sogar T-Bone hatte Lila mitgenommen. Tiefer konnte ein Januarloch nicht sein.

Es klingelte an seiner Wohnungstür. Sofort gaben die Meerschweinchen im Flur ihren Kommentar zu dem Ruhestörer ab. Cem schaute auf die Uhr. Es war nach neun. Er schlurfte zur Tür und riss sie auf.

«Eva? Was machst du denn hier?» Er musterte sie überrascht. Sie trug eine schwarze Marken-Trainingsjacke mit passender Hose und Sportschuhe.

«Du stellst blöde Fragen. Eigentlich wollte ich ins Fitnesscenter. Aber hier geht es anscheinend um Leben und Tod.» Sie musterte ihn von Kopf bis Fuss. «Meine Güte, wie siehst du denn aus? Bist du krank?»

«So 'ne Art», murmelte er. Er trug eine graue Schlabberhose und ein T-Shirt – falsch rum, wie er erst jetzt bemerkte.

«Darf ich wenigstens reinkommen? Es ist verdammt kalt im Treppenhaus.»

Er macht ihr Platz und schloss die Tür hinter ihr. «Was ist das?», fragte er und zeigte auf das Paket in ihrer Hand.

«Ich dachte, du wüsstest es.»

«Hä?» Er führte sie ins Wohnzimmer.

«Wow, so unordentlich habe ich deine Wohnung noch nie gesehen», sagte Eva, räumte eine Chipstüte und Zeitung beiseite und setzte sich. «Und du nimmst es gemütlich, obwohl es doch auf jede Minute ankommt?»

«Wovon zum Teufel sprichst du?», fragte Cem und hockte sich vor Eva auf den Boden.

«Na, hiervon.» Eva drückte Cem das Paket in die Hand, eine schlichte Kartonschachtel, zugeklebt, etwa zwei Kilo schwer und etwas grösser als eine Schuhschachtel. «Lila hat es mir vorhin nach Hause gebracht und meinte, du wartest dringend darauf. Ich solle ihr den Gefallen tun und es dir sofort bringen. Sie könne es leider nicht selbst tun, da sie jetzt gleich nach Italien fahren muss.»

«Das ist von Lila?»

«Ja. Sie hat gesagt, es geht um einen neuen Fall, bei welchem du meine Hilfe brauchst … Moment mal, du weisst nicht, was drin ist?»

«Nein», sagte er gedehnt. Aber er hatte da so eine Vorahnung.

«Alles klar zwischen euch?», fragte Eva.

Cem gab keine Antwort, riss das Klebeband vom Paket und öffnete es. Vorsichtig schaute er hinein.

Er musste lachen. «Dieses Luder!»

«Was?», fragte Eva verwirrt.

Cem zog eine handgrosse Sonne aus dem Paket. So ein kitschiges Ding zum Dekorieren eines Tisches. Weiter kam eine Kerze zum Vorschein, eine Kuschel Rock-CD und eine Flasche Rimuss. Er breitete die Utensilien vor sich auf dem Boden aus.

Eva starrte ihn entgeistert an. «Sie hat Schluss gemacht?», fragte sie zögernd.

Cem nickte. Sein Lachen kam ins Stocken.

Eva setzte sich zu ihm auf den Boden. «Soll ich dich jetzt trösten oder über das hier lachen?», fragte sie.

Cem langte sich an den Kopf. «Ich weiss selbst nicht, was ich jetzt gerade fühlen soll.»

«Mitleid kriegst du keines von mir, das ist nutzlos.»

Er atmete tief durch. Hier war er wieder, dieser blumige Duft, den er zu oft schon verdrängt hatte. «Was ich jetzt brauche, ist ein Betäubungsmittel, das die Gefühle stilllegt», sagte Cem.

Eva strich mit dem Zeigefinger über die Sonne am Boden. «Ich kenne ein Elixier, das hilft.»

«Du sprichst aber nicht von einem Liebeszauber?», fragte er.

«Haben wir den nötig?», konterte sie lächelnd. «Nein, ich spreche von einer Heldentat. Die bringt einen ins Leben zurück, ich spreche aus Erfahrung.»

«Eine Heldentat?» Ohne lange zu überlegen, griff Cem nach Evas Hand. «Du hast recht. Manchmal braucht es Helden. Begleitest du mich morgen? Wir können das zusammen tun.»

«Was tun?»

«Wir besuchen Elins Schulklasse. Der Bulle und die Staatsanwältin sollten den Kids erklären, was Mobbing alles auslösen kann. Kinder dürfen sich deswegen nicht von Schuldächern stürzen oder auf Scheiterhaufen brennen.»

Eva drückte seine Hand. «Ist gut, ich komme gerne mit. Und danach gehen wir am See spazieren. Wir brauchen beide frische Luft. Morgen soll ein schöner Tag werden mit viel Sonnenschein.»

«Keine Wolken?», fragte Cem gedankenversunken.

«Nein. Keine Wolken», sagte Eva und legte ihren Kopf an seine Schulter.

Dank

Dieses Buch wäre nie zustande gekommen ohne die Mitarbeit und Unterstützung von anderen.

Zuerst möchte ich meiner Familie danken, meinem Mann und meinem Sohn. Was würde ich bloss ohne euch tun?

Ein grosses Dankeschön gebührt meiner Lektorin Irène Kost. Meine Agentin Christina Vikoler hat mir wie immer den richtigen Weg gewiesen. Ein grosser Dank gebührt auch den Mitarbeitern vom Emons Verlag, die mich immer toll unterstützen. Danke auch an meine Mutter und meine Schwester und an Erika für das Lesen des ersten Entwurfes und ihre ehrlichen Einschätzungen.

Ein grosser Dank geht an Dr. Sven H. Michelsen und sein ärztliches Fachwissen. Danke auch an die Alte Suidtersche Apotheke und all die anderen Orte, die mir in diesem Krimi als wundervolle Schauplätze dienten.

Inspirierend war der Besuch im Hexenmuseum Schweiz in Auenstein, das ab März 2018 im zauberhaften Schloss Liebegg in Gränichen zu finden ist. Wicca Meier-Spring hat wahrhaft einen mystischen und lehrreichen Ort geschaffen.

Ein grosser Dank geht an den Verein Vuotisheer Luzern. Ich empfehle jedem, der sich weiter für die Sträggele und den Türst interessiert, den «Auszug aus der Sagenwelt des Kantons Luzern bezüglich Sträggele, Türst und Vuotisheer» zu lesen oder auf seiner Homepage zu stöbern: www.vuotisheer.ch.

Diesen Krimi zu schreiben lag mir sehr am Herzen. Es geht um Ungerechtigkeit – damals wie heute. Frauen, Männer und Kinder brannten auf dem Scheiterhaufen, weil sie anders waren, nicht ins Schema passten oder einfach Pech hatten. Fast immer traf es die Schwächeren.

Ist das denn heute anders? Mobbing ist eine neue Form von Hexenjagd. Ein Mensch wird zum Opfer, egal, ob in der Schule, am Arbeitsplatz oder im privaten Umfeld. Halb so schlimm? Den Scheiterhaufen gibt es nicht mehr. Falsch. In anderen Ländern gibt es ihn noch. Bei uns lodern die Flammen oft im Internet – und hinterlassen tiefe Wunden. Das Leben von Mobbingopfern ist die Hölle. Ändern wir das Heute, das Gestern können wir leider nicht mehr ändern.

Monika Mansour
LIEBE, SÜNDE, TOD
Broschur, 224 Seiten
ISBN 978-3-95451-361-1

«Dieses Krimi-Debüt hat alles, was ein guter Krimi braucht: die nötige spannende, aber immer noch glaubwürdige Geschichte, eine gute und überraschende Auflösung, einen cleveren Ermittler und neben aller Ernsthaftigkeit auch eine gute Portion Humor. Die Sprache ist einfach und gut zu lesen, die Handlung absolut stringent. Zudem erzählt Mansour auf den Punkt genau, sodass das Buch eine wahre kurzweilige Freude ist. Allen Bibliotheken zu empfehlen.»
ekz Bibliotheksservice

Monika Mansour
HIMMEL, HÖLLE, MENSCH
Broschur, 272 Seiten
ISBN 978-3-95451-663-6

«Süffig geschrieben mit viel Lokalkolorit, interessanten Figuren. Ein Krimi mit Unterhaltungswert.» Anzeiger Luzern

MONIKA MANSOUR
Luzerner
Todesmelodie
KRIMINALROMAN
emons: